동거인 同居人

박석수 전집 ❷ 소설

동거인 同居人

박석수 전집 ❷ 소설

도서출판 북인

발간사

지금 이 땅이 파라다이스인가 묻는다

박석수는 뛰어난 시인이자 소설가였다. 그는 동물적 감각으로 송탄 일대의 기지촌 문제를 그려냈다. 그가 남겨놓은 시나 소설은 오늘날 이 땅을 살아가는 우리들에게 이곳이 과연 파라다이스인가 묻고 있다. 미군 위락시설이었던 파라다이스는 지산동에 위치해 있었지만 지금은 사라지고 없다. 현재 그 시설은 사라지고 없지만 대추리 등 많은 우여곡절을 겪으며 미군들이 평택으로 모여들고 있는 것이 현실이다. 물론 박석수 당대의 현실과 지금의 현실은 상당한 차이가 있을 것이다.

박석수는 당대의 현실을 인당수에 몸을 던져 아버지를 구한 심청이에 빗댄 바 있다. 기지촌 여성들의 조악한 삶을 상징적으로 보여준 것이다. 더 이상 이러한 부조리한 일은 없을 터이다. 그럼에도 불구하고 박석수가 제기했던 기지촌의 문제점들은 오늘날 이 땅에서 살아가는 우리들에게 역사적 과제를 제시하고 있는 것이다. 그의 작품에 나타난 이러한 예지는 스산한 철조망을 두고 살아야 했던 민초들의 삶에서 비롯된 것이다.

십여 년 전 박석수의 시전집을 내고 작은 시비라도 세우고자 했지만 쉽지 않았다. 그나마 2017년께 박석수기념사업회가 창립되고 나서 몇 가지 사업을 추진해왔으나 여러 어려움에 봉착해 있다. 이러한 상황에서 모든 역량을 집중해서 박석수 소설전집을 만드는 데 전력하기로 했다. 박석수의 소설 텍스트를 구하는 것도 어려워지고 흩어진 소설을 모아두어야만 후일을 기약할 수 있을 터이기 때문이다. 지난 2020년 한 권을 내고 이어서 올해 다시 한 권을 발간한다. 앞으로 힘이 닿는 데까지 발행하여 전집 형태가 될 것이다.

평택시 문학 분야 공모사업에서 지원을 받고 나머지는 박석수 기념사업회에서 보탰음을 밝힌다. 몇 년 뒤 전집이 완성되어 도서관에서 그의 책을 마음놓고 빌려보는 시절이 오기를 간절히 바라는 바이다.

2021년 12월

박석수기념사업회

차례

동거인同居人

1

군대에서 3년을 떼어내고 제대복 차림으로 위병소를 걸어나올 때의 기분은 흡사 맹장을 떼어내고 병원을 걸어나올 때의 기분과 흡사했다.

내가 맹장을 떼어낸 것은 고등학교 3학년 때였다. 그때 병원에서 퇴원하는 날 김영란金英蘭 선생이 오셔서 내 어깨를 두드리면서 한 말들이 생각났다.

"어차피 떼어낼 맹장인데, 그깟 불필요한 창자 하나 떼어낸 것 갖고 뭘 그리 오만상을 찌푸리고 그러냐? 자, 힘내. 이제 홀가분하게 생각하라구. 알겠니?"

제대복을 입은 나는 문득 김영란 선생이 보고 싶었다.

만약 지금 제대복을 입고 있는 내 이런 모습을 보고도 김 선생은 어깨를 툭툭치면서 그런 투로 말할 것인지 아니면 뭐라고 다른 말을 하실지 나는 그것이 몹시 궁금했다.

나의 가장 소중한 대학 3년에 끌려간 군대에서의 또다른 별세계 같은 3년은 정말 '불필요한 창자'와 같은 세월이었다. 더욱이 나와 함께 입대한 친구들의 대부분이 입대 전에 이미 학교로부터 제적을 통고받았기 때문에 제대를 하고도 대학에 다시 복학할 수 없다는 절망감으로부터 2년을 시작해야 했으므로 '희망'이 없는 그 고통은 그만큼 견디기가 어려웠던 것이다.

내가 탄 버스가 움직이기 시작했다.

나는 차창가에 앉아 창밖을 내다보았다.

내 무심한 눈길을 스치는 일렬횡대의 풍경들은 차렷 자세를 취했고, 나는 그 차렷 자세를 취한 풍경들을 사열하고 가면서 그 풍경들이 모두 낯익은 풍경인데도 왠지 정신이 없는 육체, 또는 내부 시설이 망가진 외형뿐인 건물일는지도 모른다는 엉뚱한 생각을 했다.

"잠깐 일어서 주십시오!"

곁에 앉은 사내가 안전벨트를 매기 위해 왼손에 든 암벨트에 끼울 나머지 숫벨트 한쪽을 찾고 있었다. 아마 벨트 한쪽이 내 등 뒤로 들어가 있었던 모양이었다.

나는 등받이 쪽에서 벨트 한쪽을 꺼내 사내에게 내밀었다. 사내는 실탄을 장전하는 것 같은 '찰칵' 소리를 내며 안전벨트를 채운 후 내 쪽을 돌아보며 물었다.

"어디까지 가십니까?"

"… 쑥고개까지지요."

사내는 쑥고개라는 말을 듣자 흡사 외국에서 고향 사람이라도 만난 듯 궁둥이를 떼었다놓으며 반색을 했다.

"지금은 '쑥고개'라고 말하는 사람이 없습니다. 모두 '송탄'이라고들 그러지요. 송탄 제이씨 회원들이 주축이 돼서 '내 고장 이름 바로 부르기 운동'을 해서 고쳐놓은 겁니다. 버스 앞에도 '쑥고개'라고 표기하면 승차를 거부하자고 플래카드를 들고 데모를 하니까 버스들도 금방 모두 '송탄'이라고 바꾸더군요. 그게 벌써 언젯적 얘긴데요. 이제는 누구도 송탄을 쑥고개라고 부르는 사람이 없어요. 그런데… 거기가 고향이세요?"

사내의 장광설이 아니더라도 나는 알고 있었다. 지금은 누구도 송탄을 쑥고개라고 부르는 사람은 없었다. 그러나 나는 사내가 '데모까지 해서 바꾸었다'는 송탄이 쑥고개와 어떻게 다른지를 알지 못했다. 기지촌의 대명사처럼 되어 있는 쑥고개를 송탄으로 지명만 바꾸었다고 해서 아예 기지촌이 없어지고 미군이 떠나는 것일까. 이름만 바꾸면 이 세상에서 무엇이든 변화시킬 수 있다고 한다면, 그래서 불가능한 것이 한 가지도 없게 된다면 애를 몇씩이나 둔 과부까지도 처녀라고 부르기만 하면 그날로 즉시 처녀가 될 수 있다면, 그렇다면 우리들의 삶은 얼마나 행복한 것이 될 수 있을까. 그러나 나는 차마 그럴 용기가 없었다.

기지촌을 고향으로 둔 나는 어렸을 때부터 미군들이 자기 키의 반밖에 안 되는 우리들의 누나들을 끌어안고 거리를 활보하는 모습을 지겹도록 많이 보아왔다.

나는 미군과 함께 있는 누나들을 볼 때마다 그 누나들이 아버지 심 봉사의 눈을 뜨게 해주기 위해서 공양미 3백 석에 소금장수에게 팔려가는 심청이처럼 참 불쌍하다는 생각이 들었었다. 인당수보다 더 깊고 어두운 곳이 미군의 털북숭이 가슴이라고 생각했었다. 그런 심청이들이 밤마다 흐느끼는 곳이 바로 쑥고개라는 생각을 했었다.

그러나 부질없는 짓이었다.

끝끝내 피어나지 않는 연꽃을 기다리면서 나의 생각은 차츰 바뀌어졌다. 누나들이 누이동생처럼 바뀔 때까지 기다리고 또 나이를 먹어도 그들은 결코 심청이가 될 수 없었다. 아니 그들은 결국 심청이가 아니었다.

그들은 또다른 미국인, 제2의 양키였다. 의식주에서부터 말하고 생각하고 행동하는 것 모두와, 침대 패턴까지 그들은 완전히 미군화되어가고 있었다.

미군에게 몸을 파는 직업적인 양색시들뿐만 아니라 아직 내놓고 몸을 팔지는 않지만 그러나 곧 음으로 양으로 팔게 될 부대 안에 있는 세 개의 클럽(장교 클럽, 하사관 클럽, 사병 클럽 등)에 나가는 웨이트리스들까지도 마찬가지였다.

장교 클럽에서 일하는 웨이트리스들은 하사관 클럽에서 일하는 웨이트리스들을 은근히 경멸하고, 하사관 클럽에서 일하는 웨이트리스들은 사병 클럽에서 일하는 웨이트리스들을 내놓고 경멸하고, 사병 클럽에서 일하는 웨이트리스들은 부대 안에서 근무한다는 사실만으로도 황홀해서 부대 밖에 있는 50여 개의 미군 전용 홀에서 일하는 웨이트리스들을 노골적으로 경멸하고 있다.

부대 안의 클럽에서 일하는 웨이트리스들로부터 그런 경멸을 당하고 있는 부대 밖의 50여 개 미군 전용 홀에서 일하는 웨이트리스들은(그들은 모두 양색시라고 불리고 있지만) 또 한국인을 상대로 하는 일반 홀에 나가는 색시들을 가련하게(?) 보고 있으며, 자신들에게 찾아오는 한국 남자들은 아예 사람 취급조차도 하지 않음을 쑥고개를 고향으로 가진 우리들은 모두 알게 되었다.

나는 쑥고개가 고향이냐는 사내의 질문에 짧게 대답했다.

"… 네."

사내는 그제서야 내 복장을 의식했는지 한마디 했다.

"제대병이시군요?"

내가 그 말에는 아무 소리를 않고 가만히 있자 사내는 자신에게 얼마나 세련된 유머 감각이 있는가를 나타내려는 듯 얘기를 이렇게 뒤집었다.

"아, 난 형씨가 신병훈련소로 가는 입대병인 줄 알았지 뭡니까? 하하하. 참, 이것도 인연인데 우리 인사나 하고 지냅시다. 나도 쑥고개에 사는 사람이올시다."

사내는 느닷없이 악수를 청하더니 내 손에 4각을 금테로 두른 반들반들하고 얼굴이 두꺼운 명함을 한 장 쥐어주었다. 명함에는 사내의 여러 가지 직함이 빽빽하게 찍혀 있었다.

松炭 JC 理事

松炭 로타리클럽 會員

松炭 社會再活委員會 會員

松炭 청솔회 事務局長

金仁煥

나는 사내의 명함에서 JC나 로타리클럽이나 사회재활위원회까지 읽을 때만 해도 '웃기는 사내'라고 생각했었지만, 청솔회라는 활자를 읽는 순간 가슴이 철렁했다.

이 사내의 정체가 불현듯 궁금했기 때문이었다.

명함이란 자기가 보수를 받고 일하는 일터와 연락처가 명시되는 것이 통례인데도 이 사내의 명함은 일단 그런 통례를 무시하고 있었다. 사무실까지 갖춰놓은 듯한 청솔회라는 곳이 무엇을 하는 곳인지 무척 궁금했지만, 명함에서 시선을 뗀 나는 되도록 정중한 자세로 사내의 명함을 제대복 윗주머니에 집어넣었다.

그런 내 행동을 가만히 지켜보던 사내가 무슨 말인가를 더하고 싶어하는 눈치였지만 나는 모른 체하고 창밖으로 시선을 돌렸다.

내 유심한 눈길을 스치는 고속도로의 풍경들이 이번엔 우우— 하고 무슨 소리인가를 내지르고 있었다.

나는 그 풍경들이 내는 소리가 무슨 비명 같기도 하고 또는 구호 같기도 해서 갈피를 잡을 수가 없었다. 나는 좀 더 그 소리를 정확히 듣기 위하여 유리창에 바싹 귀를 갖다 붙여보았지만 이미 한번 터진 고막으로서는(제대 전에 군병원에서 치료를 받아 완쾌됐다는 판정을 받았지만) 결국 우우 — 소리만 들릴 뿐 그 우우 — 소리가 수용하고 있는 아름다운 생명체의 하모니는 버스가 송탄에 도착하도록 끝내 듣지 못했다.

"뭘 그렇게 열심히 생각하십니까? 차가 벌써 쑥고개까지 다 왔는데. 자, 내립시다. 나중에 또 만나게 될 겁니다. 하하하…."

바닥이 좁으니 또 만나게 되는 거야 당연한 일 같기도 했지만 왠지 사내의 '또 만나게 될' 거라는 마지막 말이 퍽 신경에 거슬렸다.

사내는 그 말을 뱉은 후 일어서서 읽던 신문을 좌석 앞에 붙은 그물 속에 쑤셔박고는 서둘러 내려갔다.

내가 버스에서 내렸을 때 서쪽 하늘 가득 저녁놀이 십자가에 못박혀 피를 흘리고 있었다. 사내의 모습은 터미널에서 이미 자취를 감춘 후였다. 서쪽 하늘 아래 지상으로부터 높게 치솟은 교회의 피뢰침이 보였다.

얼굴에 서늘한 가을바람이 불어왔다. 그 바람 속에서 나는 문득 그리운 고향의 피냄새를 맡았다.

'… 벌써 쑥고개까지 다 왔는데….'

사내는 분명히 그렇게 말했었다.

쑥고개를 겨우 송탄으로 바꿔놓고, 이제 와서 고쳐진 그 이름인 송탄을 두고 사내는 왜 굳이 말살된 쑥고개란 명칭을 다시 썼는지 정말 모를 일이었다. 내가 쑥고개라고 부르니까 사내도 그냥 얼결에 그렇게 따라 부른 것일까. 물론 그럴 수도 있으리라. 그러나 미군과 한국 여자들이 밤낮으로 끌어안고 음악에 맞춰 살 비비며 미쳐 돌아가는 장소가 쑥고개면 어떻고 송탄이면 또 어떻단 말인가. 그게 대체 어떤 의미가 있는가.

내 의지 밖에서 3년 전 바뀐 송탄도 오늘 어느덧 기지촌의 대명사가 되고 말았지 않은가. 술장사, 색시장사, 딸라장사, 옷장사 등으로 미군부대에 기생하여 편안한 삶을 살아가는 사람들과 힘겹게 숯 굽고 콩나물 기르고 농사 짓는 사람들이 함께 공존하는 쑥고개의 어원도 실은 숯을 굽는 고개의 숯고개에서 나왔다고 한다. 이 마을이 예부터 참나무숯으로 유명했었다고 하는 것은 지금도 좌동 언덕배기나 야산에 심심찮게 보이는 참나무들이 그것을 증명해주고 있다.

숯고개가 쑥밭이 된 것은 6·25의 전황이 한창 불리할 즈음의 일이다. 한국전에 참전한 사기충천했던 스미스 부대가 죽미령(쑥고개와 오산의 중간 지점) 고개에서 치른 적과의 첫 전투에서 대패한 후 평택 쪽으로 정신없이 패주할 때였다.

미 공군은 아군의 후퇴와 적군의 전진 속도를 계산하는 도상체크의 잘못으로 아직 적군이 들어오기도 전인 엉뚱한 지역에 맹폭을 가해 숯고개를 그야말로 쑥밭으로 만드는 실수를 저질러버렸다. 그 오폭으로 인해 쑥고개의 애매한 주민들이 떼죽음을 당했지만 보상은커녕 그 오폭의 정확한 피해조차도 끝내 밝혀지지 않았다. 다만 마을이 쑥밭이 되었었다는 몇몇 생존자들의 증언 외에는 지금까지 전사戰史에서조차도 당시의 피해상황이 전혀 기술되어 있지 않다.

아무리 전쟁이라는 것이 인간의 목숨을 세금으로 징수해가는 것이라 할지라도 조국을 위해 바친 목숨과 미군의 오폭으로 억울하게 빼앗긴 목숨과는 다를 것이다.

더욱이 죽음이 전사자의 숫자로도 남지 않은 은폐된 것이고 보면 그 '쑥밭'의 원한은 크다 하지 않을 수 없다.

뿐만 아니라 숯처럼 새까만 흑인과 대낮에도 털북숭이 가슴을 드러내놓고 다니는 백인들이 함께 마을에 진주하면서부터 기지촌이 형성되고 K55 미 공군 비행장이 건설되었다.

그 사방 십 리가 넘는 비행장 건설부지로 집과 숯막과 논밭을 모두 하루 아침에 징발당한 원주민들은 좌동과 서정리 목천 쪽으로 밀려나왔으며 나의 할아버지나 아버지도 예외는 아니었다. 할아버지는 일제시대 때부터 하시던 숯막이 그렇게 폐쇄되자 이듬해 화병으로 돌아가시고, 아버지는 숯막처럼 땅 밑에다 움을 파고 콩나물을 길러 오셨던 것이다.

그러니까 숯고개가 미군의 진주와 함께 겪은 수난 30년사는 '숯고개 → 쑥고개 → 씹고개'로 변모해온 명칭이 더 정확히 설명해주고 있는 것 같다.

이것을 JC 회원들이 관의 지원을 받으며 '내 고장 이름 바로 부르기 운동'을 벌여 하루 아침에 다시 '씹고개(씹밭) → 쑥고개(쑥밭) → 숯고개 → 송탄松炭'으로까지 복원시킨 것이다.

내 고장 이름 바로 부르기 운동이 괄호 없는 '숯고개'로 바로 불리어지지 못했던 이유를 나는 끝내 알지 못했다. 그것이 내가 '송탄'이란 생경한 이름보다도 오랜 세월 불러왔던 한 맺힌 '쑥고개'라는 이름이 더 정겹게 느껴지는 이유이기도 했다.

사내 역시 내게 그렇게 부르면 안 된다는 것을 일깨워주면서도 나를 흉내내듯 자신도 그냥 쑥고개라고 불렀다.

그러나 나의 한 맺힌 쑥고개와, 사내의 금테를 두른 명함의 쑥고개는 전혀 같지 않음을 나는 서녘 하늘에 걸린 놀을 보면서 다시금 깨닫게 되었다.

아버지는 미군부대가 들어서면서 곧바로 움막을 짓고 콩나물을 기르기 시작하셨다고 하니까 벌써 30년 가까이 되는 셈이다.

그동안 움막은 공장으로 불릴 만큼 커지고 일꾼도 1명을 둘 만큼 생산과 소비도 다 같이 늘어났지만 '땀 흘리지 않고 버는 돈은 가치가 없다'는 아버지의 생활태도 한 가지만은 변함이 없었다.

아버지는 콩가마를 차떼기로 실어다 콩방에 들일 때나, 혹은 콩나물 콩을 앉히기 위해서 콩방에서 공장으로 콩을 퍼낼 때마다 도로변이나 앞마당에 간혹 떨어지는 몇 알의 콩알들을 줍기 위해 땅바닥에 오랜 시간을 쪼그리고 앉아서 손바닥 위로 콩알들을 한 개씩 한 개씩 모두 주워올리고는 했다.

그깟 다 주워보아야 한 줌도 안 되는 그 콩알들을 회갑이 가까운 노인네가 앉아서 일일이 줍고 있는 모습은 어떻게 보면 청승맞아 보이기까지 했다.

처음에는 일꾼으로 들어온 동석이나 아우 녀석도, 아버지가 안 볼 때는 빗자루로 콩알들을 길 아래 도랑으로 쓸어내 버리기도 했지만, 아버지에게 그 현장을 들키고 나서부터는 꼼짝없이 아버지의 그 청승맞은 짓거리를 그대로 따르기 시작했던 것이다.

나이가 웬만큼 드신 아버지가 쪼그려 앉아서 콩알을 하나씩 줍는 것도 청승맞아 보이는데 하물며 한창 새파랗게 젊은놈들이 길가에 쪼그리고 앉아 그 짓거리를 하고 있자니 이만저만 답답한 심정이 아니었을 것이다.

길가에 예쁜 여학생이라도 지나갈라치면 녀석들은 부끄러워 얼굴이 벌겋게 달아올라 콩을 쥔 손을 슬그머니 등 뒤로 감추거나 도랑에다 던져버리기 일쑤였지만, 그때마다 용케도 길가로 난 공장의 바깥문이 열리거나 대문 쪽에서 느닷없이 아버지의 불호령이 튀어나왔다.

"야, 이눔아! 콩을 어따 버려. 그 콩이 어떤 콩인지 알기나 해? 이놈들. 그 콩알 한 개마다 농민들의 피땀이 밴 게야. 니 눔들이 줍기가 조금 귀찮다고 그 농민들의 피땀을 시궁창에 처넣어? 이 천하에 천벌을 받을 눔들아. 냉큼 시궁창에 들어가 그 콩알들을 다시 주워 내 봐라. 이런 못된 놈의 자식들 같으니라구."

아버지의 이런 불호령은 비단 콩알에 한정된 것만은 아니었다. 매사가 그런 식이었다. 그래서 우리 가족들은 모두 공장 안에 흩어진 콩나물 가닥 하나라도 밟거나 버리지 않으려고 조심했으며, 식사를 할 때도 밥알갱이 한 알 흘리지 않으려고 조심했으며, 밥그릇에 밥풀 하나라도 남기지 않기 위해 신경을 곤두세웠다.

우리 가족 중에 누구라도, 만약 밖에서 주전부리를 해 밥맛이 없어서 밥을 남길 때에는 아버지의 그런 불호령을 반드시 각오하지 않으면 안 되었다.

그러나 이러한 아버지의 절약정신은 그래도 괜찮은 편이었다.

정작 우리가 참기 어려운 것은 공장 일을 해나가는 아버지의 경영방식에 있었다.

모터를 한 대 사면 하루에 다섯 번 주는 물 걱정을 하지 않아도 좋으련만 아버지는 한사코 모터 사는 걸 반대하셨다.

콩나물에 물을 줄 때마다 물탱크에 연결된 펌프에 매달려 두 시간 동안 쉴 사이 없이 펌프질을 하다보면(하루에 다섯 차례 물을 주니까 펌프질로 꼬박 열 시간 이상을 허비한다는 얘기가 되는데) 손에 물집이 생기고, 나중에는 터진 물집이 손바닥을 쓰라리게 해서 아주 미칠 지경이었다. 그래서 손바닥에 붕대라도 감기 위해 잠시 펌프질을 멈출라치면 집 안쪽에 난 공장문이

벌컥 열리며 물을 주기 위해 비닐로 앞치마를 두른 아버지의 모습이 지하 계단을 밟고 올라서서 소리치시곤 했다.

"야, 이 자식아! 지금 물탱크가 비어서 물을 줄 수가 없어. 꾀부리지 말고 어서 펌프질을 해. 어서!"

그리고는 신경질적으로 공장문을 꽝 소리가 나도록 힘껏 닫아버리는 것이었다.

그 지겨운 펌프질에 일꾼들도 오래 견뎌내지 못했다. 물론 동석이 녀석은 예외지만 그 외의 다른 일꾼들은 들어온 지 한 달도 못 되어서 슬그머니 빠져나가곤 했다.

나간 일꾼들 중의 서넛은 나가면서 차마 아버지에게는 그런 말을 못했지만 어머니나 내게 모터를 사야 한다는 충고를 함으로써 그들이 나가는 이유가 펌프질 때문이라는 사실을 내비쳤었다.

어머니가 아버지에게 나간 일꾼의 그런 얘기를 옮겨드릴 때에도 아버지는 대수롭지 않게 받아들였다.

"그깟 한 달도 못 견디는 녀석 잘 나갔어. 나는 수십 년을 견뎌냈어. 임자, 나는 그렇게 인내심이 없는 녀석은 질색이야."

어떻게 보면 아버지는 속으로 온 가족과 일꾼과 자기 자신의 고생을 은근히 즐기고 있는 분 같기도 했다. 만약 그렇지 않다면 굳이 모터를 사지 않고 수동식 펌프질로 하루에 열 시간 이상을 땀 흘리게 함으로써 모두를 고통 속으로 몰아넣을 이유가 도대체 없었기 때문이었다.

나는, 아니 우리 가족은 아버지가 한사코 모터를 사지 않는 이유를 끝내 납득하지 못했다.

나와 동석이 그리고 아우 녀석은 늘 교대로 펌프질을 했기 때문에 어떤 면에서는 공동의 피해자일 수도 있었다. 그래서 우리들은 하나같이 아버지의 '꾀부리지 말고 펌프질을 계속하라'는 말씀에 대해서만은 매우 섭섭함을 느꼈다.

아버지를 가장 깊이 이해하시는 어머니조차도 비지땀을 흘리며 가끔 펌프질을 할 때가 있었는데, 그때마다 '꾀부리지 말고 펌프질을 계속하라'는 아버지의 핀잔을 들으시자 한번은 저녁 식사 후 수금 계산을 하시는 아버지에게 모터를 사는 게 어떻겠느냐고 조심스럽게 제안을 하신 적이 있었다.

"펌프질이 애들을 너무 지치게 하고…, 나는 힘들어 죽겠으니 이제 그만 모터를 한 대 놓읍시다. 여보, 영감."

어머니로서는 대단한 용기가 아닐 수 없었다.

각자 일어서려던 동석이와 아우와 나는 사뭇 긴장하여 그대로 조용히 앉아서 아버지의 반응을 살폈다.

돈을 세고 계시던 아버지는 잠시 눈길을 떼어 어머니와 우리들의 표정을 하나씩 살펴보시더니 다시 돈 쪽으로 시선을 돌려 돈을 마저 헤아리셨다. 그리고 몽당 연필심에 침을 발라서 수금한 총 액수를 적고 그 장부와 함께 돈을 장롱 서랍에 집어넣으셨다.

그리고 긴 침묵을 깼다.

"이보라구들…."

나는 아버지가 언성을 높이지 않고 차분하게 말씀하시는 것을 그동안 거의 들어본 적이 없다는 생각이 들었다. 조그맣게 말해도 다 알아들을 만한 경우에도 아버지는 늘 언성을 높여오셨으니까. 흡사 귀머거리에게 소리치듯이.

그런데 지금은 전혀 그렇지가 않은 것이었다. 아버지의 차분하게 가라앉은 음성이 평소의 높은 음성보다는 훨씬 두렵게 느껴졌다.

"콩나물이나 숙주나물이 뭘 먹고 자라는지 아는가?"

참으로 엉뚱한 질문이 아닐 수 없었다.

"그야 뭐, 물밖에 뭘 더 먹겠어요."

너무 뻔한 질문을 한다고 생각했는지 동석이 녀석이 퉁명스럽게 대꾸했다.

"바로 그거야."

아버지가 무겁게 입을 열었다.

"콩나물이나 숙주나물은 물만 먹고 자라는 거야. 그 물이 바로 우리들의 정성어린 땀인 게고, 우리들의 정성어린 땀은 펌프질인 게야."

참으로 묘한 논리였다.

그러나 누구도 아버지의 그런 묘한 논리에 함부로 반박하려고는 하지 않았다. 그만큼 아버지의 말씀에는 어떤 범하기 어려운 힘 같은 것이 느껴졌던 것이다.

처음 모터를 사자고 제안했던 어머니는 아버지로부터 '꾀 부리지 말고 펌프질을 계속하라'는 핀잔을 들으신 후부터는 심정이 몹시 사나워지신 듯했다. 잠시 후 튀어나온 어머니의 반박이 그 모든 것을 느끼게 해주었다.

"정성도 좋고 땀도 좋고 아니 정성어린 땀도 좋지만, 모터를 사면 하루 열 시간씩이나 손으로 펌프질을 하지 않고서도 콩나물을 기를 수 있잖수. 모터를 놓고 그냥 스위치 하나만 누르면 그 힘든 고생을 하지 않아도 될 테니까 말이우. 이제 좀 편하게 삽시다. 저도 나이를 먹어서 그런지 이제 펌프질이라면 지겹기만 하니 모터를 안 사려거든 앞으로 펌프질은 꾀 안 부리는 당신이나 계속하구료."

다른 때 같으면 아버지의 불호령이 떨어졌을 법한데도 이날만은 조금 달랐다. 아마 평생을 아버지에게 고분고분하며 당신의 뜻만을 따라오셨던 어머니의 전에 없던 강경한 대꾸에 아버지가 당황하셨는지도 모를 일이었다.

아버지의 어투는 한결 가라앉아 있었으나 눈은 차갑게 번득였다.

"모터를 사면 일이야 쉽겠지, 하루 한번도 아니고 다섯 번씩 물을 줄 때마다 사람이 할 일을 기계가 다 해줄 테니까. 그러나 모터로 퍼올리는 물과 펌프질로 퍼올리는 물은 다른 게야. 다 똑같은 지하수인데 뭐가 다르겠느냐고 하겠지만, 물을 물탱크에 채워놨다가 주는 것은 그대로 준다고 쳐. 하지만 물을 다 주려면 물탱크 네 개쯤의 물이 소요되는데 모터로 푸면 넘쳐서 너무 차다는 게야. 펌프로 퍼서 일방 물을 주며 일방 물탱크를 채우는 게 가장 적당한 방법이라고 생각해. 콩나물이나 숙주나물에 있어서 중요한 것은 물의 온도와 공장의 온도야. 만약 모터를 놓게 되면 물탱크에 채워서 바가지로 퍼주는 것보다 호스를 모터에 연결시켜 직접 콩나물통에 대고 물을 주는 게 편하다고 생각들을 할 테고 또 황씨네처럼 그렇게 되어지고 말 게야. 그렇게 편안하게만 콩나물과 숙주나물을 기를 생각들을 가졌다면 그것은 세상을 편하게만 살겠다는 사기꾼이나 도둑놈 심보가 아니고 뭐겠어. 누가 뭐라고 해도 분명한 것은 콩나물은 단순히 물만 먹고 자라는 것이 아니라 키우는 사람의 땀과 정성을 먹고 자란다는 게야."

모터에 대한 논의는 결국 여기서 끝날 수밖에 없었다.

왜냐하면 아버지의 논리대로라면 지굴시장의 황씨 콩나물공장은 모터를 놓고 편안하게 기르려고 하기 때문에 매일 숙주나물이 썩어나오고, 콩나물은 잔발이 나거나 살이 안 찌고 비쩍 마른다는 얘기였으며, 그래서 황씨는 사기꾼이거나 도둑놈 심보를 가졌음이 분명하다는 거였다. 그런데 만약 여기서 자칫 뭐라고 잘못 말씀드렸다가는 영락없이 사기꾼이나 도둑놈 심보를 가진 자로 몰릴 것이 뻔했기 때문이었다.

터미널의 벤치에 앉아 잠시 서녘 하늘 가득 십자가에 못 박힌 놀을 바라보다가 나는 일어섰다. 집으로 가기 위해서는 터미널

뒤로 돌아 걸어야만 했다.

정육점을 사이에 두고 새시장과 파라다이스로 갈라지는 삼거리까지 걸어와서 곧 500미터 전방에 나타날 콩나물공장을 생각했고, 공장의 펌프질에 대한 불만들을 생각했고, 그것은 동석이 녀석이 참 기특하다는 생각으로까지 자연스럽게 이어졌다.

녀석은, 한 달도 채우지 못하고 부족한 잠과 힘든 공장일과 더 힘든 펌프질을 견뎌 내지 못하고 공장을 뛰쳐나가는 다른 일꾼들과는 분명히 달랐다. 아우와 동갑내기인 녀석이 콩나물공장에 들어온 것은 벌써 5년을 헤아리게 되었다.

“참 어지간한 녀석이야.”

내가 입대하기 전의 어느 날이었다.

부친상을 당한 녀석이 고향에 사흘 동안 다니러 간 사이에, 녀석에 대한 최초의 공개적인 평가가 아버지로부터 내려졌다.

“정말 어지간한 녀석이야.”

녀석이 하던 일들을, 높은 일당을 주고 구해온 두 사람의 장정으로도 감당해내지 못하는 것을 보고 나서 아버지가 혼잣소리처럼 한 말이었다.

그때로부터 3년이란 세월이 더 지났지만 녀석은 군소리 하나 없이 그 힘든 일을 잘도 견뎌내고 있을 것이다.

매월 불어나는 자기 예금통장의 숫자로써 녀석은 그 모든 고통스러움을 보상받고 있을 것이다. 펌프질의 지겨움까지도.

저만큼 넓은 이장네 밭을 건너 바라다보이는 콩나물공장의 낡은 추녀가 점점 가까워오자 나는 왠지 손가방을 든 손목이 저려오기 시작했다. 군대에서 충분히 생각해둔 제대 후의 일이면서도 곧 맞닥뜨리게 될 그 지긋지긋한 펌프질이 별안간 두렵게도 느껴졌다.

2

내가 파란 대문을 밀고 들어서자 수돗가에 앉아서 저녁 쌀을 씻고 계시던 어머님이 고개를 힐끗 치켜들더니 깜짝 놀라셨다.

어머니는 자박지 안에 담갔던 손을 꺼내 앞치마에 대충 씻고는 내게로 곧장 달려와 두 손을 덥석 잡고 눈물을 질금거리셨다.

"에구, 이 무심한 녀석아. 그래 3년간 휴가 한번 안 오는 놈이 어딨단 말이냐? 고생은 얼마나 많았누 그래. 이젠 완전히 군대에서 제대한 거지?"

"네, 어머니 이젠 제대했어요."

나는 웃으면서 어머니의 앞치마를 내려다보았다. 거기 하얀 쌀알 몇 알이 물기를 머금고 붙어 있었다. 아버지가 거길 보셨더라면 또 호통을 치실 일이었다.

"아버지는 어디 가셨어요?"

나는 안방과 공장 쪽으로 시선을 던지며 물었다.

"아침나절에 콩 사러 천안장엘 가셨는데, 곧 오실 시간이 되었다. 참, 시장하지? 내 얼른 시장을 봐올 테니 안방에 들어가 쉬고 있거라."

나는 내 방 쪽을 힐끔거렸다.

"아, 참. 네 방은 니 애비가 남 줬는데 내일이나 모레쯤 방을 비워줄 게다. 기한이 지났는데… 아직 방을 못 구한 눈치더라."

그렇게 말하며 어머니는 사뭇 미안스러워 했다.

"니가 쓰던 짐들은 묶어서 다락과 애들 방에 나누어 옮겨놨다."

"잘하셨어요. 어머니."

나는 어머니의 손을 놓고 일부러 쾌활한 음성으로 말했다.

"그런데 창호와 동석이는 수금 나갔나보죠?"

안마당에 세워놓은 자전거는 한 대뿐이었다.

"응. 갸들은 지금 수금 갔다. 저녁 물 줄 시간이 거반 되어가니 갸들도 곧 돌아올 게다."

툇마루에 손가방을 내려놓고 나는 자전거가 세워져 있는 마당가로 다가가 핸들을 잡아보았다. 콩나물공장 자전거들은 모두 자전거포에서 짐받이 부분을 특별 주문으로 새로 맞추거나 용접을 해서 콩나물을 수십 관이라도 싣고 거리를 씽씽 달려도 끄떡없게 만들었기 때문에 다른 허약한 뼈대의 자전거들과는 쉽게 구분이 되어졌다.

"이게 제가 타던 자전건가 보죠. 많이 낡았군요. 어머니."

"아마 그럴 게다. 그래도 며칠 전까지만 해도 네 아우가 가끔 끌고 다녔는데 이번엔 브레이크가 고장났다고 하던가? 웬 양색시 하날 들이받고부터는 저렇게 내팽개쳐 두었구나 글쎄. 자전거포에라도 끌어다주지 않고, 그보다 오늘은….”

어머니는 잠시 말씀을 멈추고 씻은 쌀을 부엌으로 옮겨다놓고 시장바구니를 들고 나오셨다.

“… 나도 근호, 니 핑게 대고 괴길 좀 먹어야 하는 날이니까 시장하더라도 잠시만 기다리거라. 요 앞 육고깐에 내 후딱 댕겨올 테니.”

어머니가 바쁜 걸음으로 파란 대문을 나서고 나서 얼마 되지 않아서였다.

나는 툇마루에 걸터앉아 농구화 끈을 풀면서 갈아 신을 만한 적당한 신발을 찾았으나 쉽게 눈에 뜨이지 않았다. 나는 앉은 채로 허리를 180도 정도 앞으로 휘청 꺾으며 머리를 두 다리 사이로 깊숙이 떨어뜨려가며 마루 밑을 들여다보았다.

거기, 망사 같은 어둠이 온갖 잡동사니들과 뒤섞여 있었고, 망사 같은 어둠 속을 뒤적이던 내 시선은 어느 한 지점, 팔을 뻗으면 쉽게 닿을 수 있을 만한 거리에서 어둠에 찌든 하얀 고무신 한 켤레를 발견했다.

입대하기 전에 내가 신던 고무신을 아마 임자 없이 뒹구니까 누가 그대로 마루 밑에 처박아둔 모양이었다.

팔을 뻗으면 쉽게 닿을 것만 같았던 고무신은 내 머리통을 마루 밑으로 아예 다 디밀어 넣고서도 한동안 먼지를 들이마신 후에야 꺼낼 수 있었다.

3년 동안 마루 밑바닥에 갇혀서 온몸에 시커먼 때와 먼지를 끌어안고 깊이 잠들어 있던 고무신을 꺼내들고 수돗가로 가지고 가서 수세미로 깨끗이 닦아내고 있을 때였다.

대문 앞에 트럭이 멎는 소리가 들리더니 곧이어 빵, 빵 하고 클랙슨을 울려댔다.

아버지가 천안장에 가서 콩나물콩을 모두 쓸어오신 모양이었다.

아버지가 대문 안으로 들어서시는 것을 보고 나는 수돗가에서 벌떡 일어나 물 묻은 손을 바지에 문지르고 허리를 꺾었다.

"아버님, 저 오늘 제대하고 돌아왔습니다."

"…."

"그간 집에는 별고 없으셨는지요?"

"…."

아버지는 마뜩찮게 내 제대복 차림을 아래위로 한번 쓱 훑어보시고는 퉁명스럽게 물었다.

"니 에미와 애들은 다 어딜 갔느냐? 이렇게 집을 비워놓고…."

"네. 어머니는 지금 장에 가시고, 애들은…."

"쯔쯔… 쯧."

아버지는 혀끝을 찼다.

아버지의 그 혀 차는 소리가 그만 내 입을 다물게 했다.

"얼른 콩가마를 콩방으로 날라야 할 텐데…. 이거 원…."

아버지의 말씀이 떨어지기가 무섭게 나는 툇마루로 뛰어가 벗어놓았던 농구화를 다시 꿰신고 문 밖에 세워둔 트럭으로 달려나갔다.

트럭 조수와 나는 함께, 트럭 위의 운전수가 등짝에 메어주는 콩가마를 콩방까지 등짐으로 져 나르기 시작했고, 아버지는 콩방에서 받침목을 괴어놓거나 녹두가마를 옮겨놓는 등 조급하게 서두르셨다.

그도 그럴 수밖에 없는 것이 트럭이 파란 대문 앞에 서 있는 동안은 도로가 막혀 지나다니는 사람들의 자유스러운 통행이 일체 금지 상태에 있게 될 뿐만 아니라, 가끔씩 지나다니는 택시나 용달차 등도 길이 막히게 되면 신경질적으로 클랙슨을 눌러대기 때문에 이만저만 시끄러운 게 아니었다.

가능한 한 빠른 시간 안에 짐을 옮겨놓고 트럭을 빼는 것만이 최선의 방법이라는 것을 아버지는 잘 알고 계셨던 것이다.

우리들은 전에도 트럭이 콩가마들을 잔뜩 싣고 와 대문 앞에서 빵, 빵 하고 신호를 보내기만 하면 아무리 중요한 일을 하고 있던 참이라 해도 그 일들을 모두 팽개쳐두고, 트럭으로 벌떼처럼 와 달려들어 재빠른 동작으로 트럭 위에서 콩가마들을 끌어내리곤 했었다.

그런데 오늘은 그게 그렇게 되지 못했던 것이다.

나는 등짐을 지고 트럭에서 콩방까지 예닐곱 번 빠른 걸음으로 왕복했다. 어느덧 이마에 비지땀이 흘렀다. 제대복의 앞가슴과 등줄기도 땀에 흥건하게 젖어 있었다. 나는 농사를 지어 본 경험이 없어서 농사꾼의 어려움과 힘겨움에 대해 쉽게 말할 수는 없는 입장이지만, 워낙 어렸을 때부터 심한 노동의 굴레 속에서 자라왔기 때문에 웬만큼 힘든 일에는 이미 이골이 나 있었다.

트럭 조수는 네댓 번 왕복하고서는 소금에 절인 배추처럼 힘없이 흐느적거렸다. 그 모습을 지켜보고 계시던 아버지는 쯔쯔… 쯧 하고 혀끝을 찼다.

"젊은 사람이… 저래 갖고… 원, 어따 써먹을 겐지…쯔쯔… 쯧."

아버지는 공부한 사람들을 대체적으로 신뢰하지 않는 편이었다. 그들 책상물림들은 하나같이 세상을 편하게만 살아가려고 한다는 편견을 갖고 계신 것 같았다. 높은 학식으로 좋은 곳에 취직해서 혹은 관리가 되어 별로 땀도 흘리지 않고 풍족한 생활을 하는 것 같은 그들의 태도가, 땀 흘린 만큼의 대가로만 생활하시려는 아버지의 눈에는 심히 못마땅하게 비쳤는지도 모를 일이었다.

아버지는 건강 제일주의자였다. 배운 것 없고 가진 것 없이 힘든 노동만으로 먹고 살아야 하는 우리 같은 사람들에게 한 개뿐인 몸뚱이가 삐끗하고 잘못되면 그땐 무엇이 남겠느냐는 거였다.

건강한 몸뚱이 하나가 우리같이 무식하고 가난한 사람들에게는 유일한 최후의 재산이라고 아버지는 굳게 믿고 계셨다. 그런 아버지의 눈에 비친 트럭 조수의 흐느적거리는 몸뚱이가 쯔쯔… 쯧 하고 아버지의 혀끝을 차게 한 것은 어쩌면 지극히 당연한 일인지도 몰랐다.

하여간 그런 아버지의 생각 때문에 나의 인생은 처음부터 빗나가기 시작했다.

지금 내가 최종 학교 졸업증명서를 뗄 수 있는 것은 국민학교 6학년 졸업장뿐이라는 사실이 바로 그것을 증명해주는 것이다.

지금이야 콩을 한 가마씩 앉히는 제법 큰 콩나물공장이 됐지만, 내가 국민학교 졸업 당시만 해도 전혀 그렇지가 못했다. 단골도 별로 없이 하루에 겨우 한두 말씩 콩을 앉혀서 어머니가 시장에 내다팔기도 하고, 아버지는 단골가게를 잡기 위해 콩나물을 자전거에 싣고 서정리까지 가서 헤매고 계셨고, 나와는 네 살 터울인 국민학교 2학년짜리 아우 녀석까지도 콩나물을 반 관씩 들어서 동네 가게집에 배달하고 학교를 다녔을 때니까 나로서는 중학교를 간다는 것이 무리가 아닐 수 없었다. 지굴이나 좌동의 배달이나 수금, 그리고 아버지와 어머니를 도와 공장일을 거반 해내야 했던 나로서는 중학교는 차마 꿈도 꾸지 못할 일이었다.

온 집안 식구가 새벽부터 일어나 오밤중까지 눈코뜰새 없이 바쁘게 설쳐야만 했으므로 아버지는 몇 번이나 집으로 찾아온 담임선생에게 한번은 딱 부러지게 말씀하셨다. 내 아들의 장래 문제는 내가 책임질 테니 선생님이 더 이상 나서서 내 아들 문제에 관여하지 말아달라고.

며칠 후 담임선생님이 사다준 입학원서를 아버지 몰래 중학교에 접수시키면서도 나는 선생님 말씀처럼 그냥 한번 시험만 쳐본다는 생각을 가지고 있었다.

그러나 합격 통지서를 쥐고 집으로 달려온 김영란 담임선생님은 아버지에게 된통 야단을 맞고 눈물을 흘리며 물러 가셨고, 그날 밤 나는 죽지 않을 만큼 얻어터졌다.

시퍼렇게 멍든 조그만 몸뚱어리를 이불 속에서 뒤척거리며 이리 접고 저리 접어 보아도 통증은 가시지 않고 잠도 쉬 오지 않았다.

아버지께서도 잠자리에 바로 들지 못하고 요 위에 앉아서 죄 없는 담배만 거푸 피워대셨다. 담배는 필터가 없어서 빨면 입안에 담배가루가 묻어나고 침 묻은 부분은 쉽게 터지곤 했다. 퉤, 퉤, 퉤 하며 연신 입안의 담배가루를 뱉어내면서도 아버지는 세 개비째 궐련을 꺼내 물고 피우시던 꽁초로 불을 댕겼다.

어머니가 일어나신 것은 그때였다.

"아무래도…."

어머니의 목소리는 충분히 젖어 있었다.

"지 소견으로는 아무래도 그 여선상님 말씀이 옳은 것 같구료."

아버지는 아무 대꾸도 하지 않고 세 개비째 문 담배만 빼끔거리고 계셨다.

"그리고…."

어머니는 다시 흐르기 시작한 눈물을 손등으로 닦아내시느라고 잠시 말씀을 멈췄다.

나는 아랫목에 누워서 욱신거리는 몸뚱이의 통증도 잊은 채 어머니가 눈물을 질금거리며 쏟아낸 다음과 같은 말을 엿듣게 되었다.

"얘가 얼마나 공부가 하고 싶었으면 지 부모 몰래 시험을 봤겠수. 남의 애들처럼 가르치지 못하는 것도 가슴 아픈데 때리긴 왜 때린단 말이우. 저 어린 게 때릴 데가 어디 있다구. 그토록 무지막지… 생각해보면 얼마나 기특하우. 여선상 말씀을 들으니 입학금도 안 내는 장학생으로 들어간다니까 공장일은 우리가 조금 더 할 셈 잡고, 아침 배달과 저녁 수금은 쟤가 하면서 학굘 다닐 수도 있지 않겠수. 여보, 제발 지 소원이니 그렇게 하게 해 주시우. 쟤가 그토록 공불하고 싶어하는데도 만약 쟬 중핵교에 못 보낸다면 지가 죽어서도 맺힌 한이 풀리지 않을 게유. 중핵교를 나와서두 콩나물공장 일을 할 수 있지 않겠수. 우리 쟬 중학교에 보내줍시다. 네 여보."

결국 무리를 해서 다니기 시작한 중학교는 1학년을 1학기도 마치지 못하고 그만두게 되었다.

공장일에 매달린 두 분은 내가 하던 일까지 하시려니까 깎아 먹을 거라고는 잠밖에 없었던 것 같았다. 반 년도 안 되어서 벌써 수면부족으로 두 분의 얼굴은 반쪽으로 줄어드셨다.

두 분의 그런 병자같이 초췌해진 모습을 한 집에서 마주 대하며 산다는 것이 내게 있어서는 하나의 고통이었고, 고통 이상의 형벌이었다. 안 보면 모르겠지만 한 집에 함께 살면서 늘 두 분의 고생을 보게 되는 나로서는 자식된 도리로서라도 더 이상 모른 체하고 그냥 내버려둘 수가 없었기 때문에 혼자 그런 결정을 내린 것이었다.

나는 학교를 그만두기 하루 전날 김영란 선생님의 하숙집을 찾아간 적이 있었다. 그날 몹시 반가워하시는 선생님의 손에 이끌려 방안까지 들어간 나는 쭈뼛거리며 더듬더듬 내 결심을 말씀드렸다.

선생님은 내 얘길 다 듣고 나더니 조용히 고개를 끄덕이셨다.

"반 년이라도 다녔으니 다행이다. 이젠 너 혼자 콘사이스 찾는 법은 배웠겠구나. 그럼 그것으로 됐어. 최소한 콘사이스 찾는 법만 배우면 공부는 혼자서도 충분히 할 수 있는 거야. 너라면 검정고시를 통해서라도 네 길을 찾아갈 수 있을 테니까 선생님이 크게 염려하진 않겠다. 그리고 이번 일은 근호, 네가 결심하고 결정한 일이니까 절대로 후회해서는 안 된다. 알겠니?"

나는 까닭없이 눈물이 나왔다.

아버지에게 죽도록 얻어터졌던 저 반 년 전의 그날 밤에도 나오지 않던 눈물이 왜 뒤늦게 김영란 선생님 앞에서 흘러나왔는지를 나는 그때 알지 못했었다.

선생님은 손수건을 꺼내 내 눈물을 닦아주시고 다시 이렇게 말씀하셨다.

"나도 이번에 생각한 바가 있어 다시 공부를 더 해볼 생각이다."

나는 선생님이 적어주신 수원 본가의 주소를 두 손에 꼬옥 움켜쥐고 집으로 뛰어왔다.

"나중에 혹시 내가 학교를 그만두면 이곳으로 연락해라. 그러면 나와는 만날 수 있게 돼. 어려운 일이나 상의할 일이 생길 땐 꼭 편지 해."

내가 학교를 그만두겠다고 말했을 때 아버지는 입학할 때보다도 더 침통한 표정으로 고개를 끄덕이셨고 어머니는 입학할 때보다도 더 많은 눈물을 질금거리셨다.

다음 날부터 나는 발 벗고 공장일에 매달렸다.

당시 나의 즐거움이란 몇 달에 한번 꼴로 김영란 선생에게 편지를 쓸 때와 회답을 받을 때뿐이었다. 선생님은 내게 확고한 신념을 심어주셨고 나는 공장의 잡다한 일로 매일 축 늘어진 몸뚱이를 이 악물고 추스려가며 강의록을 보기 시작했다. 3년 반이 지나서 나는 고등학교 입학자격 검정고시에 합격했고, 선생님은 나보다 1년 전에 수원에 있는 기독교 계통의 사립고등학교에 국어교사로 부임하셨다.

나는 중학교에 입학할 때처럼 새벽 공장일과 아침 배달과 저녁 수금과 그리고 밤 물 주는 일 등을 계속하겠다고 말씀드리자 아버지는 마지못해 나의 고등학교 입학을 승낙하시면서 이렇게 물었다.

"쑥고개에도 고등학교가 있는데 왜 굳이 육십 리가 넘는 수원의 고등학교까지 가서 시험을 치르겠다고 하는 게냐?"

"네. 실은…."

나는 사실대로 대답하려다가 그냥 입을 다물었다. 김영란 선생님에 대한 아버지의 감정이 결코 좋지 않다는 것을 잘 알고 있었기 때문이었다. 나는 입 속으로만 나머지 얘기를 중얼거렸다.

'아버지, 그 학교에는 제 인생의 은인이신 김영란 선생님이 계시기 때문입니다.'

"대답해보거라."

아버지가 닦달하시듯 재차 묻자 그때까지 곁에서 잠자코 듣고만 계시던 어머니가 한마디 거들어주었다.

"그야 수원의 핵교가 여기 있는 핵교보다 더 좋기 때문에 아니겠수."

그러자 아버지는 이렇게 못을 박았다.

"좋다. 고등학교를 어디로 가건 네가 어려운 집안일을 지난 3년 동안처럼 계속해준다면 나는 반대할 생각이 없다. 그러나 분명히 말해두지만 고등학교뿐이다."

그때 나는 처음으로 아버지에 대한 강렬한 반발심이 명치에서부터 치솟아올라오는 느낌을 경험했다.

제대복을 입고 군대에서 5년 만에 집으로 돌아온 자식을 대하는 조금 전의 그런 마뜩찮아 하는 표정으로, 고등학교뿐이라고 못 박으셨던 그때의 그 아버지 말씀이 결국 나를 고등학교를 1년밖에 다니지 못하게 만드는 결과를 빚고 말았다. 중학교 때와 마찬가지로 나는 자퇴를 했지만, 그때의 경우는 부모님의 고생을 더 이상 볼 수 없었기 때문에 그런 결정을 내린 것이 아니다. 입학 때의 내 성적을 계속 유지해나가기가 힘겨웠다는 것이 이유였고, 그런 이유를 갖게 해준 원인은 주산·부기 따위로 일관된 학교의 수업 내용이었다. 고등학교뿐이라고 못 박으셨던 아버지에 대한 반발로서라도 나는 학생으로서는 무리한 공장일을 하면서(아버지에게 금전적인 도움도 받지 않은 채) 대학까지 들어가고 싶었다. 당시 그러한 주산·부기·상업 등 학교의 중점적인 수업 내용은 하나의 장벽이었으며 나는 그 장벽을 고민 끝에 다시 자퇴로써 뛰어넘으려고 했던 것 같다. 나의 자퇴 이유를 모두 듣고 김영란 선생은 말씀하셨다.

"네가 할 공부를 남이 대신 해주지 않듯이, 남의 공부 역시 네가 대신 해주고 있는 것은 아니지 않니? 공부란 선생이 가르쳐주는 것이 아니라 스스로가 하는 거야. 네 인생을 최종적으로 책임질 수 있는 것도 너 자신뿐이듯 네가 앞으로 아버지의 가업을 이어받든 또는 취직을 하든 아니면 다시 강의록을 보아서 대학으로 진학하든 그런 것은 모두 네가 결정해야 하고 또 네가 책임져야 할 너의 인생이란 말이지. 네가 이 학교에서 배웠다시피 상업의 목적은 최소한의 자본을 들여서 최대한의 이윤을 추구하는 데 있어. 문학은 그 반대일지도 몰라. 특히, 시는 최대한의 시간과 정열을 투자해서 그 반대급부로 단 몇 줄의 언어를 건져내는 작업임으로 엄청난 손해를 보는 것일는지도 몰라. 그러나 나는 이 학교의, 미래의 상공인이 될 수많은 학생들에게 시를 쓰는 아름다운 마음과 정신을 갖게 해주고 싶었지. 손해를 보는 것이 때로는 얼마나 아름다운가를 깨닫게 해주고 싶었어. 그런데 나는 실패한 것 같아. 이제 나도 학교를 그만두고 시집이나 가야 될까봐. 이익과 손해라는 개념을 동일한 궤로 보는 그런 남자가 있다면 말야."

나는 이를 악물었다.

이마에서 흐르는 땀방울을 손등으로 씻어내고 또 씻어내도 땀은 신선한 샘물처럼 끊임없이 솟아났다.

"아니, 형 언제 오셨어유?"

서정리로 수금을 나갔던 동석이 녀석이었다.

녀석은 자전거를 앞마당에다 받쳐놓고 뒤에 실은 나무통에서 마대 보자기들을 꺼내다가 콩방에서 나오는 나를 발견한 모양이었다. 녀석은 유난히 큰 앞니를 내보이며 씨익 웃었다. 나는 땀에 젖은 손으로 보자기를 움켜쥔 녀석의 손을 잡아주었다.

"조금 전에 왔다. 그동안 고생이 많았지?"

녀석은 멋쩍은 듯 잠시 머뭇거리다가 그냥 씨익 하고 한번 더 앞니를 드러내보이고는 가겟집에서 걷어온 보자기들을 한아름 안은 채 공장 안으로 급히 들어갔다.

아버지의 성격을 누구보다도 잘 아는 녀석이어서 아버지께서 가장 싫어하시는 것이 무엇인지를 녀석은 잘 알고 있었던 것이다. 아버지께서는 수금 후에도 보자기가 자전거에 그대로 실려 있는 것을 가장 싫어하셨다. 그렇게 불결한 마음으로 어떻게 신성한 식탁에 올릴 중요한 식품을 배달하느냐는 것이었다. 그래서 아무리 귀찮고 피곤하더라도 우리들은 집에 돌아오는 즉시 물통에 보자기들을 모두 집어넣고 깨끗이 씻어 말리는 습관이 들어 있었던 것이다.

나는 땀으로 목욕을 하면서도 쉬지 않고 등짐을 졌다. 트럭이 세워져 있는 대문 밖 길가에서부터 안채 끝에 붙어 있는 콩방까지를 낑낑거렸다. 트럭의 콩가마는 어느덧 반 넘어 줄어 있었다.

물통 속에 보자기들을 그냥 쑤셔넣고만 나왔는지 금방 뛰쳐나온 동석이가 끼어들고, 잠시 후 좌동 수금을 끝내고 돌아온 아우까지 합세한 네 명이서 등짐을 져 나르니까 트럭 위의 콩가마는 삽시간에 콩방으로 모두 옮겨졌다.

트럭이 떠나고 나서도 아버지는 트럭이 서 있던 그 자리에 앉아 계셨다. 콩가마를 끌어내리고 등에 짊어지고 할 때 땅바닥에 떨어뜨린 제법 많은 콩알들을 아버지는 방빗자루로 쓸어모아 양동이에 담고 계셨다. 나중에 아마 키질로 고르실 모양이었다.

어머니는, 시장을 봐온 반찬거리를 부엌에서 지지고 볶고 하느라고 냄새를 피우고 계셨고, 아우와 동석이는 콩나물 물 줄 시간이 늦었다면서 공장 안으로 뛰어들어갔다.

동석이가 물을 주고 있는 동안, 아우는 두 대의 펌프 중 비교적 손질이 부드러운 공장 안의 펌프에서 펌프질을 하고 있는 모양이었다.

나는 파란 대문에서부터 안채 끝의 콩방까지 사이에 떨어져 있는 콩알들을 줍고 있었다.

농구화와 신발에 무수히 짓밟혀서 성한 것보다는 살갗이 벗겨지거나 머리가 찌그러지거나 뱃가죽이 찢어진 것들이 더 많았다.

성한 것을 집어들면 그 파랗고 동그랗고 조그만 것이 흡사 여의주를 축소해놓은 것 같은 느낌이 들었다.

얼굴이 훤히 비칠 정도로 깨끗하게 반질거리는 파란 콩알을 손바닥 위에 한 알씩 주워올렸다.

파란 콩알마다 파란 생명의 싹이 터 하나의 생명을 가진 콩나물로 자라나는 것이 문득 경이롭게 느껴졌다.

사람의 가슴에도 그런 파란 콩알 같은 말을 묻어둘 수 있을까. 죽어서, 미쳐서, 원혼이 되어서 떠도는 불행한 말, 생명이 없는 말들이 아니라, 살아 있는 말, 투명하게 빛나는 말, 진실된 말, 아름다운 말, 파란 콩알 같은 그런 말들을 가슴속에 묻어둔다면 정말 생명의 싹을 틔울 수 있을까. 때·가·되·면·생·명·의·싹·을·틔·울·수·있·을·까.

3

"그래, 이젠 속시원히 말 좀 해보려므나. 군대도 제댈했으니 앞으로는 어쩔 것인지. 니가 다 잘 알아서 하겠지만서두 이 에미가 궁금해서 그런다."

저녁식사를 마친 후 밥상을 한켠으로 밀쳐놓으며 어머니가 무슨 비밀 이야기라도 하듯 조그만 소리로 내게 그렇게 물었다.

나는 아버지 쪽을 쳐다보았다. 아버지께서는 수금 계산 때문에 나와 어머니의 대화에는 별로 신경을 쓰시는 것 같지 않았다.

"글쎄요…."

나는 어정쩡하게 얼버무리며 대답을 회피해보려고 했다. 그러나 소용없는 일이었다.

"글쎄요라니? 너, 그럼 군대에서 제대할 때까지 그런 생각은 하나투 안 해봤던 게냐? 남들 얘길 들어보면…."

"어머니! 전 집에서 그냥 콩나물이나 기르고 싶어요."

어쩔 수 없었다.

내가 어머니의 말을 막으며 집에서 그냥 콩나물이나 기르고 싶다고 대답하자 어머니는 불에라도 덴 듯 화들짝 놀라셨다.

"아니, 너? 그게 무슨 말이냐? 콩나물을 기르겠다니? 그럼 네가 지금껏 힘들여 배운 공부는 다 어따 써먹고? 그럴라면 뭐하러 그토록 이를 갈며 잠 못 자고 온갖 고생 다 해가며 공불했는지 이 에민 모르겄다. 공불 안 하고도 기를 수 있는 것이 콩나물이 아니겠냐. 그러니까 콩나물은 우리덜이 기르고, 니는 좀 더 큰 일을 해야 세상이 공평해지는 것 아니겠느냐."

나는 점점 난감해졌다.

어머니와의 대화가 이런 식으로 뒤엉켜지리라고는 전혀 생각지 못했던 까닭이었다.

"어머니. 콩나물을 기르는 것도 큰일이에요."

그러나 어머니는 머리를 흔드셨다.

"아니다. 너도 니 애비의 성격을 안다면 그런 말은 못할 게다. 그 일은 이제 니가 할 일이 아니라니까 그러는구나. … 그리고 콩나물공장도 옛날과는 사정이 많이 달라졌어. 이젠 니가 도와주지 않아도 될 만큼 니 아우와 동석이가 지금 각자 지들 몫을 다 해주고 있단다. 그러니까 다른 일을 해야 할 니가 공장에 묶여 있을 필요는 없는 게야."

나는 말할 수 없이 가슴이 답답해졌다. 이젠 아버지 한 사람뿐만이 아니었다. 어떤 상황 속에서라도 늘 내 편이셨던 어머니에게서조차도 나는 소외되고 있다는 생각이 들었다.

물론 나를 대하는 두 분의 태도는 정반대였다. 그러나 아버지의 철저한 무관심과 어머니의 지나친 관심이 주는 그 결과는 마찬가지였다.

우리 가족은 그동안 거의 같은 양의 땀을 흘렸고, 거의 비슷한 정도의 수면부족에 걸려 있었다. 내가 왜 콩나물을 기르는 일을 해서는 안 된다는 말인지, 그것을 어머니에게 어떻게 납득

시켜 드려야 할지 나는 그저 가슴이 답답했다.

아버지의 무서운 편견과 어머니의 소박한 기대가 나를 또다른 고민 속으로 몰아넣었다.

동석이 녀석은 우리 집에 들어온 지 5년이 되었다. 녀석은 그동안 열심히 일하면서 우리 가족과 자연스럽게 동화되어 어느덧 한 가족의 일원으로서 자리를 잡은 대신, 나는 어느새 우리 가족에게 이질감을 주는 이방인 같은 존재가 되어버리고만 것이었다.

이질감, 그것은 펌프질보다도 더 힘들고 지겹고 두려운 것임이 분명하다고 나는 생각했다.

나도 모르는 사이에 내 음성은 커져버렸다.

"어머니! 전 공장에 묶여 있고 싶어요."

"시끄럽다. 좀 조용히 해!"

한참 동석이와 아우의 수금 계산을 하시던 아버지가 신경질적으로 주판을 허공에 들어올려 흔드시면서 큰소리로 꾸짖으셨다. 몹시 신경이 쓰이셨던 모양이었다. 어머니와 나는 아버지의 호통 한마디에 그만 찔끔해져버리고 말았다. 나로서는 퍽 다행스러운 일이 아닐 수 없었지만, 어머니로서는 얘기의 끝을 보지 못한 것이 무척 안타까우신 것 같았다.

아버지는 방바닥에 다시 주판을 내려놓고는 상단 외줄 아래에 검지손가락을 집어넣고 쭉 — 한 일자를 그었다. 따르르르르르륵 하는 소리가 났다.

"가만있자… 에이, 그러니까 삼육은 십팔하고 삼팔은 이십사, 어라? 서정리가 두 관 비는데…."

"돼지네가 두 관 외상이라니까 자꾸 그러시네유. 내일 준댔슈."

몇 번 반복하느라고 동석이 녀석도 짜증이 나는지 자기 장부를 집어 보이며 퉁명스럽게 말했다.

"아! 그럼 맞는구나. 동석인 됐다. 다음은 창호, 너 장부 갖고 이리루 오너라."

아버지 앞을 물러나는 동석이 녀석이 이제 해방됐다는 듯 길게 한숨을 토해냈다. 그리고 가벼운 콧노래로 나훈아의 고향 무정인가 하는 걸 흥얼거리며 안방을 나갔다. 녀석은 기분이 좋을 때는 늘 그 노래를 입속으로 흥얼거렸는데, 언젠가 한번 들어본 바로는 가수 뺨치게 잘 부르는 것 같았다.

동석이가 나가자 아우가 죽을상이 되어 아버지 앞에 나앉았다.

아우가 관수 계산을 해서 내민 종이쪽을 훑어보고 돈을 다 세어본 후, 아버지는 당신의 장부에서 새벽에 배달나갈 때 적어놓은 관수와 맞춰보고 주판알을 튕겨보고 하시더니 버럭 고함을 치셨다.

"돈이 왜 이것밖에 안 되냐? 나머지는 다 미수냐? 아니면 다 네 놈이 받아서 쓴 거냐?"

아우가 야단맞고 있는 모습이 안쓰러웠던지 어머니는 슬그머니 일어나 밥상을 안고 부엌으로 나가셨다.

아버지의 눈빛은 여전히 아우의 얼굴에 강력 끈끈이처럼 달라붙어 있었다. 그 눈빛은 상대가 누구라도 충분히 제압하고도 남을 만큼 강력한 힘을 지닌 것 같았다.

저렇게 지독한 눈초리와 말로 야단을 침으로써 가끔 해이해지는 아우의 긴장이 풀어지지 않도록 해보자는 것인지도 혹 모를 일이었다.

당황한 아우가 더듬거렸다.

"새시장하고 지굴시장 가겟집들은… 콩나물이 그대로… 남아 있다고… 수금들을…잘… 안 해줘요. … 지굴 황씨 아저씨 공장에서… 황씨 아줌마가… 오늘… 죙일 양쪽 시장에 나와… 싸구려를 불러갖고…."

쑥고개의 아침장은 새시장에서 섰고 저녁장은 지굴시장에서 섰다. 그런데 지굴 황씨네 콩나물공장에서 황씨네 아주머니가 아침엔 새시장에 나와서 헐값에 콩나물을 퍼주고, 저녁엔 지굴시장에 나와서 그 짓을 하니까, 우리 단골가게들의 콩나물이 그대로 남게 되었고 그래서 수금도 못했다는 것이었다.

아우의 얘길 다 듣고 난 아버지의 얼굴은 걷잡을 수 없는 흥분으로 붉게 물들었다.

"내일도 그 황씨 여편네가 양쪽 시장에 또 나온다고 그러더냐?"

"자세히는 모르겠지만, 한 사나흘 더 나올 모양이데요. 수금

때 만난 황씨 아저씨가 제게 한 사나흘만 봐달라고 사정허는 걸루 봐서는….”

한숨 돌린 아우의 그런 얘길 듣고 아버지는 잠시 무엇인가를 골똘히 생각하는 눈치더니 번쩍, 강력 끈끈이 같은 눈빛을 빛냈다.

“너, 가서 동석이 좀 잠깐 건너오라고 해라.”

아우가 즉시 일어서서 동석이를 부르러 방을 나가자, 아버지는 그때까지 잠자코 앉아있던 나를 지그시 노려보셨다. 그 강력 끈끈이 같은 눈빛으로.

그리고 이렇게 말씀하셨다.

“너, 내일 시장에 나가서 황씨 여편네 앞자리에서 싸구려 좀 불러라. 절대로 그 여편네에게 져서는 안 된다. 알겠느냐?”

“네. 아버지.”

나는 져서는 안 된다는 아버지의 말씀이 무엇을 의미하는지를 잘 알고 있었다. 그것은 황씨 부인이 콩나물을 하나도 팔지 못하도록 하라는 것이었다. 그러기 위해서는 그 부인보다 더 헐값에 파는 방법밖에는 없었다. 그것이 황씨네 콩나물이 새시장에 침투하지 못하도록 하는 유일한 방법이었다.

아버지는 혼잣말처럼 중얼거렸다.

“못된 놈들. 기껏 살게 해줬더니 이젠 누굴 잡아먹으려고 해? 어림 반푼어치도 없다.”

아버지는 배신감을 느끼신 모양이었다.

젊은 황씨가 처음 쑥고개에 와서 콩나물공장을 차려놓고서 설치고 다니던 모습을 나는 알고 있었다.

당시 단골가게를 하나도 갖고 있지 못했던 황씨는 좌동으로 서정리로 새시장으로 지굴로 들쑤시고 다니며 가겟집마다 억지로 콩나물을 맡기곤 했었지만, 황씨의 콩나물보다 아버지가 기른 콩나물이 훨씬 좋았으므로 가겟집 주인들은 오랜 단골을 바꿀 수 없다는 말로써 조금 양이 더 많은 황씨의 콩나물을 거부했었다.

결국 황씨의 패배로 단골가게 싸움은 끝났지만 그 후로도 그런 신경전은 자주 있었다. 그런 신경전 끝에 먼저 굴복한 것은 황씨였다. 황씨가 아버지를 찾아와 무릎을 꿇고 '살려달라'고 빌며 사정했기 때문이었다.

그때 아버지는 큰 맘 먹고 황씨에게 알토란 같은 지굴의 단골가게 몇 집을 떼어주었던 것이다. 그런데 황씨가 이제 와서 다시 새시장까지 넘보고 있다니까 아버지로서는 배신감을 느끼는 것도 당연했다.

아우가 그사이 잠든 동석이를 깨워서 데려왔다.

잠을 자다가 별안간 아버지의 호출을 받고 불려온 녀석은 초조하고 불안한 기색이 역력했다.

"너, 내일 서정리 배달에서 몇 관이나 줄일 수 있느냐?"

"네?"

갑작스러운 아버지의 질문에 녀석은 아직 영문을 몰라 얼떨

떨한 모양이었다.

"최대한 줄이면 얼마나 뺄 수 있느냐고 묻고 있는 거야. 지금."

눈을 연실 꿈벅꿈벅하며 졸음을 쫓아내고 생각해보더니 눈치 빠른 녀석은 금방 모든 사태를 짐작한 듯했다.

"글쎄유. 많이 빼면 한 다섯 관 정도 줄일 수 있겠는데유. 돼지네 한 관하고, 기사식당에 한 관하고 그리고 여기저기 반 관짜리로 한 세 관 정도 줄일 수가 있겠네유."

"알았다. 피곤할 텐데 그만 가서 얼른 눈 좀 붙이거라. 그리고 내일 새벽 배달은 잊지 말고 다섯 관 빼놓고 싣거라. 알겠니?"

"알겠어유."

동석이가 물러가자 아버지는 아우를 향해 말했다.

"그러고 너는 내일 좌동 배달을 끝내고, 새시장과 지굴시장에 나갈 것을 모두 형에게 실어다줘라. 형이 시장에서 싸구려를 부르기로 했으니까. 자, 알았으면 다들 그만 가서 푹 자거라."

그러나 우리가 취할 수 있는 수면시간은 결코 아버지 말씀처럼 푹 잘 만한 시간은 못되었다.

9시인 지금부터 잠을 잔다고 하더라도 11시에 일어나 12시까지 밤물을 주어야 하고, 펌프질이 끝난 후 곧바로 잠든다 하더라도 새벽 3시 반에는 어김없이 다시 일어나야 했으므로, 아무리 '푹 잔다'고 해도 결국 그 잠은 쪼가리잠밖에 될 수가 없었다. 뿐만 아니라 그 쪼가리잠을 다 합쳐보아도 5시간 30분 이상은 절대로 넘지 않았다.

우리는 절대적으로 잠이 부족했다.

그래서 우리의 소원은 늘 잠이었다. 잠, 아 달디단 그 잠. 그날 밤 나는 아우의 방에 누워서 두 녀석의 그런 달디단 잠을 꿈 속에서 나누어 가졌다.

자명종 소리에 깨어날 때까지.

우리들은 누가 먼저라고 할 것도 없이 제각기 깨어 일어났다.

방안의 불은 끄지 않은 채였고, 시간은 정확히 3시 반이었다. 녀석들은 천근같이 무거운 눈꺼풀을 밀어올리며 그래도 공장으로 들어갔다. 만약 물 줄 시간을 맞추지 못하면, 사춘기 소녀보다도 예민한 감수성을 가졌는지 숙주나물은 반드시 상했기 때문이었다. 숙주나물이 여성적이라면 콩나물은 다분히 남성적이었다. 콩나물은 웬만해서는 절대 썩거나 상하는 경우가 없었다. 그저 열이 많이 생겨 뿌리에 잔발이 돋는 경우가 고작이었다.

그 열을 식히려면 평상시보다 물을 곱절은 더 주어야 했으므로 우리들의 고통스런 펌프질은 그만큼 길어졌다. 그러니까 가능한 한 물 줄 시간을 맞추는 것이 아버지의 불호령을 듣지 않는 길이기도 했지만, 콩나물을 편하게 기르는 비법 같은 것이기도 하다고 우리는 믿고 있는 것이었다.

공장 안으로 들어서자 어머니와 아버지도 방금 전에 들어오신 듯했다. 아버지는 숙주나물에 물을 주기 위해 비닐로 된 앞치마를 두르고서 물탱크에서 물을 한 바가지 퍼서 손을 깨끗이 씻고 계셨고, 어머니는 콩나물을 씻을 물통(도라무통)에 물을 퍼담고 계셨다.

동석이 녀석은 아버지처럼 비닐 앞치마를 두르고 손을 씻은 후 크고 작은 20여 개 콩나물통에 물을 주기 시작했고, 아우는 공장 안에 있는 펌프에 매달려 펌프질을 하기 시작했다.

나는 오늘 뽑을 콩나물통에서 넓은 고무양푼 가득히 콩나물을 뽑아다 물이 찰랑거리는 물통 속에다 갖다부었다.

역시 물이 튈까봐 어머니께서도 비닐 앞치마를 두르고 계셨다. 어머니는 물통에 붙어 서서 흘러넘치는 물줄기에 자칫 콩나물이 한 가닥이라도 따라 흐를까봐 두 손으로 제지하면서

"얘야, 조심하거라!"

하고 말씀하셨다.

옛날 그대로였다.

어머니는 허리를 조금 굽히시고 물통 속에서 체질(자갈을 고르는 체를 사용하였다)로 콩나물의 껍질을 벗겨내고, 탐스럽게 생긴 콩나물의 알몸뚱이를 바닥에 건져내놓으셨다.

모든 게 옛날 그대로였다.

일하는 위치도 내용도 그대로였다. 물탱크 곁에서 숙주나물통에 물을 퍼주고 계시던 아버지께서 나를 향해 크게 소리치셨다.

"근호야, 너도 밖에 나가 펌프질을 좀 하거라. 숙주나물 물 줄 때까지만."

나는 그것도 옛날 그대로였기 때문에 별반 놀라지는 않았다. 나는 공장 밖으로 나가서 안채에 있는 펌프에 연통을 끼워 물탱크까지 연결시키고 펌프질을 했다. 펌프는 부드럽지 못해 힘주어 누를 때마다, 쇳조각이 고통스럽게 내지르는 삐그덕거리는 소리가 들렸다. 그 소리는 수명이 다 된 쇳조각의 신음소리 같기도 했다.

나는 두 손으로 펌프대를 잡고 들어올렸다가 내리누르고 다시 들어올렸다가는 내리누르는 그 지리한 한 가지 동작만을 수없이 반복하고 있었다.

눈을 들면 하늘 가득, 총총히 박힌 별들이 모두 지금 막 물통에서 건져낸 물기 머금은 콩나물의 알몸뚱이처럼 아름답게 반짝이고 있었다.

아버지 말씀처럼 콩나물을 기르는 것이 우리의 땀과 정성이라고 한다면, 별을 기르는 것은 무엇일까. 무엇이 저 아름다운 새벽별들을 키우는 것일까.

파란 콩알을 콩나물통 속에 묻어두고 땀과 정성의 펌프물을 주면 일주일 만에 예쁜 콩나물이 되듯이, 조그만 말들도 가슴속에 묻어두고 땀과 정성을 기울여 물 주고 물 주고 자꾸 눈물을 주면, 저렇게 예쁜 별, 저렇게 아름다운 별, 저렇게 빛나는 새벽별이 될 수 있을까.

나는 펌프질을 쉴 수가 없었다. 잠시라도 펌프질을 멈추기만 하면 곧 아버지의 호통 소리가 공장 밖으로 튀어나올 것이 분명했으므로. 나는 쉴 사이 없이 별을 쳐다보며 쓰려오는 손바닥의 아픔을 참고 있었다.

아버지는 내게 가슴에 정성껏 별을 심고 키우는 방법과, 땀과 정성으로 키운 그 별들을 이웃에게 나누어주는 방법까지 모두 새로 가르쳐주실 것이었다.

(오늘부터. 나는. 새시장으로. 싸구려를. 부르러. 나갈, 것임으로.)

내가 한참 호흡이 가빠졌을 때 아우녀석이 공장문을 삐끔 열고 머리를 내놓은 채 소리쳤다.

"형, 이젠 됐어. 그만 아버지가 들어오래요."

나는 참 편리한 귀를 가지고 있었다. 그것은 내 고막이 외부의 소리를 선별해서 차단시키거나 통과시켜주고 있었기 때문이었다.

그래서 내 귀는 거짓말처럼 필요에 따라 잘 들리기도 했고 가끔은 잘 안 들리기도 했으며 더러는 깜깜하기도 했다. 지금 아우녀석이 크게 외친 소리도 실은 내 귀에 또렷이 들린 것이 아니라, 그간의 습관에 의해 대충 아, 이젠 됐다는 말이 나올 때가 됐구나 라고 생각했던 것이었다.

내가 다시 공장 안에 들어서자 아버지와 아우와 동석이는 모두 어머니가 서 계신 물통 주위에 몰려 앉아 있었다.

어머니는 계속 물통에 붙어 서서 체질로 콩나물의 껍질을 벗겨내고 계셨고, 아버지는 바닥에 쌓인 콩나물을 물기까기 감안

해서 저울로 달았으며, 동석이와 아우는 전날 빨아 말린 마대나 까만 비닐 보자기에 아버지가 양동이로 한 관씩 쏟아부어주는 그 콩나물들을 정신없이 묶고 있었다.

공장의 내부 한쪽 귀퉁이엔 벌써 묶인 콩나물들이 몇 무더기로 장갑차처럼 쌓여 있었다.

나는 내가 할 일을 알고 있었다.

콩나물통에서 콩나물을 뽑아다 어머니의 물통까지 옮겨다놓는 일, 그리고 공장 한쪽 귀퉁이에 장갑차처럼 쌓여 있는 콩나물 묶음들을 자전거에 싣기 편하게 옮겨놓는 일, 그리고 어머니가 잠시라도 허리를 펴실 수 있도록 콩나물 씻는 일을 교대하는 일 등이었다.

3시 반에 일어나서 6시의 배달 시간까지 콩나물에 물 주고, 펌프질 하고, 통에서 콩나물을 뽑고, 물통에 담아 씻고, 저울에 달고 보자기에 묶고 하는 일에 온통 다섯 명 모두가 매달렸어도 배달 시간은 별로 앞당겨진 것 같지가 않았다. 한 10분밖에는 빨라지지 않았으니 말이다.

내가 바깥으로 통하는 공장 안문을 열고 바깥문과 안문 사이의 넓은 공간에(옆으로 헛간을 하나 지어놓았는데, 그곳은 주로 콩나물통들을 햇볕에 말려 쌓아두는 장소로 이용되었다) 콩나물 보따리들을 옮겨다놓고, 서정리·좌동·새시장·지굴 등으로 그 콩나물들의 행선지를 구분해놓으면, 아버지께서 나와 일일이 그 관수를 확인해서 공장 안에 걸어놓은 흑판에 눅눅해진 분필로 숫자를 적어놓으셨다.

그때쯤이면 가장 먼 거리로 떠나는 동석의 자전거는 이미 사방 1.5미터 높이의 배달통을 자전거 꽁무니에 싣고 공장문 밖에 세워진 후가 된다. 어둠이 완전히 벗겨진 6시 10분 전이다.

녀석이 바로 단단히 비끌어 맨 배달통 속에 녀석의 주문대로 콩나물 보따리들을 두 관짜리 몇 개 또는 한 관짜리 몇 개 하는 식으로 순서를 맞춰 싣다보면, 콩나물 보따리들을 날라주러 나온 어머니나 내가 보기에도 겁이 날 정도로 높아진다.

녀석은 빈 통을 하나 엎어놓고 그 위에 올라서서 배달통 속에 우리가 전해주는 보따리들을 차곡차곡 얹어놓았지만, 콩나물이 쌓인 높이는 흡사 조그만 산처럼 되어 있어서 배달지까지 자전거 바퀴가 그 무게를 지탱시켜주고 있다는 사실이 도저히 믿어지지 않을 정도였다.

물론 배달을 다녀오는 길에 자전거포에 들러, 바퀴에 튜브를 갈아끼운다거나 땜질을 하거나 핸들을 조이거나 하여간 무슨 볼 일로든 한번씩은 꼭 자전거 치료를 받아왔지만 말이다.

오죽하면 콩나물공장에 있는 세 대의 자전거 수리비를 매번 내기가 귀찮아 아예 자전거포 주인과 월 얼마씩에 하자고 계약을 체결했는데도 매월 자전거포 주인은 이맛살을 찌푸릴 정도였다. 녀석의 자전거 수리비가 너무 많이 들어가기 때문이었다.

어쨌거나 자전거에 녀석만큼 엄청나게 많은 짐을 싣는 사람을 나는 아직까지 본 적이 없다.

처음 녀석이 우리 공장에 일꾼으로 들어왔을 때까지만 해도 녀석은 자전거에 빈 배달통만 하나 달랑 싣고서도 술 취한 사람처럼 비틀거릴 정도로 형편없었는데, 차츰 짐을 많이 싣다보니 하루가 다르게 짐 싣는 솜씨가 향상된 것이었다.

동석이가 서정리와 평택으로 배달할 콩나물을 자전거에 싣고 떠난 후, 아우도 공장문 밖에 자전거를 받쳐놓고 좌동으로 배달할 콩나물을 싣고 떠났다.

콩나물이 공장문 밖으로 나갈 때마다 아버지는 꼼꼼하게 그 관수를 확인해서 반드시 흑판에다 적어놓으셨는데, 그것은 동석이나 아우나 나나 어머니에게만 해당하는 것이 아니라 간혹 집이 비었을 때 가겟집에서 추가 주문이 오면 아버지 당신께서 직접 배달을 나갈 경우에도 해당되었다. 그러니까 흑판은 확실한 수금 계산을 위한 아버지의 기억력에 다름아닌 셈이었다.

단골가게 집에서 오후쯤 되면 추가 주문을 하기 위해 공장으로 사람을 직접 보내게 되는 경우가 더러 있는데, 가겟집에서 온 사람들은, 공장에 전화를 한 대 놓으면 전화로 쉽게 주문할 수도 있을 텐데 이게 뭐냐며 투덜거리곤 했다. 그럴 때마다 아버지는 그들에게 '다시는 그런 일이 없을 것'이라고 말해서 돌려보낸 후 우리들에게 호되게 야단을 치셨다. 자전거를 타고 한 바퀴 돌면서 콩나물의 판매 상황도 좀 알아보고 추가 주문도 받고 하지 못한 것은 우리들이 너무 게을러서 그렇다는 것이었다. 전화가 있으면 전화만 믿고 가겟집들을 전혀 돌아보려 하지 않게 될 것이 아버지께선 염려스러우셨던 것 같다. 매사 일은 어렵게 해야만 그것이 진정한 일이 된다는 식의 아버지의 논리는 전화 문제에서도 예외는 아니었던 것이다.

어쨌거나 이처럼 1차 배달을 내보내고 나면 더 많이 남은 공장일은 이제 두 분의 몫이 된다.

어머니는 2차로 배달 나갈 숙주나물을 뽑아서 씻는 일, 물통에서 건져낸 콩나물 찌꺼기 더미에서 부러진 콩나물 대가리와 껍질을 구분하는 일, 구분한 콩나물 대가리들을 양동이에 담아 밖으로 옮겨내는 일, 세 마리 돼지의 아침을 주기 위해 그 콩나물 대가리들을 가마솥에 삶는 일, 공장 안을 말끔히 치우고 청소하는 일 등 이루 헤아리기도 힘든 잡일들을 하셨다.

아버지는 오늘 콩나물을 뽑은 한 가마들이 빈 통을 소제하는 일, 소제한 통을 밖으로 운반해내고 햇볕에 소독된 다른 한 가마들이 새 통을 그 빈 자리에 들여다놓는 일, 받침대를 괴어놓는 일, 통 속에 들어가 네 귀퉁이에 세모 형태로 뚫어놓은 물 빠지는 구멍을 짚으로 적당히 막는 일, 가마에서 싹을 틔운 콩을 새 통에 퍼다붓는 일 등을 눈코 뜰 새 없이 바쁘게 하실 것이었다.

아버지가 흑판에 아라비아 숫자를 적고 뒤돌아서서 비닐 앞치마를 벗으셨다. 그리고 벗은 앞치마를 새 물로 갈아놓은 물통에 집어넣고 흔들면서 그 강력 끈끈이 같은 눈길로 나를 쳐다보며 말했다.

"너도 이제 그만 들어가 새시장에 나갈 준비를 하거라."

"네."

"어제도 얘기했다만, 황씨 여편네에게 절대로 지지 않도록 하거라. 알겠냐?"

"네. 아버지."

나는 짧게 대답하고 물탱크에서 물을 한 바가지 퍼서 손과 얼굴을 씻었다.

3시 30분부터 6시 반까지 3시간 동안 일하면서 있었던 유일한 대화가 이것이었다.

우리 다섯은 제각기 자기가 맡은 일만 열심히 하면 됐으므로 기실 공장 안에서의 말이란 필요없는 것인지도 몰랐다. 아니, 아버지가 그렇게 입을 굳게 다물고 오직 일만하고 계셨으므로 누구도 그 무거운 공장 안의 작업 분위기를 변화시킬 수가 없었던 것일는지도 몰랐다.

동석이 녀석이 멋지게 불러젖히던 그 고향무정인가 뭔가 하는 거라도 일할 때 한 곡 들었으면 좋으련만….

4

사흘째 되는 날 아침이었다.

새시장에서 황씨 부인은 황씨가 실어다준 콩나물통을 그대로 두고 앉아서 한동안 내가 싸구려를 외치는 모습을 멍청히 지켜보고 있더니 슬그머니 자리를 떴다.

지난 이틀 동안 경쟁적으로 악을 쓰던 것과는 대조적으로 콩나물통도 그대로 둔 채였다.

내가 갖고 간 콩나물통을 다 비울 때까지 황씨 부인은 끝내 나타나지 않았고, 나는 별 생각 없이 자전거에 빈 통을 싣고 그냥 집으로 돌아왔다.

그러나 오후 지굴시장에서까지 황씨 부인의 모습이 아예 보이지 않자 나는 신경이 쓰이기 시작했다.

어찌된 일일까?

새시장에서 황씨 부인이 두고 간 그 콩나물통은 어떻게 되었을까?

싸구려를 외치는 사이사이에 문득문득 황씨 부인이 앉아 있던 맞은편 빈 자리로 나도 모르게 눈길이 갔다.

이상한 예감이 들었다.

평소 시장 아주머니답지 않게 조용하던 황씨 부인이 지난 이틀 동안 흥분해서 길길이 날뛰며 악을 쓰던 일들이 떠올랐다. 그것은 생존의 위협을 느낀 동물의 부르짖음과 다를 바 없었다.

그러던 황씨 부인이 별안간 오늘 아침 새시장에서부터 웬일인지 모든 걸 체념한 자세로 한 폭의 정물화처럼 굳어 있었다. 그러다가 콩나물통마저 남겨두고 슬그머니 자리를 뜬 후, 오후엔 지굴시장에서조차 자취를 감추었으니 나로서는 이상한 예감이 들 수밖에 없는 일이었다.

날이 저물고 장이 파할 무렵이 되어도 맞은편 황씨 부인의 자리는 휑뎅그렇게 비어 있었다.

아버지 말씀대로 나는 황씨 부인에게 결코 지지는 않았다. 그러나 이겼다는 생각도 들지 않았다.

이 싸구려 경쟁은 처음부터 잘못된 경쟁이었다는 생각이 들었다. 한쪽은 맨발로 달리고, 다른 한쪽은 오토바이를 타고 달리는 식이었으니까.

황씨 부인은 콩나물이 밀려서 싸구려를 나온 것이어서 콩나물이 모두 잔발이 나고 억세게 세어버린 것들이었지만, 내가 갖고 나온 콩나물은 모두 가겟집으로 배달할 것들을 줄여서 내온 것들이므로 몸체도 늘씬하고 매끈하게 잘 빠진 그야말로 근사한 콩나물들이었다. 그러니 처음부터 경쟁이 될 수가 없었던 것이다. 지난 이틀 동안 느껴보지 못했던 지독한 열패감이 가슴 가득히 차올랐다.

아버지는 정말 황씨에게 '새시장의 침투'에 대한 위협을 느꼈기 때문에 이런 보복 조치를 취한 것일까. 황씨 부인에게 이겨서, 그들을 이렇게 골탕먹여서 결국 어쩌자는 것일까,

나는 빈 통을 자전거에 싣고 집으로 가기 전에 황씨네 공장을 먼저 들렀다.

황씨 부인이 오늘 새시장에서 그냥 슬그머니 사라진 이유와 지굴시장에 코빼기도 안 비친 이유가 무엇인지 도대체 궁금해서 견딜 수가 없었기 때문이었다.

황씨네 공장은, 지굴시장 뒷길을 돌아 미군부대 비행장 활주로 쪽으로 가다보면 부대 철조망 300미터 전방쯤에 위치하고 있었다.

비교적 지형이 낮아서인지 황씨네 공장은 움을 파지 않고 일반 주택과 마찬가지로 지평 위로 그냥 지은 것이었다.

내가 자전거를 공장 바깥에 세워두고 집 안으로 들어서자 집 안은 텅 비어 있었다.

공장 안으로 들어서자 이제 중학교에 다니는 황씨의 외아들이 교복을 입은 채 콩나물통에 물을 주고 있었다. 한쪽 구석에는 뽑힌 콩나물들이 무덤처럼 봉긋봉긋 쌓여 잔뿌리를 내리고 있었다. 모두 밀린 콩나물들이었다. 황씨 부인이 이제라도 곧 들어서서 저것들이 다 네 녀석 때문에 죽은 우리 콩나물들의 무덤이라고 소리치면서 멱살이라도 잡아 흔들 것만 같았다. 한밤중 공동묘지의 한가운데로 들어선 듯한 한기가 전신을 파고들었다.

“어떻게 오셨어요?”

황씨 아들이 물을 다 줬는지 모터를 끄고 호스를 물통에 담갔다.

나를 전혀 알아보는 눈치가 아니었다. 하긴 나도 녀석이 국민학교에 다닐 때 한두 번 본 것이 기억의 전부여서 길에서 만났더라면 녀석이 아무리 제 애비 황씨를 꼭 빼다박았다 하더라도 몰라볼 뻔했다.

"아버진 어디 가셨니?"
"병원에요."
"병원?"
나는 가슴 한쪽에서 쿵 하는 소리를 내며 내장이 온통 무너져 앉는 듯한 소리를 들었다.
"병원에는 왜…?"
"어머니가 아프셔서요."
녀석은 얼굴 가득 밴 걱정스러움과 우울의 그림자를 털어버리지 못했다.
"어디가 아프신데…?"
"잘, 모르겠어요. 학교 갔다오니까 아버지가 그러고 나가셨어요…. 그런데… 아저씬 누구세요?"
나는 순간적으로 당황했다.
잠시 침묵이 흐른 후 나는 공동묘지처럼 즐비한 콩나물들의 시체더미를 향해 손가락을 던졌다.
"저거 파는 거냐?"
"네. … 그런데, 얼마치나 사실려구요?"
"모두, 다."
녀석은 기쁜 나머지 얼굴 가득 밴 우울의 그림자를 잠시 떨궈냈다.
"저…걸, 다요?"
녀석의 얼굴은 홍분으로 약간 상기되고 음성은 기쁨에 들떠 있었다.

"그래 다 사겠다."

"아저씨, 담을 그릇은 가져오셨어요?"

"응. 밖에 큰 통을 하나 가지고 왔다."

황씨 아들이 커다란 통 가득 담아준 콩나물을 자전거에 싣고 집으로 돌아오면서도, 나는 자전거에 실린 콩나물의 무게보다도 더 무거운 걱정에 짓눌리고 있었다. 오늘 하루 양쪽 시장에서 싸구려를 부른 것 외에도 어머니가 아버지 몰래 쥐어준 용돈까지를 모두 황씨 아들에게 털어주고 말았으니, 오늘 밤 아버지와의 계산 때는 어찌해야 할는지 대책이 없었다. 더군다나 지금 싣고 가는 이 콩나물은 알맞게 자란 우리집 콩나물과는 달리 잔발이 많아서 금방 표시가 날 텐데 그것은 또 어떻게 설명을 해야 할는지 그것도 큰 걱정거리가 아닐 수 없었다. 하지만 나는 절대로 변명만은 하지 않을 생각이었다. 내가 아무리 감상적인 기분으로 그런 행동을 취했다 하더라도 나는 마지막까지 나를 신뢰하고 싶었다. 비록 그것이 나를 향한 아버지의 불신을 더욱 높여드리는 결과가 된다고 할지라도.

그러나 집에 돌아왔을 때 걱정하던 아버지는 안 계셨고 어머니가 대신 말씀하셨다.

"아니? 이게 어찌된 일이냐? 콩나물은 하나투 안 팔구 그대로 다 냉겨왔으니…?"

어머니는 의아스러워하는 표정을 지었으나 나는 그 의아스러움을 해소시켜 드릴 만한 마땅한 대답을 찾지 못했다.

"어머니, 아버지께서는 어디 가셨어요?"

나는 짐짓 아버지를 찾는 시늉을 해가며 집안을 두리번거렸다. 그렇게 해서라도 일단 어머니의 관심을 콩나물통에서 다른 곳으로 옮겨놓고 싶었다.

"진로상회 곗날이 오늘이다. 거기 계에 가셨으니 아마 게서 저녁 진지 잡숫고 오실 게다."

어머니는 콩나물이 그대로 남아 있는 것에 대해선 별로 문제 삼지 않으려는 것 같았다.

한번 슬쩍 쳐다보시고서도 이미 그런저런 사정을 다 눈치채셨는지, 또는 내가 친구 녀석들과 만나 시장바닥에서 술이라도 한잔 나누느라고 콩나물을 못 팔았다고 생각하고 계신 건지는 모를 일이었다.

"어쨌거나 수고했다. 어서 손 씻구 들어와라. 저녁들 먹자꾸나."

어머니가 부엌으로 들어가자 아우가 내 자전거의 바를 풀면서 퉁명스럽게 물었다.

"형, 이건 우리 콩나물이 아니잖수. 황씨네 콩나물 아뉴?"

나는 간단히 설명할 수가 없어서 그냥 그렇게 됐다고만 대꾸했다.

아우는 낑낑거리며 콩나물들을 몇 차례에 걸쳐 공장 안문과 바깥문 사이의 공간에 옮겨다놓고 나서 뚜벅 말했다.

"형, 아버지 몰래 물 주고 보자기로 덮어놔도 내일쯤 되면 모두 나무젓가락처럼 되어버릴 텐데 어쩔 거유?"

"그래도 돈 받고 팔아야지. 버릴 수는 없잖겠니. 애쓰고 키운 콩나물인데."

"난 모르겠수. 형이 알아서 하시우."

그러면서도 아우는 깨끗이 빤 검은 비닐 보자기를 몇 개 갖다가 통 위에다 덮어주었다.

사흘 예정했던 싸구려를 하루 더 부른다고 해서 뭐 별 일이야 없겠지만, 시장 바닥에서 아침저녁 싸구려 콩나물을 외치다보니 이젠 마을에 엔간히 소문이 난 모양이었다. 황씨 부인이 콩나물통을 그대로 두고 사라졌던 새시장의 아침장에서는 몇몇 아는 얼굴들이 지나가면서 쑥스러운 인사를 나눈 적이 있었다. 그 중에는 제대복을 입고 귀향하는 날 버스에서 명함을 건네받았던 그 사내도 끼여 있었다. 새시장 입구 쪽에서부터 한동안 서성이던 사내는 내 앞까지 얼쩡얼쩡 다가서더니 너스레를 떨었다.

"어이쿠, 난 누구신가 했더니 바로 제대병이시로군. 쑥고개가 참 좁긴 좁군요. 이렇게 또 만나다니. 그래요, 이렇게 무엇이라도 해야지. 아주 잘 생각했어요."

"콩나물은 얼마치나 드릴까요?"

나의 느닷없는 태도에 사내는 조금 당황하는 것 같았다.

"아니, 난, 지금…."

"그럼 조금만 비켜주시오. 난 지금 콩나물을 팔아야 하는데, 사지도 않을 선생께서 그렇게 콩나물통을 가로막고 서 계시면 어떡하겠소."

사내는 자리를 비켜서면서 또 한 차례 뭐라고 꿍얼거렸지만 내 귀에 들어온 말은 '저 따위 자식은 그냥…'이라는 것뿐이었다.

황씨 부인이 아예 나타나지도 않은 지굴시장 저녁 장에서도 어떻게 알고 찾아왔는지 파장이 가까워질 무렵 고등학교 동창인(내가 졸업을 못했으니 입학 동기라고 말해야 정확한 표현이 되겠지만) 민우가 찾아왔다.

민우는 독자여서 방위병으로 1년 만에 제대한 후, 이곳 S은행의 지점에 입사했다. 손주를 기다리는 외로운 노모의 성화로 일찍 결혼도 했고 제대 무렵의 편지로는 득남 소식까지 전해왔었다.

"녀석, 소문대롤세."

첫 마디부터가 녀석다운 시빗조였다.

그러면서 손을 내밀었다. 나는 녀석이 내민 손을 덥석 잡아쥐고 흔들었다.

"오랜만이다."

시장 바닥에 서서 콩나물통을 사이에 두고 3년 만에 나누는 반가운 해후의 악수였다.

"제대해서 콩나물 장사한다는 소식은 들었다."

나는 깜짝 놀랐다.

"짜식, 소식을 듣긴 누구한테 들어 며칠이나 됐다구…."

"백란 씨가 그러드라."

"뭐? 백란이가? 백란이가 지금 어디 있는데?"

나의 허둥거리는 꼬락서니가 재밌다는 듯 녀석은 킬킬거렸다.

웃음을 그치고 민우는 손목시계를 들여다보았다.

"왜 바쁘냐?"

내가 물었다.

"그래 임마. 감사 때라 너만큼 바쁘다. 집에 전화 좀 놓고 살아라. 나한테 이따위 너절한 심부름 안 시키려거든."

"심부름이라니 그게 무슨 소리냐?"

"무슨 소리는 뭐가 무슨 소리냐. 백란 씨가 아침 새시장에서 널 본 모양이더라. 너무 놀라고 미안하고 반가워서 아는 척도 못하고 도망쳐서는 내게 전화로 이따위 심부름이나 시키는 거지 뭐냐. 어쨌거나 내일 저녁 7시에 우체국 맞은편에 있는 궁전다방으로 나와라. 제대 축하주나 한잔 나누자."

"궁전다방?"

"그래 우체국 맞은편에 있어."

"맞은편?

나는 민우가 떠난 후 맞은편 휑뎅그렁 빈 황씨 부인의 자리로 더욱 자주 내 눈길이 가고 있음을 어쩌지 못했다.

어떻게 된 일일까? 백란이가 쑥고개에 와 있다니. 전혀 생각지도 못했던 일이었다.

김영란 선생의 친동생인 백란이와 나는 같은 또래였다. 내가 그녀와 처음 인사를 나눈 것은 고등학교 합격자 발표가 있던 날 저녁이었다. 그날 김영란 선생 댁으로 찾아갔을 때, 선생님은 일부러 그녀를 방으로 불러다 앉히고 내게 동생이라고 소개시켜주었던 것이다.

"내 동생 백란金白蘭이야. 그리고 이쪽은 근호李墐浩라고 내가 왜 얘기 많이 했지 아마? … 둘이 앞으로 친구로 친하게 지내라."

그러나 그날의 김영란 선생의 말씀은 내가 고등학교를 그만둘 때까지 별로 충실하게 지켜졌던 것 같지가 않다. 그것은 내가 대학에 가서도 마찬가지였고, 군대에 가서도 마찬가지였다. 백란이와는 몇 번의 데이트와 서너 번의 편지 교환이 전부였는데도 주위의 친구 녀석들은 나와 백란이를 '오랜 애인 관계'로 묶어놓고 보고 있음이 분명한 것 같았다. 민우도 거기서 예외는 아니었다.

"형, 아버지가 아시게 되면 난 모르는 일이우."

"그래. 알았다."

아우는 자꾸 책임의 소재를 확인하려 했다. 형이 한 일이니 책임도 형에게 있다는 말이었다. 황씨네 부인이 싸구려를 나오기 때문에 지굴과 새시장에 있는 우리의 단골가게에서는 콩나물이 안 나간다고 아버지에게 말한 것이 바로 자기 자신이었음을 잘 알고 있기 때문에 혹시라도 아버지께서 이러한 모든 사실들을 아시게 된다면 형은 물론이지만 자칫 그 불똥이 자기에게까지 튈는지도 모른다고 생각하는 것 같았다.

그러나 다행스럽게도 아버지는 다음 날 새벽 배달이 끝나고 내가 새시장으로 콩나물통을 싣고 나갈 때까지도 전혀 콩나물이 바뀐 것에 대해서는 눈치채지 못하셨다.

나는 아침 새시장에서 젓가락처럼 뻣뻣해진 콩나물들을 거의 그냥 퍼주다시피 했다. 오가는 아주머니들의 시장바구니를 반강제로 빼앗아다가 시장바구니 안에 그냥 콩나물을 퍼담고 돈은 주는 대로 받았다. 어떻게 해서라도 이 많은 콩나물을 아침장에서 다 치우지 않으면 안 되었다. 왜냐하면 오후의 지굴시장은 입이 까다로운 양색시들이 느지막하게 일어나 나오는 곳이기 때문에, 아침 새시장에 나오는 알뜰한 가정주부들과는 식성까지도 거의 대조적임을 잘 알고 있었기 때문이었다. 양색시들은 항시 질을 따지고 결코 양이 많은 것을 원하지는 않았으므로.

지굴 황씨네의 젓가락같이 억센 콩나물을 새시장에서 다 퍼날리고 집에 돌아와서 나는 늦은 아침상을 독상으로 받았다. 그러나 수저를 뜨면서도 나는 자꾸 걱정스러웠다. 지금이라도 당장 아버지가 공장에서 뛰쳐나와 그 강력 끈끈이 같은 눈빛을 빛내며 내게 돈 계산을 하자고 그러실 것만 같았다. 아직 돈을 헤아려보진 않았지만 돈은 턱도 없이 부족할 것이었다. 콩나물을 판 것이 아니라 그냥 공짜로 퍼주다시피 했으므로 그것은 당연한 결과였다. 공짜로라도 그 콩나물을 갖고 간 아주머니들이 그나마 고맙게 느껴졌다.

밥상을 차려주고 공장으로 들어가시기 전에 어머니는 잠시 내 곁에 주저앉았다.

"니 애비는 니가 집에 없으믄 없는 대로 일하면서도 니가 집에 있으니까 자꾸 못 부려먹어서 안달이시구나. 글께, 워낙에 누구라도 편하게 있는 건 못 보는 성미시니 어쩌겄니? 그러니 니가 이해하거라."

나는 걱정도 잊은 채 웃었다.

"괜찮아요, 어머니."

"어서 니가 어디 취직이라도 했으믄 좋으련만…."

어머니는 안타까운 듯한 표정을 지었다. 젖은 양말을 벗은 어머니의 조그마한 맨발과 사철 입으시는 몸빼가 오늘 따라 더 안쓰럽게 보였다.

"걱정 마세요, 어머니. 제 문제는 제가 알아서 할 테니까요."

"글쎄, 그건 안다만서두."

어느 틈에 어머니의 눈가엔 투명한 이슬이 내려앉았다.

"원, 어머니도."

나는 목에 둘렀던 수건으로 어머니의 눈가를 닦아드렸다.

어머니가 공장 안으로 들어가시자 나는 목이 칵 막혀 더 이상 수저를 뜰 수가 없었다. 나는 그대로 남은 밥상을 부엌에 내다놓고 밥그릇만 찬장에다 집어넣고 내 방으로 건너왔다.

세 살던 사람의 짐은 그들이 모두 옮겨가고 다락 구석에 3년간 처박아두었던 책들과 애들 방에 두었던 책상과 이불 등 내 짐들을 모두 옮겨다놨는데도 왠지 며칠째 계속 낯설어 보이기만 하는 내 방이었다. 하나뿐인 책장에 가지런히 책을 정리해놓고 보아도 마찬가지였다. 기억을 더듬어 책들의 순서를 옛날처럼 꽂아보아도 몇 권 빠진 책이 있어서인지 낯설기는 매한가지였다. 아무래도 3년 전의 내 방 같지는 않았다. 어딘가 낯설었고 그 낯설음은 쉽게 드러나진 않았지만 나를 향한 감시의 눈초리가 어딘가에 숨어 있는 것도 같았다. 그것은 책갈피 속에서, 혹은 노트 속에서, 또는 의자 위에서 끊임없이 번뜩이고 있는 것 같았다. 나는 머리를 흔들어 그 강력 끈끈이 같은 환상을 털어냈다.

주머니에서 있는 대로 돈을 꺼내 방바닥 위에 쏟아놓고 10원짜리 동전까지 모두 헤아려보았지만 돈은 예상했던 것보다도 훨씬 더 부족했다.

나는 손수건에 그 돈을 쌌다. 금액을 적은 종이쪽과 함께. 그리고 안방의 구닥다리 장농 세 번째 서랍에 그것을 집어넣었다.

우리들은 늘 아버지가 안 계실 때나 아버지와 직접 대면하기가 뭣할 때는, 위로부터 아래로 나란히 붙어 있는 세 개의 조그만 장롱 서랍 속에 각자가 수금한 돈과 금액이 적힌 종이쪽지를 함께 싸서 넣어오곤 했다. 그것이 끝내 아버지의 꾸중과 잔소리를 피할 수 있는 길은 못 된다는 것을 알면서도 우리들은 곧잘 그 서랍을 이용하곤 했다. 세 번째 서랍의 용도를 다행스럽게도 나는 아직 잊지 않고 있었던 셈이었다. 내가 서랍에 손수건을 넣고 막 방문을 나서려고 했을 때였다.

"야! 이놈의 자식아!"

안채로 통하는 공장문이 덜커덩 열리며 아버지의 고함소리가 밖으로 뛰쳐나왔다. 그 소리를 듣고 나는 깜짝 놀라 툇마루로 나갔다. 공장의 계단을 두 계단쯤 밟고 올라서신 아버지의 눈과 툇마루에 어정쩡하게 서 있는 나의 눈이 대각선으로 마주쳤다.

"너, 빨리 콩방에 가서 동석이 자식 좀 깨워라. 어서!"

내가 아버지에게 알았다고 대답하기도 전에 꽝, 하는 소리를 내며 지하에 있는 공장문은 다시 닫혔다.

동석이 녀석, 또 콩방에서 콩을 퍼담다가 폭포처럼 쏟아지는 잠을 어쩌지 못하고 콩가마에 코를 쑤셔박고 엎어져 코를 골고 있는 모양이었다.

나는 콩방으로 가서 콩가마에 기대어 잠들어 있는 녀석의 모습을 보았다. 반쯤 벌린 입으로 침을 질질 흘리며 곤하게 자고 있는 녀석의 모습은 마치 깊은 혼수상태에라도 빠진 것 같아 아무리 흔들어 깨워도 쉽게 깨어날 것 같지 않았다. 그러나 녀석은 내가 다가서서

"동석아!"

라고 이름을 부르자마자 번쩍, 눈을 떴다. 그리고 몇 번 큰 눈을 깜박깜박 하더니 곧 사태를 파악한 듯 앞니를 드러내며 멋쩍은 듯 뒤통수를 긁적거렸다.

"형, 미안해유."

"네 방에 가서 잠깐 동안이라도 눈 좀 붙이거라. 이 일은 내가 할 테니까."

나는 녀석의 손에서 콩을 담은 자루를 빼앗아 어깨 위로 올렸다.

"아네유."

녀석은 내 어깨에 짊어진 콩자루를 다시 빼앗아갔다.

"지가 할 일인디유. 뭐."

무거운 콩자루를 어깨에 짊어진 녀석은 수돗가를 거쳐 지하 공장으로 내려가기 위해 계단을 한 계단씩 내려 밟았다. 콩방에서 있는 내 시야에는 녀석이 멋쩍을 때마다 가끔씩 긁적이던 뒤통수만이 잠시 보이다가 곧 사라졌다.

5

출입구 눈높이에 가로 두 뼘 정도 길이로 붙여놓은 아크릴 팻말을 쳐다보며 나와 백란이 잠시 머뭇거리자 곁에 서 있던 민우가 웃으며 내 어깨를 툭 쳤다.

"너도 촌놈 다 됐구나. 저건 다 형식적인 거야. 임마. 코 큰놈

들만 상대해선 이 바닥에 있는 오십 개가 넘는 양키홀들이 어떻게 돈을 벌겠니? 걔들 하루 종일 칠백 원짜리 맥주 한 병 놓고 앉아서 춤만 추다 색시 끌고 가는데. 우리 같은 국산이 들어가야 아무래도 술장사가 되지. 국산들 기분 내느라고 비싼 안주도 마구 시키고 술도 마구 퍼마셔댈 것 아니겠냐? 하하하…."

"클럽 파라다이스."

백란이가 홀 입구 상단에 걸린 아크릴로 된 간판을 혼잣소리처럼 읽었다.

간판의 좌측으로부터 알파벳에 일정한 간격으로 빠르게 불이 점화되어 파라다이스를 보여준 후 다시 역으로 진화되어 파라다이스가 없어지고는 했다.

그런 알파벳의 점화와 진화의 빠른 반복을 지켜보며 백란은 내게 자연스럽게 팔짱을 끼고 소곤거렸다.

"이름이 좋아요."

"… 그렇군요."

나는 조그맣게 대꾸했다.

늦은 시간에 가끔 이 앞을 지날 때마다 네온이 명멸하는 파라다이스의 간판을 바라다보면서 나는 저 간판의 이름을 누가 지었는지 아주 잘 지었다고 생각했다.

파라다이스.

내국인의 출입을 금함.

술과 미희와 재즈가 난무하는 미군들의 지상낙원이 어찌 우리들의 출입을 금하는 파라다이스 한 군데뿐이랴. 그들에겐 쑥고개에 있는 미군홀 50여 개 전체가, 아니 기지촌 전체가, 어쩌면 한반도 전체가 파라다이스일는지도 모를 일이었다.

'내국인의 출입을 금함'을 무시하고 민우가 앞장을 섰고 나와 백란이는 팔짱을 낀 채 민우의 뒤를 따라 파라다이스로 들어갔다.

넓은 홀 안은 외출 나온 미군들과 그들을 기다려온 양색시들의 무리로 가득 찼다.

거울로 도배를 해놓은 출입구 왼쪽 벽엔 카운터 식의 외줄 테이블이 길게 이어져 있었으며 그 맞은편 중앙 끝에는 스트립걸들이 전라로 춤추는 무대가 설치되었고, 무대 아래는 미군들과 양색시들이 춤추는 후로링으로 구분되어 있었다.

후로링 주위에는 많은 테이블이 놓여 있었고, 그 테이블들은 빈 자리가 거의 없을 정도로 꽉 차 있었으며 그 가운데 '내국인의 출입을 금함'을 무시하고 들어온 우리 같은 국산들의 모습도 더러 보였다.

우리들은 무대에서 왼쪽 입구 쪽으로 대각선을 긋는 구석자리에 앉아서 술을 주문했는데, 민우로부터 선금을 받아간 늙은 양색시는 우리를 그리 오래 기다리게 하지는 않았다. 곧 주문한 맥주 3병과 안주 한 접시를 직접 들고 나타났으니까. 검붉은 조명 속에서 그 늙은 양색시의 얼굴은 짓쳐바른 화장에도 불구하고 검게 썩어보였다. 그 양색시의 얼굴을 쳐다보고 있던 내게 민우가 속삭이듯 말했다.

"퇴역이야."

시끄러운 음악 때문에 민우의 말은 내게 곧장 전달되지 않았다. 그 늙은 양색시는 무거워보이는 히프를 카운터 쪽으로 굴리며 갔다.

"뭐라구?"

"퇴역."

민우의 음성이 커졌지만 음악에 섞여 잘 안 들렸다. 나는 다시 반문했다.

"퇴비?"

"아니, 퇴역."

"아픈 퇴비? 퇴비도 아픈 퇴비가 있니?"

"이런 제기랄. 퇴비가 아니라 퇴역이라니까…."

"아, 퇴역!"

나는 그때서야 알아들었다.

우리들은 시끄러운 음악을 이기기 위해 거의 악을 쓰다시피 퇴역과 퇴비 사이를 오가다가, 막 무대 위에 올라서서 빠른 템포로 바뀐 음악에 따라 늘씬한 알몸을 흔들어대는 어떤 스트립걸의 선정적인 몸놀림에 빠져버렸다.

"멋지군."

"뭐라구?"

내가 반문하자 민우는 성급히 손을 내흔들었다.

"아냐. 아니라구."

한 스테이지는 5분 간격으로 바뀌었다. 다른 스트립걸들이 교대로 나와 춤을 출 때마다 음악도 바뀌었다. 그녀들은 손수건을 8분의 1로 접은 듯한 그러니까 꼭 넥타이의 끝 부분만 한 면적의 팬티로 풍만한 알몸에서 겨우 음모만 가릴 뿐이었지만, 희한하게도 그 조그만 팬티의 모양이나 색깔은 제각기 달랐다.

춤은, 성행위의 흉내였으므로 사방에서 미군들의 야비한 웃음소리가 음악에 섞여 들려왔다.

입가심으로 딱 한 잔씩만 더 하기로 한 약속은 처음부터 지켜질 수 없는 약속이었다. 퇴역은 우리가 앉은 테이블로 열심히 술을 날라다주었으며 그때마다 술을 주문한 민우는 선금을 내주었다. 나중에 술을 마시지 않던 백란이까지도 양주를 한 잔 주문할 정도였다. 스트립걸들이 누드로 무대 위에 올라와 성행위의 갖가지 패턴을 연출하는 홀 안의 분위기는, 미군들에겐 여유를 갖게 해주고 우리 같은 국산들에겐 초조감을 갖게 해주는 모양이었다.

무대 위엔, 여섯 명의 스트립걸들이 교대로 올라서서 저마다 다른 음악에 맞춰 다른 몸놀림을 보여주고 내려갔다. 민우가 멋있다고 감탄한 처음의 그 스트립걸이 다시 나와 춤을 추고 있었다.

민우가 이번에는 내 왼쪽 귓가에 입술을 갖다댔다.

"역시 저 애가 제일 멋져. 넌 어떠냐?"

"그래. 나도 재가 제일 멋지다고 생각해."

나는 일부러 목청을 높여 크게 대답했고 민우는 뭐가 그리 즐거운지 계속 킬킬거렸다.

카운터 쪽에서 서성이는 퇴역을 민우는 또 손짓으로 불렀다. 급히 걸어온 퇴역은 녀석의 옆자리에 앉자마자 습관화된 태도로 자신의 귀를 녀석의 킬킬거리던 입 쪽으로 바싹 들이대고 있었다. 녀석의 얘기를 한마디도 빠뜨리지 않고 모두 귓속에 담으면서 퇴역은 연실 고개를 끄덕이더니 일어섰다.

스테이지가 바뀌자 처음의 그 스트립걸이 퇴역의 뒤를 따라 우리들의 테이블로 걸어왔다. 퇴기가 앉았던 옆자리에 스트립걸을 앉히고 민우가 물었다.

"네 춤이 참 근사하던데, 이름이 뭐냐?"

스트립걸이 백란을 향해 목례를 보내며 민우의 말에 대답했다.

"미영이에요."

민우에게 돈을 받아간 퇴기가 스트립걸이 주문한 주스 한 잔을 날라다주었을 때였다. 백란이 테이블 위의 양주잔을 입가로 가져가 홀짝 비우고 나서 내게만 들리게 말했다.

"근호 씨, 나 먼저 일어날께요. 내일 학교로 꼭 전화주세요."

"조금 있으면 일어날 텐데 같이 나가지 뭐."

백란은 머리를 살래살래 저었다.

"아네요. 그럴 필요 없어요."

그러면서 백란은 핸드백을 쥐고 일어섰다.

스트립걸이 일어서는 백란을 향해 말했다.

"제가 와서 일어서는 것 같아 미안하군요."

"아녜요. 워낙 일어설 시간이 늦었는데 아가씨께서 타이밍을 잘 맞춰주셨네요. 자, 그럼 먼저 갈께요."

나와 민우가 일어서고 자시고 할 사이도 없이 백란은 그냥 혼자 파라다이스를 빠져나갔다.

"지금 나간 여자분, 아저씨 애인이세요?"

미영이라는 스트립걸이 내게 그렇게 물었다.

"애인?"

나는 반문하며 주스 잔에 찔러넣은 스트로를 입술에 대고 소리나지 않게 내용물을 한 모금씩 빨아대는 미영의 얼굴을 쳐다보았다. 성숙하고 농밀한 육체, 조금 전까지만 해도 무대 위에서 미군들에게 육감적이고도 도발적인 성행위의 춤을 보여주던 그 육체와는 무관하게 그녀의 얼굴 표정은 퍽 깨끗하고 청초해 보이는 인상이었다.

나는 고개를 끄덕였다.

"그래 맞았어."

"그분 뭐하는 분이에요?"

"왜?"

"퍽 세련된 분 같아서요."

"세련? 그럴는지도 모르지. 중학교 영어교사니까."

미영은 단추 없는 가운을 세련되게 걸쳐서인지 가슴과 배꼽과 허벅지가 눈부실 정도로 훤하게 보였다.

민우의 손은 브레이크가 고장난 차체처럼 미영의 매끄러운 몸 위를 멋대로 내달렸지만 미영은 씨끗도 하지 않았다.

"아저씨, 술 취했어요?"

민우는 그 말 한마디에 그만 기가 꺾여버린 모양이었다. 킬킬거리는 대신 녀석은 꿍얼거렸다.

"멋진 여자 몸을 보면 더듬어보는 게 술 취한 사람만의 특권인데 이거 왜 이래?"

미영은 주스잔을 들고 입으로 스트로를 빨았다. '쪼르륵~' 하는 소리가 났다. 주스잔이 비면서 내는 소리였다.

"그럼, 오늘 술 취해서, 나도 그런 특권 좀 누려보게 술 좀 사주실래요?"

빈 잔을 테이블 위로 내려놓으며 미영이 말하자 민우가 카운터 쪽을 향해 손짓을 했다. 또 퇴역을 부르기 위해서였다.

홀에서 아가씨나 스트립걸들에게 미군들이 음료수나 술을 사줄 때에는, 업소에서 일반 요금의 두 배로 돈을 받는데, 그것이 바로 그녀들의 팁인 셈이었다. 그러니까 일반 요금을 제한 나머지 금액은 모아두었다가 한 주일 단위나 한 달 단위로 그녀들에게 나누어주곤 했다. 그녀들은 매일 몇 잔 마셨는가만 계산해두면 되었다. 그런데 이상스러운 것은 그녀들이 미군들에게 앉아 있을 때는 두 배만 받는 음료수나 술값이 내국인들 옆에 앉아 있을 때는 세 배 또는 네 배씩으로 뛰어오른다는 점이었다. 그러나 누구도 그것을 시비하지는 않았다. 왜냐하면 국산들은 술집에 가서 아가씨 손목 한번 잡아보는데 1,400원이나 2,200원 갖고는 어림도 없다는 사실들을 잘 알고 있었기 때문이었다.

내가 심한 요의尿意를 느끼고 자리를 뜬 것과 때를 같이해서 한동안 조용하던 음악이 다시 시끄러워졌다. 나는 되도록 비틀거리지 않으려고 애쓰면서 홀의 화장실까지 걸어갔다.

텅 빈 화장실의 벽에는 대형 거울이 붙어 있었고, 그 거울 속에는 웬 낯선 청년 하나가 힘차게 오줌 줄기를 쏟아내고 있었다.

'너 콩나물공장 장남 근호가 맞지?'

'그렇다. 난 콩나물공장 아들 근호다. 그러나 장남은 아냐. 형이 있으니까….'

'임마, 네 형은 6·25때 죽었댔잖아?'

'그건 아버지 말이지. 죽은 것과 행방불명은 같지 않아.'

'넌 어차피 형의 얼굴도 모르는데 죽었으면 어떻고 행방불명이면 또 어떻다는 말이니.'

나는 눈을 부릅뜨고 죽은 형과 28년을 동거시켜온 거울 속의 사내를 노려보았다. 거울 속의 사내가 조금 흔들리는 것 같았다. 그 흔들림이 그대로 내 몸으로 전해왔다. 하긴 군대 짬밥으로 3년간 다스려온 내 위장이 감당하기에는 오늘의 막걸리·소주·맥주·양주 등의 짬뽕은 좀 무리였던 것도 같다.

나는 화장실 거울 속의 사내와 헤어지고 홀의 통로로 내려섰다.

무대 위에서는 여전히 스트립걸이 알몸을 흔들어대고 있었고, 후로링에선 몇몇 미군과 양색시들이 시끄러운 음악에 맞춰 몸을 흔들어대고 있었다. 일렬로 된 벽 쪽의 카운터에 앉은 미군들과, 테이블에 앉은 더 많은 미군들은 양색시들과 히히덕거리며 무대 위의 스트립걸에게서 눈을 떼지 않았다.

무대로 집중된 미군들과 양색시들의 그 시선은 번쩍이는 조명 속에서 모두가 상사시上斜視처럼 보였다. 그 사시 속을 헤쳐가며 내 자리로 돌아오다가 나는 사시가 아닌 어떤 차가운 눈빛 하나를 만났다. 카운터의 회전의자를 무대 쪽으로 향하게 돌리고 앉아 옆자리의 양색시와 계속 수작을 하고 있는 그 사내는, 민우와 미영이가 나란히 앉아 있는 테이블에서 눈을 들어 이제 막 화장실을 걸어나오는 내 모습을 훑고 있었다.

나는 그 눈빛의 임자가 버스에서 만났고 시장바닥에서 만났던 바로 그 사내라는 걸 쉽게 알아낼 수 있었다. 사내는 나와 시선이 마주치자 곧 눈길을 접고 딴청을 부리고 있었다. 정말 기분 나쁜 사내였다.

내가 자리로 돌아오자 민우는 미영의 두 손을 맞잡아쥐고 그녀의 귓부리에 입술을 갖다대고는 뭔가를 열심히 얘기하고 있었다. 이때 퇴역이 다가와 미영의 나머지 한 쪽 귀에 대고 무슨 말인가를 집어넣자 미영의 앳되고 청초해 보이던 인상은 사뭇 찌푸려져 갔다. 그 찌푸려진 얼굴로 미영이 다시 퇴역의 귀에 대고 무슨 말인가를 집어넣자 퇴역은 고개를 끄덕이며 물러갔다.

홀 안을 지배하던 시끄러운 음악도 퇴역처럼 물러가고 홀 안은 다시, 방금까지 무대 위에서 성행위의 자세를 춤으로 보여주던 그 음란한 환영을 갖고 미군들이 떠들어대는 말소리와 뜨거운 숨결이 한데 뒤엉켜 있었다. 대단한 소음이었다. 그래도 이쯤의 소음은 대화조차 차단시켰던 음악에 비한다면 한결 조용한 편이었다.

미영이 잔을 비우자 민우가 말했다.

"어때? 한 잔 더 하는 게."

"좋아요."

그녀는 전혀 망설이지 않았다.

민우는 손목을 치켜들고 어두운 조명 속에서 시간을 확인했다.

"오늘 스테이지는 모두 끝났으니 이젠 완전 후리잖아."

그러니까 술을 더 마셔도 괜찮지 않느냐는 것이었다.

3년 전까지만 해도 스트립걸들은 어떤 예능을 내세운 폭력조직에서 홀마다 공급하고 있었기 때문에 그녀들은 거의가 다 조직에 매인 몸이었다. 따라서 조직에서 지정해주는 특정인에게만 몸을 팔 수 있었으며 그 몸값도 대부분 폭력조직에 뜯기는 것이 예사였다. 그러나 지금은 그런 것이 모두 없어지고 완전한 자유가 되었다. 그녀들은 혼자 방을 얻어 자취를 하면서 저녁에만 홀에 출근해서 춤을 추는 것이었다. 그녀들은 이제 자기를 지정하는 미군과 동거계약을 맺든 하룻밤을 자든 그것은 어디까지나 그녀들의 자유의사에 속했다. 그녀들은 늘씬하게 빠진 몸매뿐만이 아니라 미군들이 좋아하는 성행위의 여러 가지 자세를 춤으로 보여줌으로써 미군홀에서 일하는 다른 양색시들보다도 훨씬 비싼 프리미엄이 붙어 있는 몸이 되었다.

민우의 얘기가 아니더라도 미영의 춤(알몸의 여자가 성행위를 묘사하는 몸놀림을 하는 것까지도 춤이라고 볼 수 있다면)은 대단한 테크닉을 갖고 있었기 때문에 어느 정도의 실전 연습 없이는 불가능하리라는 생각이 들었다. 그러나 그 연습상대가 우리 같은 내국인이기보다는 미군들일 가능성이 더 높았다. 왜냐하면 우리가 잘 모르는 그녀의 춤 동작에서까지 미군들의 환호는 대단했으므로.

홀이 끝나갈 시간이 가까워지자 몇몇 테이블에서 미군들이 미영이를 부르고 있었다. 미영이가 무대에서 보여준 그 화려한 성행위의 동작을 그대로 침실까지 끌고가 자신의 섹스 파트너로 하룻밤 보내려는 미군들이 적지 않았기 때문이었다.

어느 미군홀에서나 그런 특별한 인기를 누리는 아가씨는 하나씩 있게 마련인데, 이곳 파라다이스 홀에서는 미영이가 아마 그에 해당하는 모양이었다.

미영은 퇴역이 새로 갖다준 귓속말과 세 번째 위스키 잔을 다 비우고서도 좀체로 일어서려 하지 않았다.

미영은 약간 찌푸려진, 그래서 더욱 고혹적으로 보이는 얼굴을 들어 나를 쳐다보았다.

"아저씨, 오늘 제, 집에… 안 가실래요?"

어절語節마다 취기가 묻어나는 그녀의 음성은 나를 약간 당황시켰지만, 나보다 더욱 당황한 것은 그녀의 곁에 앉아서 계속 수작을 붙여대던 민우였던 모양이었다.

"누구? 저 제대병? 저 놈이 네 첫사랑과 닮기라도 했단 말이냐?"

녀석은 투덜거리며 글라스에 맥주를 가득 채워서 높이 치켜들었다.

"빌어먹을… 어쨌거나, 함께 건배나 하자. 오늘 밤의 사랑을 위해! 아니, 야, 임마! 근호야, 너 왜 그따위로 얼굴을 쭈그러뜨리고 있냐? 건배하자니까…."

나는 밤 물 줄 시간이 넘어가고 있어서 많이 불안했고 또 초조했다. 그래서 그만 일어서려고 했다. 어서 가서 펌프질을 해야만 했기 때문이었다.

사건이 벌어진 것은 바로 그 순간이었다.

미영이 건배를 위해 들어올렸던 네 번째 위스키 잔이 흘바닥에 날카로운 비명소리를 내며 떨어졌다.

"ㅍ ㅏ ㄱ ㅇ ㅏ ㄹ ㄱ…."

그것은 유리잔이 깨지는 소리와 미영이 놀라서 내지르는 비명소리가 합성된 그런 소리였다.

옆에서 불쑥 복병처럼 나타나 미영의 팔목을 낚아챈 미군이 성난 음성으로 말했다. 기지촌에서 근 30년 가깝게 살아온 덕분에 나는 통역 없이도 그 미군이 말하는 소리를 알아들을 수 있었다.

"몇 번씩 사람을 보냈는데도 내게 오지 않는 이유가 뭐냐? 미영이, 네가 내게 그럴 수 있느냐? 오늘은 어떤 일이 있어도 너와 담판을 지어야겠으니 날 좀 따라와라."

퇴역이 아까 미영에게 귓속말을 몇 번 전해준 것이 아마 이 미군의 전언이었던 모양이다. 미군의 우악스런 손에 팔목이 잡힌 채 의자에서 넘어질 듯 비틀거리며 일어선 미영이 자신의 키보다도 서너 뼘쯤은 더 커보이는 그 미군을 향해 앙칼지게 부르짖었다.

"토니, 나는 너 같은 자식은 싫어. 싫다는데 왜 자꾸 귀찮게 이러는 거야. 이거 놔. 놓으란 말야. 이 사기꾼, 거짓말쟁이야."

토니라고 불린 미군의 손이 미영의 뺨을 후려쳤다.

풀썩, 힘없이 쓰러진 미영의 입가에는 놀보다 진한 핏물이 흘러나오고 있었다. 그 핏물을 보자 나의 내부는 서서히 타오르기 시작하더니 종내는 흥분을 가눌 길이 없어졌다.

"여보시오. 말로 할 수도 있는데 왜 손찌검을 하시오. 힘없는 여자에게."

내가 토니라는 젊은 병사에게 최대한의 예의를 갖추고 그렇게 항의한 순간이었다.

"이 새끼…."

소리와 함께 나의 오른쪽 고막에서 성능 좋은 폭탄이 한 방 터지는 소리가 들렸다. 정신마저 아뜩했다. 폭염에 휩싸인 채 나의 분별력과 이성은 불 위에 얹은 오징어처럼 오그라들었다. 한번 터졌던 경험을 가지고 있는 오른쪽 고막은 녀석의 선방으로 다시 먹통이 되어버리고 말았지만 왼쪽 귀는 아직 살아 있었다.

나는 왼쪽 귀를 곧추세우고 토니의 이어진 말을 새겨들었다.

"… 넌 뭐야? 이 더러운 한국놈의 새끼야. 네가 상관할 일이 아니니 넌 어서 꺼져버려. 죽여버리기 전에."

나는 머리를 흔들었다. 예고 없이 한 방 맞은 충격과 그간 마셔댄 술기를 털어내기 위해서였다.

"더러운 한국놈? 그렇게는 안 될 게다. 이 더러운 양키놈아."

그러면서 싸움의 공간을 넓히기 위해서 테이블을 한켠으로 힘껏 밀어내고 후로링 쪽으로 비켜섰다. 테이블이 밀리며 그 위에 있던 맥주병과 안주 접시와 술잔들이 한꺼번에 우르르 바닥에 떨어져 깨지는 소리가 요란하게 들렸다.

후로링 주위엔 미군들이 몰려들어 둥글게 원을 싸아갔고, 그들은 두 사람의 싸움을 말리기 위해 달려온 마담과 기도, 지배인, 퇴역 등을 제지하며 흐물흐물 탐욕스럽게 웃어댔다.

실로 순간적으로 벌어진 이 같은 사태에 당황한 민우 녀석이 퇴역과 지배인과 마담을 붙들고 빨리 전화로 MP를 부르라고 애기했지만, 그들의 태도는 냉담했다.

그도 그럴 것이 내국인 출입을 금하는 장소에 내국인을 출입시켜 이런 싸움판을 벌여놓았으니 MP들이 출동한다면 오히려 사태를 더욱 악화시키는 결과가 될 것이 뻔했기 때문이었다. 모든 책임은 내국인을 출입시킨 업주 쪽이 지게 됨으로 자칫 잘못하다간 영업 정지까지 먹게 될는지도 모르는데 그런 위험한 노릇을 왜 한단 말인가. 그들 업주 측의 사람들마저도 그냥 관망하는 자세를 취하자 민우 녀석은 객기를 부려댔다. 취한 탓이겠지만 녀석은 분연히 잠바를 벗어던지고 내가 서 있는 후로링으로 뛰쳐나왔다. 그리고 다가서는 토니 일행을 향해 소리쳤다.

“물러 서! 이 새끼들. 안 물러서면 다들 찌를 거야.”

녀석이 깨진 맥주병을 들고 끼어들음으로써 나와 토니의 싸움은 1 대 1 싸움에서 패싸움으로 화하게 되었다.

누구도 예측하지 못했던 일이었다. 그러나 토니와 몇 명의 미군이 끼어든 패싸움은 그리 오래가지 않고 싱겁게 끝나고 말았다.

왼손에 깨진 병 모가지를 단단하게 움켜쥔 민우의 손이 위협적으로 몇 차례 허공을 그을 때까지만 해도 그들은 겁을 집어먹은 것 같았지만, 민우가 어이없이 병 모가지를 놓쳐버리자 상황은 일시에 역전되어버린 것이다.

휘청거리면서 불안하게 들어간 나의 돌려차기 한 방을 급소에 정확히 맞은 토니가 비틀거리면서 민우에게로 가 민우를 껴

안으려 했다. 그때 어이없게도 토니의 육중한 체구와 부딪친 민우는 얼떨결에 병모가지를 놓쳐버린 채 토니와 함께 비틀거렸다. 그것은 민우 녀석이 애초부터 찌를 용기가 없었기 때문이기도 했지만, 어쩌면 상대를 찌를는지도 모른다는 불안감이 녀석의 손에서 병모가지를 내던지게 했는지도 모를 일이었다. 그 기회를 놓치지 않고 토니의 일행 하나가 민우를 덮쳤고, 나는 뒤통수에 쇠의자의 받침대가 와닿는 강한 충격을 느꼈다. 후로링에 둘러선 미군들의 탐욕스러운 눈길과 양색시들의 비명소리가 서로 끌어안고 후로링을 한 바퀴 회전하는 것 같았다. 나는 쓰러져서 옆구리와 등짝에 무수히 쏟아지는 그들의 발길질을 고통스럽게 느끼면서 가물가물한 의식의 끈을 놓쳐버리고 말았다.

6

"이제 정신이 좀 드세요?"

내가 눈을 뜨자 낯익은 미영의 얼굴이 보였다. 그녀가 침대 곁으로 다가섰다.

흐린 조명 속에서 화장한 얼굴을 보다가 밝은 형광등 불빛에서 화장을 지운 얼굴을 보니까 전혀 다른 사람 같았지만, 그녀의 음성처럼 맑고 앳되고 청초한 인상은 변함이 없었다.

나는 온몸이 구석구석 결리고 머리도 깨질 듯 쑤셔댔지만 그녀에게 아픔을 호소하지는 않았다. 나는 누운 채로 바싹 마른

입술을 움직였다.

"물 좀 주시오."

그녀는 등을 돌려 냉장고의 문을 열고 콜라병을 꺼내 내게 들어보였지만 나는 고개를 저었다. 그러자 그녀는 다시 냉장고 문을 닫더니 방문 옆에 붙어 있는 화장실 쪽으로 걸어가 그 안으로 들어가더니 잠시 후 쏴아~ 하는 수돗물 트는 소리가 들렸다. 그녀는 수돗물을 한 그릇 받아왔다.

아픈 중에서도 화장실까지 붙어 있는 그녀의 방이 참 재미있다는 생각이 들었다.

방은 비교적 넓은 편이었지만, 침대와 응접세트, 그리고 화장대와 이동식 옷장과 주방기구 등이 꽉 들어차 있었으므로 별 공간이 없어 보였다.

이 방에 들어서면 밖으로 한 발짝도 나가지 않고도 밥하고, 설거지하고, 세면하고, 목욕하고, 잠자고, 화장실 가고 뭐든지 다 할 수 있을 것만 같았다.

나는 그녀의 부축을 받으며 침대에서 겨우 일어나 앉았다. 그녀에게서 냉수 그릇을 받아 단숨에 다 마시고 나자 갈증이 해소되면서 서서히 궁금증이 싹터올랐다.

"같이 있던 친구는 어떻게 됐습니까?"

"별로 크게 다치지는 않았어요. 지금쯤 아마 집에 가셨을 거예요. 마담이 차로 그분 댁까지 모셔다 드린다고 했으니까요."

방안에 불이 켜져 있는 것으로 보아서는 아직 한밤중인 것만은 분명한데 몇 시쯤이나 됐는지는 도무지 감이 잡히지 않았다. 나는 손목시계를 들여다보았다. 3시 30분.

동석이와 창호의 방에 있는 자명종 시계가 울 시간이었다.

잠시 후면 온 집안 식구들이 모두 일어나 공장으로 들어가서 바쁘게 설쳐댈 것이라는 생각을 하자 마음이 조급해졌다.

"병원으로 모시고 가려고 했는데 지배인님이 일이 시끄러워질 것 같다면서 반대하길래 그냥 제 집으로 모시고 왔어요. 지금이라도 병원에 가보시겠어요?"

"아니, 그보다도 지금 나는 집에 좀 가봐야겠는데… 혹시 파스 같은 거 쓰다 남은 것 좀 없소?"

우선 파스라도 몇 장 붙여보고 싶었다. 온몸이 온통 벌에라도 쏘인 듯 욱신거리며 쑤셔서 못 견딜 지경이었다. 내부 시설이 많이 부서지고 망가진 모양이었다.

그녀는 어젯밤 나를 부축해올 때 기도가 구해다놓았다면서 파스·머큐롬·진통제·붕대·연고 따위를 한아름 꺼내놓았다.

"옷 벗으세요."

"약 발라드릴께요."

"…."

나는 웃통을 벗었다.

그리고 눈을 감았다.

자꾸 어젯밤 그녀가 무대 위에서 알몸으로 보여주던 성행위의 동작이 연상되었다. 내 의지와는 상관없이 하복부가 무섭게 부풀어올랐다.

그녀는 내 등을 어루만지며 쿡쿡 눌러도 보고 쓰다듬기도 했다.

"여기에요? 아니면 여기?"

아픈 곳을 어디라고 꼭 집어서 말할 수가 없을 정도로 그녀가 손가락으로 누르는 곳마다 모두 다 아프고 쑤셔댔다. 등과 배에 연고를 다 바르고 그 위에 다시 파스를 붙이려고 하자 파스가 잘 붙지 않았다. 연고 때문인 듯했다. 그러자 그녀가 억지로 파스를 대고 그 위로 붕대를 감았다.

그녀는 붕대의 마지막 끈을 돌려 묶으며 말했다.

"이런 건 처음이에요."

"나도 처음이오."

하복부의 팽창감 때문에 나는 앉아 있기가 거북해서 진통제 두 알을 삼키고 침대 위로 길게 누웠다. 어쨌거나 붕대를 감고 나니까 상처가 훨씬 나은 듯했다.

내가 처음 눈을 떴을 때의 그 위치로 그녀가 다시 다가서며 말했다.

"어제의 그 토니 자식 말에요…."

그녀는 그렇게 서두를 꺼냈다.

"… 아주 질이 나쁜 자식이에요. 이 방에서 한 6개월 동안 동거同居를 했었지요. 처음 한두 달은 그래도 꼬박꼬박 돈을 갖다주더니 그 다음 두 달은 돈을 안 갖다주는 거에요. 걔들 월급날이 한 달에 두 번이니까 네 번이나 기다린 셈이지요. 그래도 꿩 궈먹은 소식이에요. 그래도 기왕에 시작한 동거여서 그깟, 돈 몇 푼 때문에 싸울 수도 없고 그냥 내버려뒀었어요. 그랬더니 나중에 돈을 갖다주는 게 아니라, 이 핑계 저 핑계 대면서 슬슬 돈을 뜯어가는 거예요. 나머지 두 달간 그 자식이 제 돈을 얼마나 뜯어갔는 줄 아세요? 제가 갖고 있었던 저금통장이 거의 바닥이 날 정도였어요. 그래서 참다 참다 그 자식 보고 그랬지요. 너나 나나 이 바닥에 돈 벌러온 게 아니냐. 그렇다면 돈을 벌어야 할 텐데, 나는 너하고 동거해온 지난 6개월간 돈을 뜯기기만 했지 한 푼도 벌지 못했다. 그간 네게 준 돈은 돌려받지 않아도 좋다. 그러나 내 집에선 그만 나가달라. 네가 있으면 나는 다른 손님들을 받을 수가 없기 때문이다. 그랬더니 그 자식이 싱글싱글 웃으면서 좋다. 그만 헤어지자고 나가버리더군요. 그래서 나도 끝난 줄 알았지요. 그런데 그게 아니었어요. 그 자식이 시도 때도 없이 다른 미군과 잠잘 때마다 집으로 나를 찾아와서 괴롭히는 거예요. 그러다가 어젯밤 같은 일이 생겼지요. 토니, 그 자식 아주 질이 되게 나쁜 놈이에요."

말을 마치자 그녀는 내가 누워 있는 침대에 걸터앉으며 내 멍든 얼굴을 두 손으로 감싸쥐었다. 이제는 토니가 찾아올 염려도 걱정도 없어졌다는 듯한 그런 느긋한 표정이었다.

"몇 살이요?"

"스물두 살."

대답하는 그녀의 입이 누워 있는 내 입과 거의 맞붙어 있는 그런 형국이었다.

나는 바지 혁대를 만지작거리는 그녀의 손을 조용히 잡아내렸다.

“이런 생활이 즐겁소?”

“…?”

그녀는 잠시 멍한 표정을 지었다.

아마도 한동안 내팽개쳐두었던 가장 평범한, 그러나 본질적인 자기 자신으로부터의 질문을 생각지도 못했던 같은 내국인에게 받았기 때문일 것이었다.

토니뿐만이 아니라 한국에 주둔하고 있는 미국 병사들의 거의 대부분이 지원병임을 나는 알고 있었다. 그들은 모두 부유한 미국의 빈민촌에서 자란 못 배우고 가난한 사내들이었으므로 전쟁의 위험부담 같은 것은 아랑곳없었다. 오직 식욕과 성욕을 채워주는 것만으로도 그들은 충분히 보상된다고 믿는 것 같았다.

본국에서 그들이 백인 콜걸과 하룻밤 자려면 최하 8백 달러 이상을 주어야만 잘 수 있다는 걸 알기 때문에 그것은 감히 꿈도 꿔보지 못했던 일인데, 여기서는 그 돈이면 젊고 예쁘고 싱싱한 아가씨들을 한꺼번에 다섯 명이라도 안아볼 수 있으니 어찌 군주나 임금이 부럽다 하겠는가. 그들에게는 이곳이 진정한 꿈의 낙원이며 바로 파라다이스인 것이다.

물론 장교들도 양색시들과 동거는 하지만 결혼은 기피했다.

그러나 그들이 한국 여자들과의 결혼을 기피하는 이유는 매우 특이했다. 장교들은 일반사병들과는 출신 성분부터가 다르기 때문에 화대에 있어서만은 매우 세련된 매너를 보여주지만, 결혼에 있어서만은 그렇지 못했다.

똑같은 동양 여자라도 일본 여자나 중국 여자와는 괜찮지만 분단된 나라인 한국 여자와는 결혼이 곤란하다는 것이었다. 그것은 한국 여자와 결혼한 장교는 기밀문서를 다룰 수 없기 때문에 진급이 안 된다는 것이었다.

군복을 벗을 각오가 되어 있다면 모르지만, 군인으로서 성공하려는 장교들에겐 통일된 나라가 아니라 남북으로 갈라져 대치 상태에 있는 현재의 한국 여자는 아무리 매력적이라고 하더라도 결혼 대상으로서는 적합하지 않다는 결론이었다.

뿐만 아니라 미국 사병들과 결혼해서 함께 미국으로 건너갔던 대부분의 양색시들이 행복한 결혼 생활을 지속하지 못하고 이혼하거나, 더 나쁜 길로 빠지거나, 동물과 다름없는 대우를 받으면서도 참고 견디거나, 걸레처럼 후줄근해진 모습으로라도 다시 귀국하는 이유는 어디에 있을까. 그것은 가난한 나라에서의 풍족한 생활보다 풍족한 나라에서의 가난한 생활이 주는 여러 가지 절망감 때문이라고 진단할 수는 없을까.

모르긴 해도 토니라는 그 미국 병사도 마찬가지일 것이었다. 본국에서 노모와 많은 형제가 그의 월급만을 눈빠지게 기다리고 있었을는지도 모른다. 월급은 꼭 집으로 부쳐야 할 입장이었을 테니까 부쳤을 것이고, 여자는 필요하니까 샀을 것이다. 미영에게 거짓말을 해가면서까지.

미영이가 등을 돌려 침대에서 몸을 일으켜 세운 후 방을 왔다 갔다 하면서 앳되고 맑은 음성으로 말했다.

"이젠 어쩔 수 없잖아요. 이 몸을 갖고 누구에게 시집을 가겠어요. 그렇게 누굴 속이고 싶지도 않고, 또 그럴 마음도 없어요. 그리고 저는 그토록 뻔뻔스럽지도 못해요. 그냥 이렇게 춤추고 살다가 병들면 죽겠지요."

스물두 살 먹은 그녀의 이러한 자학이 어디서부터 오는 것인지 나는 모른다. 또 알고 싶지도 않았다. 나는 그녀의 도움 없이 혼자 침대에서 허리를 일으켜 세웠다. 진통제 탓인지 몸뚱이가 많이 부드러워진 것 같았다.

나는 머리맡에 벗어두었던 상의를 주워입고 침대를 내려섰다. 아무래도 집에 가서 콩나물공장 일을 거들어야 할 것만 같아서였다.

"그 몸으로라도 굳이 가시겠다면 할 수 없지만, 날이 밝을 때까지만이라도 저와 함께 있어 줬으면 해요."

그녀가 앞을 막아서며 말했다.

"아니, 난 지금 가봐야 합니다."

그녀는 체념한 듯 뒤로 물러서서 냉장고의 문을 다시 열고 양주병과 안주, 그리고 찬장에서 꺼낸 양주잔 두 개를 응접탁자 위에 내려놓고 자신도 소파에 털썩 주저앉았다. 잠 한숨 자지 못한 그녀의 얼굴은 피곤이 누적되어서인지 하얀 석고상처럼 핏기가 전혀 없었다.

내가 잠시 그 모습을 지켜보고 서 있자 그녀가 앉은 채 말했다.

"아저씨, 일루 와서 저 술 한 잔만 따라주실래요?"

불쾌한 느낌이 들었지만 그녀를 미워할 수는 없었다. 어차피 그녀는 사내들을 유혹하는 매우 뛰어난 기능을 가진, 아름답고도 슬픈 우리의 형제였으므로.

조니워커를 빈 잔 가득 부어주자 그녀는 두 손으로 잔을 잡고 천천히 돌렸다. 술 빛깔의 배경 속에서, 아직 지우지 못한 백색의 매니큐어가 칠해진 열 개의 손가락이 술잔 속에서 익사하지 않으려고 끊임없이 헤엄치고 있는 것처럼 보였다.

"… 어제 아저씨의 친구 분이 대뜸 알아맞추는 걸 보고 저도 실은 속으로 깜짝 놀랐었어요. 아저씰 처음 본 순간…."

나는 그녀의 말을 중단시켰다. 그녀의 뻔한 첫사랑 얘기까지 들을 만한 시간적인 여유가 내겐 없었기 때문이었다.

"어서 한 잔 들고 잠이나 자두시오. 내일을 위해서."

고개를 꺾고 소파에 앉아 있는 그녀를 나는 더이상 거들떠보지도 않고 그 방을 나와버렸다.

밖으로 걸어나오자 거리는 안개 낀 것처럼 가로등만 뿌옇게 빛나고 있었고, 하늘엔 미처 몸을 숨기지 못한 채 못 박힌 새벽별이 내게 원망스런 눈빛을 보내고 있었다.

여기서 파라다이스는 먼 거리가 아니었다. 쑥고개의 지리를 손바닥 들여다보듯 골목 구석구석까지 훤하게 알고 있는 내게는 방금 뛰쳐나온 미영의 집 위치가 한눈에 들어왔던 것이다.

걸음을 떼어 옮기는 것이 자유스럽지는 못했지만 그렇게 불편하지도 않았다.

나는 텅 빈 쑥고개의 새벽 거리를 한 걸음 한 걸음씩 걸으면서, 임종의 눈빛처럼 흐려져 가는 새벽별 서넛을 쳐다보았다. 저 새벽별들이 이 지상에 남기고 갈 마지막 유언은 무엇일까. 나는 그 유언을 들을 수 있을까. 쑥고개의 새벽 거리는 수면제를 다량으로 복용한 듯 깊은 잠 속에 곯아떨어져 있었다.

내가 콩나물공장 문 밖에 도착했을 때 동석이가 배달 자전거를 끌어내놓고 막 배달통을 묶고 있었다.

"형, 어떻게 된 일이유?"

녀석은 배달통 위로 바를 넘기다 말고 걱정스러운 듯 말했다.

"그렇게 됐다. 미안하다."

나는 녀석의 말에 건성으로 대꾸하며 공장 안문을 밀고 들어갔다.

앞치마를 두르고 물통 곁에 서 계시던 어머니가 나를 발견하자 깜짝 놀라면서 눈을 끔쩍끔쩍해 보이셨다. 나는 그것이 어서 몸을 피하라는 어머니의 위험신호라는 것을 알면서도 그냥 모른 체하고 눈으로 아버지를 찾았다.

흑판에 서정리와 평택으로 배달 나갈 콩나물 관수를 적고 계시던 아버지가 힐끗 뒤를 한번 돌아다보셨다. 나와 눈이 마주치자 아버지는 나를 무시하고 다시 흑판으로 시선을 돌리셨다.

"아버지 죄송합니다. 어제 민우를 만나서 얘길 좀 하다보니까…."

나는 차마 아버지 앞에서 술을 마시다가… 늦었다는 얘기를 할 수가 없어서 얘기를 하다가 늦었다며 우물거렸다. 아버지는 분필을 흑판 받침대에 놓고 천천히 등을 돌리셨다. 그리고 아주 차분한 음성으로 말씀하셨다.

"너 어제, 하루치 싸구려 부른 돈은 어쨌느냐?"

어젯밤 물 줄 시간에 들어오지 못한 미안함만을 갖고 있던 나는 전혀 예기치 못했던 아버지의 기습적인 질문에 당황할 수밖에 없었다.

"그건 저, 장롱 속에…."

"그게 전부냐?"

아버지의 목소리는 얼음보다도 더 차가웠다.

"네. 실은…."

나는 사실대로 설명하려다가 강력 끈끈이처럼 내 얼굴에 달라붙은 아버지의 눈빛 때문에 공장 시멘트 바닥에 시선을 떨구었다.

"어젯밤 물 줄 시간엔 왜 안 들어왔느냐?"

나는 마른침을 꼴칵 삼켰다.

"네. 실은…."

그러나 백란이를 만난 어제 오후 7시부터 오늘 새벽 6시까지의 '알리바이 증명'을 나는 아버지에게 자세히 말씀드릴 수가 없었던 것이다. 나는 암담했다. 나의 변명은 '실은…'에서 더 이상 한마디도 이어질 수 없었다.

아버지께서 이렇게 말씀하셨다.

"여러 말할 것 없다. 나는 이제 네 녀석 꼴보기 싫으니까 내 눈앞에서 썩 없어지거라. 지금 당장에 말이다."

아버지의 말씀은 아주 단호하셨다.

아우 녀석은 동석이의 짐을 실어준답시고 밖으로 나가서 콩나물 보따리들을 나르면서도 동석이 녀석과 함께 공장 안의 분위기에 신경을 곤두세우고 있을 것이다. 어머니께서도 물통을 청소하며 아버지의 눈치를 살피고 계셨다. 그러나 누구도 아버지의 그 단호한 추방령에 이의를 제기하지는 못했다.

나는 무거운 공장 분위기에 짓눌려 밖으로 나왔다.

어머니가 뒤따라나와서 또 눈물을 질금거리시며 재빠르게 내 손에 무엇인가를 쥐어주셨다. 젖은 지폐 몇 장이 손 안에 잡혀왔다.

"니 애비 성질이 워낙 저런 걸 어쩌겠니? 니가 이해해야지. 한 사나흘 피해 있다가 들어오너라. 그럼 아버지 화도 많이 풀려 있으실 게다. 그래 내가 뭐라더냐. 니는 이제 콩나물공장 일은 못한다니까. 이 에미 말 안 듣고…."

어머니는 계속 눈물을 질금거리며 서 계셨다.

"알았어요. 어머니 어서 들어가보세요. 아버지 화내시기 전에.”

“그래. 알았다. 니도 한 사나흘만 어디로 피해 있다가 들어오너라.”

나는 공장 밖에서 동석이 녀석이 자전거에 싣는 엄청난 높이의 짐을 쳐다보며 어쨌거나 저 녀석처럼 엄청난 짐을 싣는 사람은 아마 없을 거라는 생각을 다시 했다.

어머니와 아우와 동석이의 무언의 배웅을 받으며 나는 터미널 쪽으로 힘없는 걸음을 옮겨놓았다.

우선 어디 가서 밀린 잠이라도 실컷 자고 싶었다. 아니 미영에게로 가서 조니워커를 병째로 모두 비우고 나서 그녀를 안고 잠들고 싶었다. 정말 그렇게 하고 싶었다. 사흘 동안 쫓겨났다고 하면 그녀는 어떤 표정을 지을까. 그녀와 아예 결혼해버릴까. 결혼해서 이 바닥을 영영 떠나 살고도 싶었다. 나는 미군 장교가 아니니까 진급에 신경쓸 일도 없을 테고 다행히 그녀도 내게 관심을 갖고 있으니까 그것은 어쩌면 내가 마음먹기에 따라서는 전혀 불가능한 일이 아닐는지도 몰랐다. 더구나 나는 기술을 하나 가지고 있지 않은가. 콩나물과 숙주나물을 기를 수 있는 기술을. 여기서는 아버지와 경쟁을 해야 하니까 안 되겠지만 아버지가 안 계신 다른 지역이라면 어디라도 좋을 것 같았다. 그런 곳에 가서 움막이나 하나 짓고 우물 파고 모터 놓고 콩나물이나 기르면서 그녀와 함께 살고 싶었다.

그녀의 알몸이 보여주던 성행위의 모습과, 화장을 지우고 청초한 모습으로 소파에 앉아 고민하던 모습이 교차되면서 자꾸 눈앞을 아른거렸다. 기분 탓인지 아니면 진통제의 약효가 떨어져서인지는 모르지만 골치가 다시 깨질 듯이 아파왔다.

정육점과 새시장이 만나는 삼거리를 돌아서자 터미널이 나타났다. 버스 한 대 세워져 있지 않는 썰렁한 터미널의 모습은 쓸쓸하고 외로워보였다. 역시 터미널은 버스들이 들어오고 나가고 하며 타고 내리는 사람들로 복작거려야 터미널다울 텐데 이른 시간의 터미널은 그렇지가 못했다.

나는 제대하던 날 저녁에 잠시 앉아보았던 벤치로 걸어가서 앉아보았다.

언덕 위에 지은 좌동교회의 피뢰침이 여전히 높게 치솟아 있었고, 그 위로 보이던 못 박힌 놀 대신 새벽별 하나가 그 자리에서 뾰족한 교회의 피뢰침을 내려다보며 무언가 마지막 유언을 하고 있는 것 같았다.

"학교로 꼭 전화 주세요."

나는 새벽별의 유언에 섞여 들려온 백란의 목소리에 깜짝 놀라 주위를 둘러보았다. 그러나 어제 파라다이스에서 그렇게 말하고 자리를 일어섰던 백란의 모습은 어디에서도 보이지 않았다. 고막이 터진 귀에서 한순간 묘한 환청이 일어났던 것 같다. 나는 이를 악물었다. 백란에게 전화해서 사실대로 얘기를 한다면 그녀는 나를 어떻게 받아들일까. 우리는 늘 친구였으니까 위로와 격려를 해줄는지도 모른다.

그러나 나는 미영에게 찾아가지 않는 것처럼 백란에게도 전화로 그런 얘기를 할 수는 없을 것이다. 그것은 이미 내 의지 밖에서 이루어졌던 '송탄' 복원작업과 같은 것일는지도 몰랐다.

나는 김영란 선생을 만나보고 싶었다. 그것이 위병소를 걸어 나올 때부터의 생각이었음을 확인하고 나는 가뿐한 마음으로 벤치에서 일어섰다.

김영란 선생을 만나서 선생님, 저 장가갈 테니 색시감으로 백란 씨를 주십시오 하고 용기있게 말할 수 있을까. 아니면 아무 소리도 못하고 그냥 바보처럼 눈물만 흘리다 나올는지도 모르겠다. 어쨌거나 지금의 내게 있어서 가장 중요한 일은 이 지상에서 단 한 분뿐인 스승을 찾아가는 일이었다.

매표소 앞에는 어느덧 첫 차를 타기 위해 모여든 사람들의 모습이 더러 보였다.

나는 매표소까지 걸어가서 어머니가 눈물을 질금거리며 손에 쥐어주셨던 그 젖은 돈으로 수원행 차표 한 장을 샀다.

이 한 장의 차표가 어쩌면 나를 파라다이스로 안내해줄는지도 모른다는 아름다운 환상을 가지면서.

버스가 들어오자 승객은 10여 명으로 불어나 있었다.

나는 막 도착한 버스에 올라섰다. 이른 시간이어서인지 자리는 많이 비어 있었다. 나는 출입구 뒤의 세 번째 좌석의 창가로 들어가 앉았다.

버스가 막 출발하려고 할 때였다. 허겁지겁 차에 올라선 승객 한 사람이 흡사 예약된 자리라도 찾아 앉듯이 내 옆좌석에 와서 털썩 주저앉았다.

그 사람을 곁눈질로 한번 힐끗 쳐다보고 난 순간, 나는 가슴이 철렁했다. 또 그 사내였던 것이다. 나는 눈을 질끈 감아버렸다.

잠시 후 사내가 나를 쳐다보며 사뭇 놀라운 척하면서 내뱉을 말들을 나는 이미 알고 있었던 것이다.

"어? 또 만나게 됐군요. 역시 쑥고개는, 아니 송탄은 참 좁지요. 그런데 어디까지 가십니까?"

사내는 아마 이렇게 말할 것이다.

버스가 출발하자 아니나 다를까 사내는 그때서야 나를 발견한 듯 깜짝 놀라며

"어…?"

하는 묘한 신음소리를 뱉어냈다.

나는 감은 눈에 더욱 질근 힘을 주었다. 그리고 깨질 듯 쑤셔대는 두통을 아주 고통스럽게 참아내고 있었다.

나는 이제 창가를 스치는 풍경, 차렷 자세를 취한 그 일렬종대의 풍경들을 사열하는 인간의 기본권마저도 곧 포기하게 될는지도 모른다는 생각이 들었다.

감은 눈 속에서 임종했던 새벽별들이 하나씩 다시 부활하기 시작했다.

우렁이와 거머리

1

어항은 바닥의 지름이 한 30㎝쯤은 될 것 같았다. 허리는 잘록했고, 윗부분은 주름치마처럼 여러 갈래의 주름이 조그만 만灣을 이루며 타원형으로 되어 있었는데, 그 타원의 주름진 부분은 진초록의 색깔을 띠고 있었다. 타원의 지름은 바닥의 지름과 거의 같은 크기였다.

어항 속에서 살던 물고기는 여러 번 바뀌었다. 금붕어 장수에게 사다넣었던 금빛깔 은빛깔 하얀 빛깔 검정빛깔의 여러 금붕어들이 모두 죽어나간 후, 지금은 며칠 전 내가 저수지에서 낚시로 건져온 엄지손가락만한 붕어 두 마리가 살고 있었다. 아니 어항 속의 주민은 붕어 외에도 또 있었다. 아내가 우렁이 간장을 담기 위해서 사온 우렁이 중에서 세 마리를 골라 삶기 전에 미리 어항에 집어넣었던 것이다. 아내가 많은 우렁이 중에서 왜 유독 세 마리만을 골라넣었는지에 대해서는 자세히 알 수 없지만, 그 세 마리의 크기가 각기 다르다는 것은 알 수 있었다. 한 마리는 새끼 우렁이었고 두 마리는 어미 우렁이었는데, 어미 우렁이 두 마리도 크기에 약간의 차이가 있어서 쉽게 구별할 수가 있었다. 아내는 어항 속에 우렁이 세 마리를 넣은 다음 상추 잎을 한 잎 넣어주었다. 우렁이 먹이라는 것이었다.

"우렁이도 상추 잎을 먹나?"

"나도 잘 몰라요. 하지만 전에 그런 얘기를 들은 것 같아서요."

아내는 웃었다. 한번 두고 보면 알 게 아니냐는 뜻이었다. 그러나 나는 우렁이가 상추 잎을 먹을 것 같지는 않았다. 우렁이가 사는 논두렁이나 방죽 같은 곳에는 상추가 있을 턱이 없었기 때문이었다.

그런데 오늘 아침이었다. 여느 때와 마찬가지로 아내와 딸애가 손을 맞잡고 보건소와 유치원으로 나란히 나간 후였다. 아내의 출퇴근 때문에 보건소 가까이에 무리를 해서 전셋집을 하나 얻었는데 그것은 시내버스가 없어서 웬만한 거리는 택시를 타지 않는 한 거의 걸어다녀야만 하는 D읍의 불편한 교통여건 때문이었다. 직장 가까이에 집이 있다는 것은 여러 모로 편리했다. 아내가 점심시간에도 집에 올 수 있었고 가족이 함께 점심식사를 할 수 있었으니 말이다. 뿐만 아니라 아내는 수시로 집에 들러 딸애를 잠깐씩 돌보기도 했었기 때문이었다. 지금이야 딸애도 다 커서 저 혼자 잘 놀았지만 두 돌이 되기 전까지는 우유를 먹이거나 기저귀를 갈아댄다는 것이 나로서는 여간 고통스럽지가 않았다. 아내가 수시로 집에 들러 돌보아주지 않았더라면 나는 과연 애 보는 일을 해냈을지 자신이 없었다.

어쨌거나 보건소는 걸어서 2~3분 정도밖에는 걸리지 않았고, D국민학교 병설유치원도 보건소 바로 앞에 있었으므로 아침마다 그들은 다정하게 손을 맞잡고 나섰던 것이다. 나는 아내와 딸애를 배웅하고 들어와 거실 소파에 기대앉아서 무심코 응접탁자 위의 어항을 바라보다가 그만 깜짝 놀라고 말았다.

어제까지는 분명히 물 위에 떠 있던 상추 잎이 물 밑으로 가라앉아 있음을 보았기 때문이었다. 나는 소파에 기댔던 등을 떼면서 어항 가까이 상체를 숙이고 자세히 살펴보았다. 어항 바닥에 가라앉은 상추 잎은 온몸에 꼭 동전 크기만 한 반점이 여러 개 생겨 있었다. 그 반점들은 어떤 무거운 무게에 짓눌려 생긴 일종의 멍 같은 것이었는데, 나로서는 전혀 이해할 수 없는 현상이었다. 아내의 말처럼 어쩌면 이것이 우렁이가 상추 잎을 먹는 방법인지도 모를 일이라고 나는 생각했다.

큰 우렁이는 어항 바닥에 죽은 듯 누워 있었고, 새끼 우렁이와 어미 중 조금 작은 우렁이는 패각貝殼의 뚜껑殼表을 열고 조심스럽게 살을 내밀어 어항의 유리에 밀착시킨 후, 흡착기처럼 유리에 완벽히 밀착된 그 뚜껑의 살로 조금씩 자신의 원추형으로 된 나탑螺塔을 위쪽으로 이동시켜 갔는데, 투명한 유리에 비친 그 모습은 거의 경이에 가까웠다.

안방의 책상에 앉아 시간표대로 민법 책을 펼쳐놓았지만 내 눈에는 왠지 죽은 활자로 가득한 민법은 한 자도 들어오지 않고, 살아 있는 새끼 우렁이와 어미 우렁이의 속살이 투명한 어항에 붙어 다섯 개로 된 나층螺層을 힘겹게 끌고 가는 모습만이 보였다. 나는 책을 덮고 다시 거실로 나왔다.

그해 5월, 나는 집에서의 송금이 끊겨서 학기 등록금은커녕 당장에 밀린 하숙비도 막연해 있을 때였다. 할 수 없이 책을 덮어두고 취직 시험을 보러다녔지만, 이상스럽게도 늘 면접에서 낙방을 거듭했다. 그러다가 겨우 얻어걸린 것이 여성지의 기자직이었다. 입사한 지 3개월을 넘기면서부터 수습 딱지가 떨어지기가 무섭게 김 주간은 매달 20명 남짓한 기자들에게 일거리를 고루 나누어주면서도 내게는 비교적 손쉬운 일거리만 골라주었다. 그것은 마감 전날이라도 별안간 떨어지는 사장의 오더나, 그 달의 중요한 특종기사가 있을 때 그것을 맡기기 위해서였다. 말하자면 조금 쉬게 했다가 왕창 부려먹는다는 얘기인데, 기실 그런 스페셜 전천후 기자는 경쟁이 치열한 여성지일수록 두서넛씩은 늘 확보하고 있게 마련이었다.

여성지는 저마다 아무리 새롭고 참신한 기획을 세웠다 하더라도 막상 책이 나와 비교해보면 오십보 백보였다. 외지外誌에서 베껴낸 섹스 기사와 기자들이 집필하는 가라 수기, 유명 인사의 컬러 대담, 정치가나 경제인의 아내들, 또는 연예계 스캔들 등이 주종을 이루고 있었기 때문에 여성지마다 마감이 임박해서 터지는 특종을 저마다 놓치지 않기 위해서 신문·방송·유비통신에 촉각을 곤두세우고 있을 때였다. 최종 마감을 불과 나흘 앞둔 그날 조석간 신문은 모두 약속이나 한 듯 일제히 가십란에 영화배우 안미숙을 다루었다. 옷값을 받으러 온 옷장수 아주머니를 구타했다는 내용이었는데, 어느 신문에는 '구타'라고 표현했고, 어떤 신문에는 '그냥 밀었다'고 쓰여 있었다. 폭행 자체가 그만큼 불확실하다는 얘기였다. 그런데도 이것이 신문에 나게 된 것은 옷장수 아주머니가 홧김에 신문사마다 찾아다니며 얘기했을 가능성도 전혀 배제할 수는 없지만 담당기자들이 그러한 사실을 본인에게 전화로나마 확인하고 기사화했는지에 대해서는 알 수 없었다. 미확인 기사일수록 가십란을 차지하는 비중이 높음을 우리는 알고 있었다. 어쨌거나 구타를 했거나 그냥 밀었거나 간에 육체파 여배우가 옷값 시비에 일단 휘말렸다고 하는 것 자체는 그녀가 자기 관리에 그만큼 소홀했다는 얘기가 아닐 수 없었다.

예상했던 대로 그 안미숙 구타사건은 내게 떨어졌고, 그것은 내게 스크린에서만 보던 육체파 여배우 안미숙과 가까워지는 극적인 계기를 만들어주었으며, 내가 희생양으로 회사에 사표를 내고 나오는 결과를 빚고 말았다.

가십기사가 나간 바로 그날 주간지 기자와 여성지 기자들은 모두 안미숙의 아파트 문밖에서 쫓겨나고 있었다. 타지의 베테랑 기자들이 다들 투덜거리며 안미숙 사건을 포기하고 발길을 돌렸지만 나는 그녀의 아파트 문 앞에 신문지를 깔고 주저앉아 밤 늦도록 기다렸다. 나중에는 아파트 관리인이 뛰어오고 난리를 피워댔다. 경찰까지 다녀간 뒤에도 나는 화장실을 가기 위해 한번 자리를 일어섰을 뿐 잠시도 그 자리를 비켜서지 않고 끈질기게 기다렸다. 준비해간 빵으로 저녁을 때우고 꼬박 뜬눈으로 밤을 새웠다. 이튿날 새벽이 되자 안미숙의 아파트 문이 삐끔 열리며 웬 여자가 내 쪽을 향해 고개를 내밀었다. 그때까지 잔뜩 허리를 웅크리고 앉아 있던 나는 반사적으로 벌떡 몸을 일으켜 세우며 잽싸게 열린 문을 향해 돌진해 들어갔다. 밤새 문을 사이에 두고 어안렌즈를 통해 밖에 주저앉은 나를 살피며 신경전을 벌인 탓인지 그녀의 눈도 부시시했다.

"어디서 나오셨어요?"

나는 한 손으로는 곧 닫힐지 모르는 문을 굳게 붙잡고 다른 한 손으로는 신분증을 꺼내 그녀에게 보여주었다. 주간지 기자가 아니라는 데에 다소 안도한 듯 그녀는 문을 열고 앞장섰다. 나는 겨우 응접실까지 안내되었다.

"저는 미숙의 동창인데 매니저 일을 보고 있어요."

이렇게 자신의 소개부터 한 그녀는 신문기자들이 미숙이를 죽이려고 의도적으로 그런 기사를 일제히 실었다면서 흥분을 감추지 못했다.

나는 다소곳이 앉아 고개를 끄덕거리며 그녀의 얘기를 메모해나갔다. 이야기는 6개월 전으로 거슬러 올라갔다. 신분을 밝히지 않는 웬 낯선 사내 한 명이 찾아와서 미숙이를 은밀히 만나 모종의 지시와 함께 수표 한 장을 놓고 갔는데, 그때부터 미숙이가 신경질적으로 변해갔다는 것이었다. 사내가 다녀간 지 사흘 후 미숙은 아침부터 안절부절못하더니 오후엔 수화기를 아예 내려놓고 현관문도 안에서 걸어잠그고서 수면제를 먹고 자기 방으로 들어가더라는 것이었다. 매니저에게는 사내가 놓고간 수표를 맡기며 그 사내가 오면 돌려주라는 부탁 외엔 끝내 아무 소리도 하지 않았지만, 매니저는 그날 밤 늦게 아파트 문이 부서질 정도로 걷어채이던 발길질 소리로 사태를 짐작했다는 것이었다. 수표를 돌려주기 위해서라도 아파트 문을 열어주어야겠다는 생각이 들었으나 문을 걷어차는 발길질 소리가 너무 무서웠다고 했다. 잠시 후 아파트 관리인을 대동하고 나타난 사내는 비상열쇠로 현관문을 따게 한 후 구두를 신은 채 미숙의 침실로 뛰어들어가더니 수면제를 먹고 깊은 잠속에 곯아떨어진 미숙의 뺨과 복부를 후려치고 내지르고 걷어차면서 화를 내고 있었다. 나중엔 침대에서 굴러떨어져 피투성이로 신음만 하고 있는 미숙의 머리를 향해 권총을 뽑아들고 방아쇠를 당기려 하고 있었다. 그때 매니저가 수표를 쥔 손으로 그 사내에게 달려들어 살려달라고 빌지 않았더라면 미숙은 영락없이 죽었을 것이고, 자기도 이빨이 부러질 정도로 맞지는 않았을 것이라고 말했다. 그 후부터 어찌된 일인지 계약이 된 영화사로부터 계약 취소의 일방적인 전화 통고가 날아들었고, 심지어는 촬영이 시작된 영화사에서조차 배역이 안 맞는 것 같다는 말과 함께 여주인공을 바꿔서 다시 촬영하는 수모를 당하기도 했다. 텔레비전 출연도 금지된 것은 물론이었다.

하루아침에 날벼락을 맞은 꼴이었다. 그래도 하나 다행스러운 것은 밤무대에서는 아직 별말이 없다는 것이었다. 언제 그쪽까지 손을 댈지 모르지만 늘 불안한 마음으로 하루하루를 산다는 것이었다. 그러다가 어제 낮에 예의 그 아주머니가 찾아와서 지난 달에 사간 옷값을 내놓으라고 말했다. 처음에는 농담인 줄 알고 매니저와 미숙이가 그냥 웃고 있었다. 왜냐하면 그 옷은 매니저와 미숙이가 같이 가서 샀기 때문에 아주머니가 달라는 금액에서 우수리를 조금 깎았을 뿐 옷값은 제대로 다 주고 사온 것으로 알고 있었기 때문이었다.

신문에는 자세하게 나지 않았지만 그 옷장수 아주머니는 연예계 사람들에게 외제 옷을 가장 많이 팔고 있는 사람으로서 많은 단골을 확보하고 있었고 미숙이도 그 단골 중의 하나였다. 그런데 그 아주머니는 무슨 까닭인지 모르지만 길길이 뛰면서 옷값을 떼어먹으려 한다고 욕설을 퍼부어댔다. 집안에 남자라도 있었다면 그런 생떼가 통할 리 없었지만 여자뿐이니 어떻게 할 수가 없어서 파출소에 전화를 했는데, 그게 또 실수였다. 수화기를 놓자마자 그 아주머니는 자기 자신의 옷을 잡아다녀 갈가리 찢어놓고 머리도 풀어헤치고 미숙에게 달려들어 댓바람에

머리채를 낚아챈 것이었다. 실로 순간적인 일이어서 매니저도 어쩔 수 없이 미숙의 편이 되어 그 아주머니를 붙들고 문밖으로 밀어내려고 실갱이를 했는데, 그때 파출소 순경이 왔고, 오늘 신문에 미숙이가 옷값 시비로 옷장수 아주머니를 구타했다는 보도가 나온 것이다.

매니저는 말을 마치자 어떻게 이런 사실을 사실대로 기사화할 수 없겠느냐고 물었지만, 나는 거기에 대한 답변을 보류한 채 지금 미숙 씨를 만날 수 없는가고 반문했다.

"갠 지금 심정이 더 말이 아닐 거예요. 제가 말씀드린 걸 그대로 기사화시킬 수 있는지의 여부를 회사에 들어가셔서 데스크와 한번 상의해보시고 어떤 결정이 서시면 다시 연락 주세요. 미숙인 그때 만나시는 게 좋을 것 같군요."

나는 미숙이를 만나지 못하고 돌아선다는 것이 조금 아쉽기는 했지만 매니저의 의견도 충분히 납득이 가는 말이어서 명함을 한 장 내놓고 미숙의 아파트를 나왔다.

새벽 공기 속에는 아직도 채 가시지 않은 최루탄의 매운 냄새가 섞여 있었다. 나는 버스 정류소를 향해 한 블록쯤 걸어가다가 기사식당을 발견하고 그 식당 안으로 들어갔다. 우선 뜨끈한 국물로 엉킨 속을 풀고 싶었다. 설렁탕을 한 그릇 주문해서 먹고 근처의 다방에 들어가 잠시 메모를 정리한 후 곧바로 회사로 출근했다.

김 주간에게 사실대로 보고하자 김 주간은 대단히 만족해하는 표정이었다. 안미숙이 다음 달 특종이니까 다른 데서 눈치채지 못하도록 조심스럽게 접근할 것을 당부하는 말을 덧붙이며 특별취재비도 청구해주었다.

내가 다시 안미숙의 아파트를 찾아간 것은 오전 10시였다. 전화를 걸었지만 수화기를 내려놓았는지 뚜뚜뚜 하는 통화 중 신호음만 계속 울렸기 때문이었다. 안미숙의 아파트에 도착했을 때 다행스럽게도 아파트는 비어 있지 않았고 나를 맞이하는 사람은 매니저였다.

그녀는 차를 두 잔 타 내오면서 물었다.

"어떻게 의논해보셨어요?"

"네, 그대로 싣기로 했습니다. 그런데 안미숙 씬 어디 가셨나요?"

"우선 차나 좀 드세요. 미숙인 조금 전에 병원엘 갔어요."

응접탁자 위에 놓인 찻잔으로 뻗던 손을 멈추고 나는 반문했다.

"병원이요?"

"걔 여동생이 입원했어요."

"…."

"차 좀 들어보세요. 맛이 어떤지 칡차를 준비했는데."

매니저는 사실 그대로를 싣겠다는 나의 말에 한동안 계속됐던 우울한 기분이 다소 전환된 듯도 싶었다. 음성도 사뭇 밝았고 얼굴 표정에도 미소까지 떠올리며 미숙에 대한 많은 이야기를 들려주었다.

두 사람은 지방의 K시에 있는 여고 동창 관계인데 안미숙이 여고 졸업 후 간호대학으로 진학했고, 자신은 미대로 진학해서 한동안 못 만났었는데 안미숙이 영화에 데뷔한 직후부터 다시 연락이 되어 만나다보니 뜻하지 않게 이런 매니저 일을 보게 되었다면서 그녀는 웃었다.

"미숙이 걔 참 불쌍한 아이예요. 간호대학을 졸업하기 전 해에 홀어머니마저 돌아가시고 저 혼자 힘으로 동생들 둘 뒤치다꺼리를 하느라고 고생 많이 했지요. 지금 병원에 있는 여동생은 그동안 쉬쉬해왔지만, 이젠 뭐 말해도 괜찮겠지요. 걔 꼽추예요. 그렇지만 인물은 지 언닐 닮아서 예쁘게 생겼어요. 그 앨 시집보내기 위해 실업자 사내에게 아파트도 사주고 있는 돈 모두 긁어모아 그 아파트에 슈퍼마켓까지 하나 내주었는데 일 년을 겨우 살고는 매일같이 싸움질이에요. 부부싸움이래야 미숙이의 동생이 늘 일방적으로 얻어맞는 것이었지만 말예요. 내가 몇 번 가서 수습도 해주었지만 미숙이의 동생도 어지간했어요. 아무리 두들겨맞아도 그 집 귀신이 되기로 작정한 듯 배만 감싸고 엎드려 있었어요. 뱃속의 아기가 잘못될까봐서지요. 지금 병원에서 수술을 받는데 담당의사가 그러더군요. 산모를 살리려면 아기를 사산해야만 한다고. 그런데 미숙이의 동생은 끝끝내 고집하는 거예요. 그 미련한 것이 자기는 죽어도 좋으니 아기만은 제발 살려달라는 거예요. 하긴 꼽추로 온갖 수모를 다 당하며 살아왔던 그 애의 삶을 생각한다면 이해할 수 없는 것도 아니죠. 자기도 꼽추가 아닌 아주 예쁜 아기, 정상적인 아기를 낳을 수 있다는 것을 보여주고 싶은 거지요. 자신의 몸 속에서 숨쉬고 있는 새로운 생명을 탄생시키기 위해서 자신은 죽어도 좋다는 거예요. 뱃속의 아기에게 이 세상을 보여주고 싶었던 것이지요. 자신이 꼽추로 수모를 당하며 살아온 이 한 많은 땅에서 예쁜 아기만은 당당하게 살게 하고 싶었던 것 같아요."

매니저는 잠시 말을 멈추고 칡차가 담긴 찻잔을 들어 한 모금 마셨다. 그녀는 미숙의 여동생 이야기를 하면서 자꾸 자신도 모르게 안타까워지는 스스로의 감정이 못 견디게 괴로웠던 모양이었다. 그녀가 칡차를 마시며 슬픈 감정을 억제하고 있는 모습을 보면서 나는 속으로 두 가지를 생각했다. 한 가지는 직업의식에서 비롯된 것으로, 육체파 여배우 안미숙에게 꼽추 여동생이 있다는 사실만으로도 이것은 굉장한 특종이 아닐 수 없다는 생각이었고, 또 한 가지는 순수한 동정심에서 비롯된 연상인데, 어디선가 읽은 기억이 있는 우렁이 이야기였다. 어미 우렁이는 몸 속에 수십 마리의 새끼를 지니고 있는데 그 새끼 우렁이에게 어미 우렁이는 자신의 살을 다 내주고, 나중에 새끼 우렁이가 커서 다 빠져나갈 때쯤이면 어미 우렁이는 빈 껍질만 남아 물 위로 둥둥 뜬다는 것이었다. 꼽추 여동생의 말을 들으며 나는 그 우렁이 이야기를 떠올렸다. 어미 우렁이는 안미숙일 수도 있고, 그 꼽추 여동생일 수도 있었다. 매니저가 다시 말을 이었다.

"지금은 내보냈지만, 미숙이가 전에 한 삼 년 데리고 있던 운전기사가 있었는데 아주 착실했어요. 미숙에게 꼽추 여동생이 있다는 걸 알고는 그 운전기사가 중매를 섰지요. 시골에서 상경해 그 운전기사 집에 얹혀살며 일자리를 찾고 있던 사내였는데 착실한 운전기사의 외사촌 동생이라는 말에 나도 한번 만나봤지요. 조금 께름칙한 구석이 있긴 했지만 사람을 의심하다보면 끝도 한도 없을 것 같아서 운전기사의 말을 믿기로 했지요. 그래서 그냥 한밑천 쥐어서 결혼을 시켰던 거예요. 그런데 나중에 알고보니까 외사촌 동생도 뭣도 아닌 생건달 친구에다 전과자 낙인까지 찍혀 있지 뭐예요. 그래도 지들 둘이 사이좋게 잘 살아만 준다면 그게 무슨 대수겠어요. 그런데…."

매니저는 내려놓았던 찻잔을 다시 들어올려 온기가 사라진 칡차를 마저 마셨다. 나는 매니저의 그 다음 말을 알고 있었으므로 시계를 들여다보면서 물었다.

"미숙 씨는 몇 시쯤 올까요?"

"글쎄 모르긴 해도 일찍 들어오지는 못할 것 같아요. 설사 일찍 들어온다 하더라도 지금 미숙의 심정은 누굴 만나서 이야기를 나눌 만큼 편안한 상태는 못 될 거예요. 다만, 오 기자님의 취재에 응한 이것이 미숙의 재기를 위한 하나의 계기가 되거나, 점점 바닥으로 떨어져가는 미숙의 인기도를 회복시킬 수도 있다는 저의 판단에 따른 건데, 글쎄 어떻게 될는지는 저도 잘 모르겠어요. 미숙이 현재 처한 상황을 전혀 숨기지 않고 낱낱이 오

기자님께 말씀드리는 것은 오 기자님을 그만큼 믿기 때문이에요. 이쪽에서 한 삼 년 매니저 노릇을 하다보니까 이젠 웬만큼 사람 보는 눈이 생기더군요."

그녀는 웃었지만 나는 웃지 못했다. 마감이 임박했으므로 마음이 여간 조급한 것이 아니었다. 물론 매니저도 여성지의 마감을 잘 알고 있을 터였다. 나는 가능한 한 오늘 중으로 미숙 씨를 만나서 취재를 매듭짓고 부족한 것은 내일 촬영을 하면서 보완했으면 좋겠다는 나의 의견을 조심스럽게 말했다. 그러자 매니저는 수첩을 꺼내들었다.

"밤 늦게라도 괜찮겠어요? 그럼 오 기자님 집 전화번호 좀 알려주세요."

나는 매니저에게 하숙집 전화번호를 알려주고 그녀가 외출할 때까지 미숙에 대한 얘기를 한참 동안 더 주고받았다.

이미 나의 머릿속에는 이것을 사건기사로 취급하는 것보다는 수기 형식으로 취급하는 것이 좋을 것 같다는 생각이 굳어져 있었다. 화려한 육체파 여배우의 감추어진 또다른 삶의 진실된 모습들을 독자들에게 감동적으로 보여주고 싶었다. 그것은 사건기사 형식으로서도 불가능한 일은 아니겠지만 여간 까다로울 것 같지 않았다.

내가 아파트를 나와 옷장수 아주머니와 파출소 순경을 만나보고 회사로 들어온 것은 퇴근시간이 많이 지나 있을 때였다. 전화로 귀사시간을 알렸으므로 그때까지 김 주간은 퇴근하지 않고 나를 기다려주고 있었다. 나는 김 주간에게 취재를 종합한 내 의견을 말씀드렸더니 김 주간도 나와 같은 생각을 가지고 있었던 듯 이렇게 말했다.

"그렇지 않아도 오늘쯤 내가 오 형에게 그런 얘길 하려고 했지. 왜냐하면 말야. 그런 미묘한 사건기사란 취급하기가 매우 까다롭고 범위도 한정되어 있지만, 수기라는 형식은 뭐든 수용이 가능한 법이거든. 하여간 잘 됐어. 수고했다구. 오늘은 오 형에게 내가 술 한잔 사지. 어때?"

하숙집에서 매니저의 전화를 기다려야 한다는 이유로 김 주간의 '한잔'을 거절하고 나는 곧장 퇴근했다. 아마 내일부터는 기자들이 모두 야근에 들어갈 것이었다.

기다리던 전화가 걸려온 것은 밤 11시가 조금 넘어서였다. 그때 나는 저녁을 먹고 내 방으로 건너와 서너 시간 동안을 내처 그간의 취재수첩을 정리하며 안미숙 씨에게 물어봐야 할 사항들을 메모해나가고 있었다. 그때 하숙집 아주머니가 방문을 두드렸다.

"끝방 학생! 끝방 학생! 웬 여자에게서 전화가 왔는데 받으시려우?"

나는 취재수첩 사이에 볼펜을 끼워넣은 채 방문을 열고 나갔다. 전화기가 놓여 있는 곳은 대청마루였다. 하숙집 아주머니는 내가 이 다음에 장가를 가서, 아기 아빠가 되어서까지도 아마 나를 끝방 학생이라고 부를 것이 분명했다. 군에서 제대한 후 내가 복학 수속을 마치고 다시 이 하숙집으로 기어들어왔을 때도 나는 3년 전의 끝방을 또다시 배정받았기 때문에 어쩔 수 없는 일이었다. 3년 간 쓰던 끝방을 3년 후에 다시 쓰게 되었다는 이유 하나만으로도 나는 하숙집 아주머니에게 꼼짝없이 '끝방 학생'이 되고 만 것이었다. 하숙집 아주머니는 아직 한번도 오학수吳學洙라는 내 이름을 불러주거나, 하다못해 오 씨라는 성조차도 붙여준 적이 없었다. 그저 막무가내로 '끝방 학생'이라고만 불러댔다.

이제 나이 서른이 다 된 어엿한 직장인을 놓고 그렇게 부른다는 것은 아무리 오랫동안 한 식구처럼 지낸 사이라고 하더라도 미상불 듣기 좋은 것만도 아니었다. 그러나 나는 하숙집 아주머니가 나에 대한 호칭을 어떻게 부르든 그런 것에는 별로 상관하지 않고 있었다. 그러나 오늘은 왠지 '끝방 학생'이라는 하숙집 아주머니의 호칭이 듣기가 거북했다. 하숙집 아주머니는 내게 처음 걸려온 여자로부터의 전화에 잔뜩 호기심의 눈빛을 반짝이며 곁에서 지켜보고 있었다. 전화는 예상했던 대로 안미숙의 매니저로부터 걸려온 것이었다.

"지금 오실 수 있어요?"

나는 손목시계를 들여다보았다. 11시 10분. 비록 늦은 시각이긴 했지만 아무래도 안미숙을 만나려면 오늘밖에는 시간이 없을 것 같았다.

"네. 지금 곧 출발하겠습니다."

나는 짧게 대답하고 수화기를 제자리에 내려놓으며 하숙집 아주머니를 쳐다보았다. 앞으로는 '끝방 학생'이라고 부르지 말아줄 것과, 남의 전화를 그렇게 엿듣지 말아줄 것을 함께 부탁하고 싶었지만 하루 이틀 아니고 벌써 4년이 넘도록 들어온 호칭이고 보아온 행동인데 이제 새삼스럽게 그런 이야기를 한다는 것이 어쩐지 쑥스러울 것도 같았다. 그래서 나는 하숙집 아주머니에게 쑥스러운 웃음을 한번 던진 채 그냥 내 방으로 갔다. 서둘러 양복 상의를 걸치고 취재수첩을 상의 안주머니에 쑤셔넣은 채 내가 방문을 열고 다시 밖으로 나왔을 때 하숙집 아주머니는 안방으로 들어갔는지 보이지 않았다.

영동에 있는 안미숙의 아파트까지는 택시로 30분이 넘게 걸렸다. 그러니까 택시를 잡느라고 길에서 허비한 10여 분까지를 포함한다면 아파트에 도착한 시각은 거의 자정이 가까워서였다. 아무리 취재라고는 하지만 자정이 다 되어서 총각이 육체파 여배우의 아파트를 방문한다는 것은 어쩐지 기분이 이상했다.

내가 그녀의 아파트 문에 달린 벨을 누르자 문을 따준 사람은 매니저였다. 매니저는 내 기분을 엿본 사람처럼 나를 거실로 안내하며 이렇게 말했다.

"이처럼 늦게 이 집을 방문한 남자는 아마 오 기자님이 처음일 거예요."

소파에 몸을 기대고 눈을 깊게 내리감은 여자는 화면에서 낯익은 육체파 영화배우 안미숙이 분명했다. 응접탁자 위에는 빈 찻잔 두 개가 놓여 있었다. 아마 방금 전까지 커피라도 마시며 두 사람이 이야기를 나눴던 모양이었다. 아니 건강에 좋다는 칡차를 마셨는지도 모를 일이었다.

"커피 한잔 하실래요?"

안미숙의 맞은편 소파에 내가 조심스럽게 엉덩이를 내려놓자 매니저가 그렇게 물어왔다. 나는 고개를 끄덕거렸다. 아무래도 맑은 정신으로 이야기를 나누기 위해서는 칡차보다는 커피가 좋을 것 같았다. 매니저는 응접탁자 위에 놓여 있던 빈 커피잔 두 개를 양 손에 하나씩 나눠 들고 주방 쪽으로 걸어갔다. 그때까지도 안미숙은 미동도 하지 않은 채였다. 분명히 외부사람이 들어온 것을 알았을 텐데도 그녀는 상대방을 전혀 무시하듯 소파에 등을 기댄 채 침묵했고, 나도 왠지 선불리 말을 꺼내서는 안 되겠다는 느낌이 들었는데, 그런 느낌은 처음 경험해보는 묘한 것이었다.

매니저가 커피 한 잔과 과일 몇 조각을 쟁반에 받쳐들고 와서 안미숙의 옆자리에 앉았다. 매니저는 커피잔을 들어 조심스럽게 내 앞에 놓고 나서 미숙을 향해 말했다.

"미숙아, 너도 과일 좀 들어라."

그제서야 몸을 바로 한 미숙은 내 얼굴을 정면으로 바라보았다. 그러더니

"어떻게 쓰실 거예요?"

라고 단도직입적으로 물어왔다. 나는 전혀 예상하지 못했던

분위기에서 예상 밖의 질문을 받고 잠시 망설이다가 매니저에게 했던 것과 꼭같은 대답을 할 수밖에 없었다.

"사실을 그대로 쓰고 싶습니다."

"몇 페이지를 예상하고 있나요?"

"데스크가 원고지 150매를 쓰라고 하니까 사진까지 넣는다면 두 대분, 그러니까 32페이지는 될 것 같습니다."

"형식은요."

"글쎄요, 아무래도 수기 형식으로 쓰는 게 편할 것 같은데요."

안미숙이 이렇게 매사를 분명히 해놓는 것은 그동안 극성스러운 주간지 기자들에게 하도 데어서 그러려니 싶었다. 나는 그런 것까지도 모두 이해했다.

"좋아요, 차 드세요. 친구에게 오 기자님 말씀은 대충 들었어요. 사법고시 일 차에 합격하신 적도 있다더군요. 지금 있는 잡지사에는 입사한 지가 얼마나 됐어요?"

이것은 뭔가 잘못된 것 같았다. 인터뷰어는 분명히 내 쪽임에도 불구하고 질문은 오히려 안미숙 쪽에서 하고 있었다. 그것도 나 같은 피라미 기자를 기죽이는 단수 높은 질문만 골라서 말이다.

"이제 겨우 수습딱지를 뗀 병아리기 잡니다."

"…."

그녀는 다시 입을 다물었지만 베테랑 기자보다 병아리 기자가 자기의 담당이 되었다는 것에 대해 오히려 다행스러워하는 표정이었다. 나는 양복 안주머니에 쑤셔넣었던 취재수첩을 꺼내놓았다. 그러나 나는 질문을 할 타이밍을 또 놓치고 말았다. 그녀가 먼저 묘한 말을 꺼냈으므로.

"두 가지 조건이 있어요. 이 조건을 들어주신다면 오 기자님의 취재에 응할 것이고, 그렇지 못한다면 취재에 응할 수 없어요."

안미숙의 아파트에 들어와서 커피 한 잔을 다 마실 동안의 적지 않은 시간까지 내가 안미숙에게 던진 최초의 질문은 고작 '그 두 가지 조건이란 뭡니까?'였다.

어쨌거나 나는 그날 영화배우 안미숙과 밤새워 이야기를 나누었다. 아니, 나는 주로 안미숙이 살아온 극적인 반생을 듣는 입장이었다. 그녀는 대부분의 유명 인사들처럼 자신의 지나온 삶을 회고하면서 명분으로 치장하거나 그럴 듯한 말로 미화하지 않았다. 오히려 대부분의 사람들이 감추고 싶어하는 자신의 치부까지도 송두리째 드러냈다. 그녀는 숨기지 않고 담담한 태도로 모든 걸 이야기해주었다. 나는 취재수첩 한 권을 거의 다 소모해가면서 성실히 그녀의 반생을 메모해 나갔다. 매니저는 자기 방으로 가서 나오지 않았다. 무엇인가를 정리하는 것 같았다.

국제적인 로비스트로서, 그리고 미남 총각으로서 우리나라의 모든 미혼여성들의 가슴을 설레게 했던 이동수와 안미숙을 나는 한 꿰로 묶어 생각해본 적이 없었다. 간혹 이동수의 여성

편력을 소문이나 주간지로 듣고 보기는 했지만, 대부분 그 상대 여성이 정계나 재계의 거물급 인사들의 영애들이었으므로 이니셜로밖에는 표시되지 않았기 때문에 거기에 차마 안미숙이 끼어 있으리라고는 전혀 생각지 못했던 일이었다. 안미숙이 이동수를 처음 만난 것은 간호학교를 졸업한 바로 그해였다고 한다. 병원에 간호원으로 근무했었는데 어느 날 원장실의 손님 중 그녀는 신문·잡지·텔레비전에서 낯익은 그 유명한 이동수를 보았다고 한다. 그날 그녀는 여느 때와 마찬가지로 그에게 커피를 갖다준 것밖에는 없는데 그것이 인연이 될 줄은 미처 몰랐다고 했다. 그녀는 몇 개월 만에 간호원 캡을 벗고, 옷도 벗고 말았다. 그녀가 누드가 되어 우리 앞에 안미숙이라는 예명을 가진 육체파 여배우로 나타난 것은 순전히 이동수의 입김 덕분이었지만, 사람들은 그것을 알지 못했다. 더욱이 그 두 사람의 1년이나 계속된 비밀 동거를 누가 감히 짐작이나 했었겠는가. 그녀가 자신을 걷어차고 미국으로 떠난 이동수를 아직도 잊지 못하고 있는 것은 그가 자신의 순결을 바친 최초의 남자라는 점과, 안미숙이라는 예명을 지어준 스폰서였기 때문이라고 그녀는 고백했다. 이것은 단 몇 회나 몇 개월 만에 밀회가 들통나고마는 다른 연예인들의 스캔들과는 근본적으로 다른 것 같았다. 처녀 총각이 혼인신고만 하지 않았달 뿐 1년이라고 하는 장기간 동안 정식 부부처럼 살았으니 말이다. 그러나 혼인신고도 하고 정식으로 결혼까지 해서 떳떳한 아내로 1년을 살던 꼽추 여동생은 결국 오늘 병원의 수술실에서 죽고 말았다. 아기는 조산이어서 인큐베이터 안에 있다고 말하는 그녀의 눈가엔 처음으로 이슬이 맺혀 갔다.

그늘에서만 살아온 여동생의 삶이 다시금 그녀의 가슴을 저며왔기 때문이었으리라. 날이 밝으면 벽제에 가서 그 불쌍한 여동생의 시신을 화장할 것이라고 했다. 그러니 촬영은 되도록이면 오후 시간으로 잡아달라면서 그녀는 손수건을 그예 눈가로 갖다붙이고 말았다.

시계를 보니 벌써 새벽이 가까웠다. 나는 취재수첩을 덮었다. 이제 그녀로부터 들을 얘기는 대충 다 들은 것 같다. 그러나 나는 일어설 수가 없었다. 그녀가 요구하는 대로 쓰기로 약속한 실명과 가명은 누구를 지칭하는 것인지, 그리고 사진 자료는 그녀가 제공하는 것만 사용한다고 약속했는데 아직 한 장의 사진도 나는 그녀로부터 건네받지 못했기 때문이었다. 나는 실례를 무릅쓰고 그녀에게 말을 걸었다.

"실명과 가명에 대해서…."

그녀는 눈가에서 젖은 손수건을 떼어내고 젖은 음성으로 말했다.

"지금까지 제가 말씀드린 것을 사실 그대로 오 기자님이 잘 좀 정리해주세요. 그러나 이동수 씨의 이름과 직업은 가명으로 해주시고 여동생의 남편은 실명으로 해주세요. 그리고 여동생의 결혼식 사진도 한 장 실어주시고 나머지 사진은 제가 드리는 것과 그쪽에서 새로 찍은 사진으로만 사용해주세요. 가능하겠어요?"

절대로 영화 스틸은 사용하지 말아달라는 부탁에 나는 고개를 끄덕였다.

"물론입니다."

그녀는 일어서서 매니저가 들어갔던 방으로 들어가더니 한동안 나오지 않았다. 아마 앨범에서 사진을 고르고 있을 것이었다. 앨범이라는 그 추억의 저장소에서 그리움과 만나고 있을는지도 몰랐다. 나는 화장실을 다녀오고나서 담배를 피워물고 실내를 기웃거렸다. 상패, 트로피, 그리고 안미숙이 출연했던 영화의 장면들이 판넬로 실내를 적당히 장식해주고 있었다. 내가 거실의 구석구석을 다 살피고나자 안미숙이 사진 몇 장을 들고 나왔다. 그녀의 뒤를 따라 매니저도 함께 나왔다.

안미숙이 내민 5장의 사진은 어렸을 때 찍은 가족 사진, 여고시절 매니저와 함께 교정에서 찍은 사진, 간호원 캡을 쓰고 찍은 사진, 영화계에 데뷔해서 대종상 여우주연상 시상식 때 찍은 사진, 그리고 여동생의 결혼식 사진 등이었다.

나는 그 다섯 장의 사진을 훑어보면서 사진이 조금 부족할 것 같다는 생각이 들었다. 그래서 날이 밝으면 안미숙 씨가 벽제 화장터에서 동생의 시신을 화장하는 모습에서부터 유골을 뿌리는 모습까지 카메라에 담는 것이 어떻겠느냐고 조심스럽게 물어보았지만 매니저는 딱 잘라 그것은 곤란하다고 대답했다. 안미숙도 매니저의 그 같은 말에 그대로 동조하고 나섰다.

"오늘, 오 기자님을 만난 것도 친구의 조언을 받아들인 거예요. 친구가 매니저의 일을 보고 있는 이상 나는 매니저의 말을 따를 거예요."

매니저의 고유권한을 침범하지 않겠다는 그녀의 말에 나는 달리 할 말이 없었다. 매니저는 그것이 '곤란한' 이유를 이렇게 설명했다.

"어떤 사진을 찍는가는 물론 기사를 쓰는 오 기자님의 안목에 달려 있어요. 그러나 지금 미숙의 얘기를 들어서 오 기자님도 아시겠지만 현재의 미숙이가 처한 조직적이면서도 악랄하고 야비한 여러 종류의 폭력적 탄압이 왜, 그리고 무엇 때문에 야기되었는지를 먼저 독자들에게 알려야 한다고 봐요. 출가한 동생의 시신을 그 동생의 남편이 아닌 언니가 화장한다고 하는 것은 독자들에게 자칫 미숙이에게 지금도 자행되고 있는 악랄하고 야비한 폭력적 탄압의 근본적인 이유조차도 호도시킬 위험성이 있다는 말이에요. 벽제 사진이 게재됨으로써 달아난 여동생의 남편이 오히려 크로즈업될 가능성이 있다는 말입니다. 독자들의 분노도 그쪽으로만 치솟게 될 거구요. 오 기자님이 기사를 쓰면서 가장 유의하셔야 할 점은 미숙의 어느 부분에 포커스를 맞추느냐 하는 건데, 그것은 지난 번 제가 말씀드렸던 바로 그 정체불명의 사내 난동사건이 축이 되지 않으면 안 된다는 거예요. 오늘 미숙의 이런 비참한 상황을 촉발시키게 된 근본적인 동기가 먼저 규정되어지지 않으면 모든 게 다 희석되거나, 엉뚱한 얘기 쪽으로 흘러가게 되어 곤란하다는 얘깁니다."

매니저의 얘기가 아직 내 머릿속에서 확연하게 정리된 상태는 아니지만, 그래도 나는 지금 매니저가 주장하는 바가 무엇인지 그 윤곽만은 어렴풋이 짐작하고 이해할 수가 있을 것도 같았다.

나는 그녀가 만들어준 간단한 아침식사로 토스트 두 쪽과 우유 한 잔을 마시며 이상한 예감에 사로잡혔다. 그것은 하숙집에서 혼자 먹는 아침밥보다 영화배우와 함께 식탁에 마주앉아 먹는 음식이 더 근사하고 맛이 있었기 때문인지도 모르지만 왠지 그런 이유만은 아닌 무슨 다른 이유가 꼭 있을 것만 같았기 때문이었다. 나를 온통 사로잡았던 아침 식탁의 그 강렬한 예감, 그것은 정말 무엇이었을까?

2

딩동 딩동 딩동….

누군가가 마구 벨을 눌러댔다. 나는 퍼뜩 머리를 쳐들고는 소파에서 일어섰다.

현관문을 열자 언제 보아도 불쾌한 반장의 얼굴이 버티고 있었다.

"아니, 집에 계시면서도 그렇게 벨을 눌러도 기척을 안 허는 벱이 어딨우? 자, 이것 받으시우."

벨을 밸이라고 발음하고 법을 벱이라고 발음한 반장은 서너 장의 통지서를 챙겨서 한 장씩 내밀며 내 신경을 건드리고 있었다.

"이건 수돗세 통지서고, 이건 주민세고, 이건 텔레비전 시청료 납부 통지서고, 이건 집주인에게 나온 재산세 통지서니까 주인에게 좀 전해주시우, 그리고, 이건 예비군훈련 통지서인데 사흘 후니까 그리 아시고 요기다가 받았다는 도장 좀 찍어주시우."

나는 내부에서 치솟아오르는 불쾌감을 억누르며 안방으로 들어가 장롱 서랍에서 도장을 찾아내다주었다. 50대의 반장 사내는 다시 말했다.

"인주 없우?"

인주도 안 가지고 어떻게 주민들의 도장을 받으러 다니느냐고 고함을 지르고 싶었지만 나는 입을 다문 채 다시 안방으로 들어가서 장롱 서랍 깊숙이 처박혀 있던 인주곽을 꺼내다주었다. 반장은 도장을 인주곽에다 몇 번 꾹꾹 눌러 내 이름이 새겨진 도장바닥에 인주를 잔뜩 묻혀 들고는 정작 어느 곳에 도장을 눌러야 할는지를 몰라 한참동안 망설이고 있었다. 반장은 다시 뒤섞인 통지서를 한 손으로 뒤적거리고 있었다.

"이런 제기랄놈의 종이 쪽지가 또 어디로 갔나?"

반장은 마루에 엉덩이를 걸치고 앉아서 들고 있던 종이 쪽지들을 마루 바닥에 이리저리 늘어놓고 한동안을 뒤적거리고 있었다. 얼마 후 내 도장을 누를 쪽지를 겨우 찾아냈는지 짱 소리가 나도록 힘있게 누르고는 반장은 인주곽과 도장을 내밀고 일어섰다.

"안녕히 계시우."

나는 늘 그랬던 것처럼 입을 다물고 반장의 뒤통수만 노려보았다. 반장의 뒤통수라고 다른 사람들의 뒤통수와 뭐가 다르겠는가만, 그렇게 눈 없는 뒤통수라도 노려보지 않고서는 도저히 직성이 풀리지 않았던 것이다. 반장이 다녀가면, 그날은 하루 종일 아무리 보아도 책이 머릿속에 한 줄도 들어오지 않았다. 그만큼 그는 불쾌한 사내였다. 그는 매달 주민들에게 반장인 자기 담배값과 월급을 직접 걷으러 다녔다. 참으로 뻔뻔스러운 사내가 아닐 수 없었다. 한번은 86아시안게임을 앞둔 어느 날 그가 찾아왔다. 도로정비를 해야 하는데 한 가구당 얼마씩 내야 된다고 했다. 내가 하도 어처구니가 없어서 실소를 터뜨리자 반장은 재빨리 말했다.

"아, 물론 국가에서 예산이 나오지요. 그러나 도로보수비만 나오는 게지 도로변에 풀 뽑고, 돌멩이 치우고 하려면 우리 지역 주민들이 모두 동원되어야 하는데, 아시다시피 그게 쉬운 일이유? 그래서 바쁘신 주민들의 편의를 위해 한 가구당 얼마씩 받아가지고 내가 직접 인부를 사서 일을 시키려고 하는 겁니다. 이해가 가시우?"

그것뿐만이 아니었다. 도로변 전봇대에 매달아놓은 확성기에서 아침 저녁으로 듣는 애국가는 그렇다 치더라도 시끄러운 행진곡 소리와 새마을 노래 소리는 귀가 따가울 지경이었다. 그래도 이것은 어디까지나 음악이니까 인내심을 가지면 참을 수도 있었다. 그러나 정작 참기 어려운 것은 'D읍 읍내리 주민 여러분에게 알려 드립니다!'로 시작되는 반장의 역겨운 목소리였다. 반장의 그런 안내 방송은 시도 때도 없이 들려와서 주민들을 괴롭혔다. 그렇게 자주 나오던 '… 읍내리 주민 여러분에게 알려드립니다!' 어쩌구 하는 반장의 목소리가 어느 날부터인가 나오지 않아서 이제는 좀 살 것 같다고 했더니 바로 그날 밤 늦게 또 반장이 찾아와서 술 취한 음성으로 말했다.

"앰프가 고장나서 주민들에게 본의 아닌 불편을 끼쳐드렸는데 말이우, 그걸 다시 고치려면 한 가구당…."

한마디로 또 돈을 내라는 것이었다.

그런 뻔뻔스런 반장의 뒤통수가 사라지자 나는 현관문을 닫아걸고 거실로 돌아와 소파에 앉았다. 앉아서 담배를 피워 물고 어항을 바라다보며 갈기처럼 사납게 일어선 마음을 진정시켰다.

어항 속의 물은 조금 흐려진 것 같았다. 자세히 들여다보니 어항의 물은 분명히 푸른 색을 엷게 띠고 있었고, 상추 잎은 감쪽같이 없어졌다. 어항 속 물은 상추 잎을 믹서기로 갈아서 뿌려놓은 것처럼 미세한 이물질로 가득했다. 마침내 우렁이들이 거대한 상추 잎을 다 먹어치운 것이 분명했다. 참으로 놀라운 일이 아닐 수 없었다.

아침 나절에 어항의 투명한 유리에 각표의 살을 밀착시켜 조금씩 움직이던 새끼 우렁이와 어미 우렁이는 난형卵形으로 된 다섯 개의 나층螺層을 제가끔 수면 가까이까지 옮겨다놓았고, 어항 바닥에 죽은 듯 누워 있어서 불규칙한 암색 종선縱線과 각점刻點으로 된 각표밖에는 볼 수 없었던 큰 우렁이도 어느새 패각을 열고 살을 투명한 유리에 밀착시켜 어항의 중간쯤까지 기어오르고 있었다. 큰 우렁이는 직경이 3.5㎝ 높이가 4㎝ 가량 되었다.

투명한 유리에 밀착시킨 큰 우렁이의 각표살을 쳐다보다가 나는 그만 깜짝 놀라고 말았다. 큰 우렁이의 각표를 열고 내민 살은 다른 두 마리 우렁이의 각표살처럼 매끄럽지가 못하고 성냥개비로 뚫어놓은 듯한 상처가 그대로 드러나 참으로 흉측해 보였기 때문이기도 했지만 그 성냥개비로 뚫어놓은 듯한 구멍에서 빨간 색 실 한 도막이 꼼지락거리며 기어나오고 있었기 때문이었다. 아니, '실'이라고 표현한 것은 잘못된 것이다. 실보다는 조금 굵고, 고무줄보다는 조금 가늘은 어떤 '끈'이라고 표현하는 것이 좀 더 정확한 표현이 될 것 같았다. 그 가늘고 긴 '빨강끈'의 길이는 3㎝ 내외가 될 것 같았다. 그 살아서 움직이는 빨강끈도막은 거머리였다.

나는 처음 투명한 어항에 밀착된 우렁이의 넓은 살 속에서 꼼지락거리는 빨강 끈이 미처 거머리라고는 생각하지 못했었다. 어떻게 패각으로 된 우렁이 속에 거머리가 들어갈 수가 있었겠는가. 그것은 도무지 말도 되지 않는 일이었다. 그러나 눈앞의 현실은 말도 되지 않는 그 같은 현상이 분명히 나타난 것이었다. 큰 우렁이의 구멍 뚫린 살 속에 거머리가 붙어 있는 모습은 너무도 의외였다. 그 모습은 내게 구토감을 일게 했지만, 나는 구토감을 참으며 어항에서 시선을 떼지 않고 그 놀랍고 무섭고 끔찍한 현실을 관찰하기 시작했다.

나는 어항의 유리에 밀착시킨 큰 우렁이의 각표를 뒤집은 살을 보았다. 거무틱틱한 색깔의 살과 구멍이 숭숭 뚫어진 그 흉측한 모습 위로 자꾸 총알 구멍이 숭숭 뚫려 있던 형님의 시신이 겹쳐졌다. 하숙비가 끊겼던 그해 5월의 일이었다. K시에서 택시운전을 하시던 형님의 몸에 수없이 많은 총알을 쑤셔넣고 달아난 강도는 아직 잡지 못했고, 형님의 시신을 끌어안고 그대로 혼절해버린 홀어머니도 그 뒤로 영영 깨어나지 못하셨다. 생각하기조차 끔찍한 일이었다. 어머님과 형님의 합동 장례를 치르고 시골에 있는 집과 전답을 모두 형수님 앞으로 명의이전을 해놓은 다음 나는 고향을 등지고 하숙으로 올라오고 말았다. 그 후 나는 아직 한번도 형수님과 형님을 꼭 빼다박은 듯한 두 조카녀석들을 찾지 않았다.

나는 고개를 흔들었다.

도대체가 있을 수 없는(생길 수도 없는) 일이었다. 어떻게 그것이 현실적으로 가능한가.

어머님을 도와 논에서 모심기를 거들거나, 더 어렸을 적에는 동무들과 함께 냇가에서 물고기를 잡을 때, 간혹 종아리나 팔뚝에 이상한 감촉이 느껴져서 들여다보면 거기 어김없이 거머리란 놈이 달라붙어 있었고, 거머리를 발견한 순간, 나는 기겁을 하고 놀라서 내 살에 달라붙은 거머리를 떼어내려고 얼마나 서둘러댔던가. 거머리는 팔뚝이나 종아리에 너무 찰싹 달라붙어 있어서 단번에 떨어지지도 않았다. 아니 그것은 공포감 때문이었는지도 몰랐다. 공포감이 앞섰기 때문에 나는 침착하게 내 살에 붙어서 내 피를 빨아먹고 있는 거머리를 두 손가락으로 집어서 단숨에 떼어낼 수가 없었던 것이다. 반드시 한두 번의 실수 끝에야 나는 거머리를 떼어낼 수 있었는데, 그때 내 살의 양쪽에 주둥이를 파묻고 피를 빨아대던 거머리가 몸뚱이를 활보다도 더 둥글게 휘면서 툭, 하고 떨어지던 감촉을 나의 손가락은 지금도 분명히 기억하고 있을 터였다. 그리고 거머리가 붙어 있던 팔다리에서 끝없이 솟아나던 시뻘건 피를 멈추게 하기 위해서 나는 연실 침칠을 해대던 일들도 기억하고 있다.

거머리는 앞뒤로 모두 피를 빨았다. 몸 자체가 여러 환절環節로 되어 있는 원통상圓筒狀으로 양끝이 모두 피를 빠는 주둥이였다. 거머리는 주둥이와 뱃바닥 끝에 모두 흡반을 갖고 있었기 때문에 물속에 사는 어떤 물고기라도 한번 걸리기만 하면 그 살에 무조건 달라붙어 피를 빨아먹는 무법자였다. 아니 흡혈귀였다. 한번은 날쌘 붕어의 아가미에도 거머리라는 놈이 달라붙어 있었던 것을 나는 본 적이 있다. 나는 그때 거머리를 보는 순간, 너무 놀라서 그 붕어를 그냥 물속에 던져버리고 말았는데, 그것은 함께 있던 동무들의 눈살을 찌푸리게 만들었었다. 그러나 나는 몇 날 며칠을 두고 내가 던져버린 그 붕어의 생사가 궁금했었다. 붕어는 거머리로부터 해방되어 자유스럽게 개울물 속을 헤엄쳐다니고 있을지, 아니면 끝내 거머리에게 피를 모두 빨리고 죽어버렸을지 나는 그것이 몹시 궁금했다.

사람은 물론이거니와 말 못하는 동식물까지 세상 모든 만물의 이치가 암수로 구분되어져 있는데 유독 거머리라는 놈만은 자웅동체雌雄同體의 괴물이라는 것을 중학교 때 생물 선생님께 배우고나서부터 나는 거머리에 대해서 거의 말할 수 없는 공포를 느껴왔었다.

바로 그 거머리가 지금 내 거실의 응접탁자 위에 놓인 어항 속에서 우렁이의 살을 마음껏 유린하고 있는 것이었다. 그것도 일부러 나보고 보라는 듯이 투명한 유리에 밀착시킨 우렁이의 각표살 속에서 말이다.

안미숙의 수기 촬영을 끝내고 돌아오는 차 속에서 사진부 권 기자는 음탕한 목소리로 말했다.

"오 형, 난 말이우, 저렇게 아름다운 몸매를 가진 예쁜 여배우와 단 하룻밤만이라도 자보고 나면 정말 원이 없겠우."

나는 잡지사의 대선배격인 권 기자의 말에 아무 대꾸도 없이 그의 눈만 똑바로 쳐다보았다. 한번만 더 그따위 소릴 지껄이면 불량소년들의 표현대로 정말 권 기자의 아구창을 씹창으로 만들어버릴 생각이었다. 권 기자는 내 표정을 힐끗 쳐다보더니 멋쩍은 듯 씩, 웃고 말았다.

권 기자는 회사 주차장에 차를 대고는 무거운 카메라 가방을 둘러멘 채 운전석에서 내리고 있었다. 나는 그런 권 기자의 뒤통수를 한동안 쏘아보다가 반대편으로 내리면서 고작 꽝 하고 차문을 힘껏 닫았을 뿐이었다.

나는 수기에만 전적으로 매달렸지만 150매를 하루에 긁어댄다고 하는 것은 무리였다. 우선 원고를 끝내야 식자실로 넘길 터이고, 식자실에서 식자가 나와야 미술부에서 레이아웃을 할 터였다.

아직도 원고를 붙잡고 있는 동료들은 없었다. 동료들은 모두 교정을 보다가 발견한 탈자의 수정자, 또는 간단한 사진 설명이나 제목이나 리드 따위를 만지며 마무리작업을 하고 있었고, 더러는 식자실에서 아직 나오지 않은 원고를 기다리고 있는 상태였다. 그러니까 지금 이 시간까지 청탁이건 내고건 원고조차 안 되어 있는 사람은 사무실을 통틀어 나 한 사람밖에는 없다는 얘기였다.

사진부 권 기자는 안미숙 촬영을 끝내고 돌아오는 길에 이미 현상소에 필름을 맡기고 왔으므로 내일까지는 슬라이드를 찾을 수 있을 터이니, 내일까지는 내 원고도 완성되어져야 할 것이었다. 만약 원고가 안 되어진다면 정도는 아니지만 우선 가 레이아웃에 의한 슬라이드 필름의 원색분해부터 보내야 할 터였다.

어쨌거나 동료 기자들 모두 야근에 들어간 상태였다. 밤 12시에 퇴근하는 축도 있었고, 더러는 꼬박 회사에서 날밤을 새우는 축들도 있었다.

김 주간은 배열표를 몇 번 고치더니 안미숙 수기를 특종으로 2대 분만 따로 넘길 생각을 했는지 내게 조급하게 서두르지 말고 원고에 충실을 기해줄 것을 거듭 당부했다. 하루의 시간적인 여유를 더 받은 셈이었다. 김 주간의 책상 위로는 동료 기자들의 OK 대지들이 속속 쌓이기 시작했다.

책상 위에 작전도처럼 펼쳐놓은 김 주간의 배열표에는 송고된 대지 분량만큼씩 하얀 백지가 붉은 싸인펜으로 물들어가고 있었다.

김 주간은 배열표에 눈을 박은 채 패션 담당기자를 호명했다.

"미스 진! 패션 어떻게 됐어?"

"30분이면 끝나요."

미스 진의 대답이 끝나기도 전에 김 주간은 다시 생활정보 담당기자를 호명했다.

"공 형! 주택정보 어떻게 됐어?"

마지막 하는 전체 점검이었다. 여기서 시간이 오래 걸리게 되는 것은 다음 달로 밀려나게 마련이었다. 그래서 기자들은 김 주간의 이 마지막 점검 때는 되도록 곧 끝난다는 말을 하게 된다. 그러나 언제 끝난다는 대답이 들려오지 않자 김 주간은 다시 '공 형! 공 형!' 하고 몇 번 부르다가 번쩍 머리를 치켜들고 공일수 기자의 자리를 살펴보았다. 자리는 비어 있었다. 다른 동료 기자들이 뭐라고 변명해줄 사이도 없이 김 주간의 눈초리는 대번에 살기를 띠고 넓은 사무실을 한 바퀴 휘둘러보더니 벼락같이 이 차장을 호출했다.

"이 차장! 이리 좀 와! 도대체 당신 평소에 기자들 버릇을 어떻게 가르쳐놨길래 마감 때 이 모양이야? 빨리 공일수 찾아서 시말서 받아. 마감 때 자릴 비우다니 이게 말이나 되는 소리야? 그런 썩어빠진 정신상태로 무슨 기자노릇을 하겠다는 거야? 마감 때는 부모님의 임종도 못 본다는 각오를 하지 않으면 안 돼. 알겠나?"

흥분한 김 주간 앞에서 연실 머리를 조아리며 뻔한 설교를 듣고난 이 차장은 자기 자리로 돌아오자마자 수석기자에게 분통을 터뜨렸다.

"박 형! 빨리 요 앞 술집과 다방으로 공일수를 수배해봐. 그 자식 정말 더럽게 사람 속태우고 자빠졌네."

기자들은 대지를 들고 미술부와 사진부를 오갔고, 김 주간의 책상 위에서 마지막 OK 직전에 빨간 줄이 그어져 내려온 제목이나 리드를 새로 치기 위해서 식자실로 뛰어가는 등 정말 오줌 누고 뭐 볼 시간도 없이 바쁘게 설쳐댔다.

그 와중에서 안미숙의 수기를 쓰기 위해 나는 책상의 양쪽 모서리에 책을 쌓아올려 좁은 공간을 만들어놓고 그 사이에 몸통을 디밀고 엎드려 끙끙거렸다. 밤 12시까지 저녁 먹으러간 시간과 화장실 두 번 간 시간 외로는 줄곧 원고지에 매달렸지만, 나는 50매 밖에는 긁지 못했다. 김 주간은 일어서며 '자 퇴근들 하지'라고 말하며 내게 나가자는 눈짓을 보냈다. 나의 하숙집은 김 주간의 집과 정반대의 방향에 있었으므로 자기 차로 태워다준다는 얘기는 아닐 것이고 고작 술 한잔 하자는 얘기일 것이었다.

두서너 시간 전 김 주간이 배열표를 펴놓고 기자들에게 최종 점검을 거의 끝냈을 무렵이었다. 공일수 기자는 수석기자 박 형의 부축을 받으며 사무실에 곤죽이 되어 들어섰다. 그때 공 기자의 취한 모양을 일별한 후 김 주간은 아무 소리 없이 이 차장을 시켜 공 기자가 맡았던 대지를 모두 회수해버렸었다. 그렇게 편집해놓은 대지를 빼앗는다고 하는 것은 공일수에게 '너는 이제 집에 가서 애나 보라'는 말과 다름없었다. 일거리를 모두 빼앗기고 멍청히 자기 자리에 앉아 있던 공일수는 잠시 후 비틀거리며 일어나 사무실 밖으로 걸어나갔었다. 내일 공일수가 얼굴에 철판을 깔고 다시 회사로 출근할는지 아니면 이것이 그대로 퇴직으로 연결될는지는 아무도 알 수 없는 일이었다. 그러나 동료 기자들은 모두 내일 아침 공일수가 여느 때처럼 또 얼굴에 철판을 깔고 출근해서 밸 없는 놈처럼 히히거릴 것을 은연중에 믿고 있는 눈치였다. 하긴 나도 세 번의 마감을 치르면서 공일수 선배의 그런 모습을 꼭 세 번 보았으므로.

공일수 선배는 내가 입사하기 전까지만 하더라도 가장 훌륭한 전천후 기자였다는 소문을 들었다. 어떤 사건이라도 그의 손에만 맡겨지면 그대로 그 달의 특종이 되고 마는 놀라운 기량을 그는 갖고 있었다고 한다. 공일수 선배가 아닌 다른 기자가 마감 때 저렇게 술을 퍼마시고 농땡이를 쳤다면 그는 아마 당장에 파면을 당했을 것이 분명했다. 특종상을 세 번이나 받은 바 있는 공일수 선배의 지난 날 회사에 대한 공헌도를 생각해서 그나마 김 주간도 그렇게 화를 참았던 것일 터였다. 그러나 마감 하루 전날 60페이지가 넘는 대지를 모두 압수해놓고 보니 이 차장도 심기가 여간 불편한 것이 아닌 모양이었다. 다른 기자들 모두가 맡은 꼭지를 붙들고 마감을 지키기 위해 아둥바둥거리고 있는 마당에 공일수의 일까지 그들에게 찢어발길 수가 없겠기 때문이었다. 공일수의 일을 모두 빼앗아오라고 말한 김 주간은 이 차장이 내민 60페이지 분량의 대지를 찬찬히 검토한 후 자신이 직접 마무리지을 것, 몇 꼭지만 골라내고 나머지는 모두 캐비닛에 집어넣어버렸다. 배열표를 다시 고치지 않는 것으로 보아서는 이러한 사태가 오리라는 것을 김 주간은 처음부터 예상하고 있었던 것 같기도 했다. 김 주간은 지하 싸롱으로 가서 맥주 두 병을 주문하고 나서 곁의 내게 밝은 음성으로 말했다.

"힘들지?"

그러나 나는 이 일이 쉽다고 생각해본 적이 없는 것처럼 힘들다고도 생각해본 적이 없었다. 한 달에 며칠의 밤샘은 아직 충분히 해낼 만한 체력을 지니고 있었기 때문이었다. 다만 내가 하고 있는 일이 여성의 정서나 교양, 또는 의식을 고양시킨다거나 살림의 지혜나 갈등을 해소할 수 있는 귀띔이나 정보 등을 올바르게 제공함으로써 여성의 가정적 사회적 지위 향상을 위해 기여하고 있다는 어떤 사명감보다는, 여성의 잠재된 허영심을 묘하게 자극시키거나 성적 호기심을 유발시킴으로써 오히려 여성의 타락을 부채질하는 쪽으로 기여하고 있다는 도덕적 무력감이 나를 가끔 피로하게는 했다. 나는 김 주간이 따라주는 맥주를 잔 가득 받아 마시고 대꾸했다.

"그렇지는 않습니다. 김 주간님."

나는 일부러 빈 잔을 김 주간에게 권하지 않고 카운터 안에서 있는 미스 김에게 내밀고 맥주를 한잔 가득히 따라주었다. 되도록 일찍 김 주간으로부터 벗어나려면 주문한 맥주 두 병은 어차피 비워야 할 터인데 나는 별로 술 생각이 없었고, 김 주간은 술만 취하면 이야기가 무한정 길어졌기 때문이었다.

"오늘 몇 매나 썼어?"

"50매 썼습니다."

"됐어. 그럼 내일까지는 무난하겠구먼."

안심한 듯 김 주간은 잔을 비우고 마른안주를 집어서 입속에 쑤셔넣고 우물거렸다. 미스 김이 김 주간의 빈 잔을 채우고 입가에 미소를 띤 채 다소곳이 서 있었다. 미스 김이 우리들의 얘기에 한마디도 끼어들지 않는 것은 김 주간이 그렇게 길을 들여놨기 때문이었다. 김 주간이 미스 김에게 얘기하기 전에 그녀가 먼저 손님들의 대화에 끼어드는 것을 김 주간은 몹시 싫어했다. 두 번째 잔을 비우고 나서 김 주간은 내게 빈 잔을 권하며 말했다.

"자, 오 형 잔 받어. 그런데 어떻게 썼어? 물론 나는 오 형의 구성력이나 문장력을 전적으로 믿지만, 글이란 자칫 잘못 쓰면 공일수처럼 낭패를 보게 되거든. 설사 검열을 통과했다 하더라도 말썽의 소지가 있으면 나중에 담당자뿐 아니라 편집책임자인 나까지도 골치가 아프게 된다구."

김 주간은 그렇게 말하며 아직 쓰지 않은 안미숙 수기의 나머지 100매의 향방에 은근한 압력을 넣었다. 말썽의 소지란 권총찬 사내의 얘기였다. 그 사내 이야기를 뺀다면 오늘의 안미숙이 안고 있는 참담한 모습은 어떻게도 이해될 수 없는 것이었다. 그러나 책은 내 의도대로 만들어지는 것이 아니라 김 주간의 의도대로 만들어져야만 하는 것이었다. 더구나 취재나 수기의 방향은 말할 나위도 없는 일이었다. 나는 김 주간이 직접 따라준 맥주를 단숨에 들이켜고 빈 잔을 다시 미스 김에게 내밀어 안경을 씌웠다. 그리고 김 주간에게 힘없이 대꾸했다.

"알겠습니다. 한번 그렇게 해보겠습니다. 그 대신 원고 매수를 좀 줄여주십시오."

"그래. 원고 매수는 오 형 마음대로 하라구. 내 생각엔 안미숙과 이동수의 동거同居 얘기에 포커스를 맞춰서 풀어가는 게 좋을 것 같아."

"그건 곤란합니다. 안미숙 씨와 약속을 했습니다. 이동수 씨의 이름은 수기에 밝히지 않고 적당한 가명을 대신 쓰기로요. 김 주간님께도 말씀드리지 않았습니까?"

"이보라구 오 형! 이동수가 가지는 네임벨류는 육체파 여배우 안미숙이 가지고 있는 것보다도 훨씬 높다구. 이건 어디까지나 안미숙의 충격적인 고백수기란 말야. 이동수의 이름을 밝히지 않은 고백수기라면 별 게 아니거든. 잘 생각해보라구. 안미숙이 지금도 못 잊어 하는 첫사랑 이동수와의 동거 쪽으로 수기를 몰고가는 것밖에는 달리 방법이 없는 거야. 거기에 꼽추 여동생의 죽음을 곁들이면 충격과 감동을 동시에 줄 수 있거든."

연 사흘 밤을 새워서인지 나는 극도로 피곤해 있었다. 눈까풀이 그냥 내리덮였다. 어서 일어서고 싶었다. 하숙집이건 여관이건 아무 방이나 들어가서 자고만 싶었다. 그러나 두 병째 딴 맥주는 반 이상이 남아 있었고, 그런 상태로 김 주간보다 먼저 일어선다고 하는 것은 예의가 아니었다. 김 주간이 가장 싫어하는 것 중의 하나가 바로 그것이었다. 그러나 나는 김 주간에게 피곤해서 먼저 일어서고 싶다고 얘기했다. 그는 여느 때와는 달리 빙긋 미소까지 지으며 관대하게 말했다.

"좋아. 가서 한잠 푹 자야 내일 또 일을 할 수 있겠지. 어쨌거나 다음 달 책은 전적으로 오 형의 손끝에 달려 있다는 것만 알아두라고."

이튿날 아침 공일수 선배는 우리들의 예상을 완전히 뒤엎고 끝내 출근하지 않았다. 공일수의 빈 책상을 바라보는 김 주간의 표정은 가늠하기 어려웠지만, 결코 낭패스러워하는 것 같지는 않았다. 어떻게 보면 앓던 충치라도 빼낸 듯한 가뿐한 표정 같기도 했다.

밤 11시경에야 나는 안미숙의 수기를 130매로 겨우 마무리지을 수 있었다. 그러나 그 수기는 김 주간의 손에서 다시 30매 분량이 뭉텅 잘려나갔다.

고도의 상징과 비유로 처리한 권총 찬 사내의 얘기가 잘려나가자 거기서부터 진행된 여러 가지 사건들이 모두 설득력을 잃어갔다. 최근의 신문 가십에 나온 옷값 시비까지도 마찬가지였다.

수기 원고를 내게 집어던지며 김 주간은 얘기했다.

"오 형의 의도는 충분히 알겠는데, 이렇게 써서는 독자들에게 어필할 수가 없다구. 안미숙은 문인이나 정치평론가가 아니라 은막의 관능적인 글래머 스타일 뿐이야. 독자들은 그녀의 섹스 쪽에 관심을 가지고 있단 말야. 이동수와의 동거 이야기를 늘리라구 어제 말했는데 왜 이동수와 동거하던 얘기는 나오다 마는 거야. 그리고 꼽추 동생 이야기는 왜 이렇게 짧아. 꼽추가 딸을 낳다가 죽었다고 했잖아. 그게 얼마나 감동적이야. 독자들을 모두 아름답고 감미로운 섹스 이야기와 꼽추의 슬픈 죽음으로 눈물을 흘리게 할 수도 있잖아. 안미숙을 아주 발가벗기라구. 발가벗겨! 내일 아침 출근시간까지 다시 써!"

나는 원고뭉치를 봉투에 쑤셔넣고 회사를 나와 근처의 여관으로 들어갔다. 김 주간이 흡족해할 만한 원고를 쓰기 위해서 나는 또다시 밤샘을 해야만 했다.

밤새워 쓴 130매의 원고를 아침에 검토한 김 주간은 큰소리로 외쳤다.

"됐어. 오 형, 정말 수고했어. 이 수기 원고는 다음 달 특종상감이야."

동료 기자들이 그 바쁜 와중에도 달려들어 상금을 타면 한턱 내라고 희떠운 소리들을 지껄여댔지만 나는 선배기자 공일수의 이틀째 결근이 자꾸 마음에 걸렸다.

수기 원고는 김 주간이 직접 교정을 보아 식자실로 넘기고, 식자가 나오면 미술부에 넘기지 않고 자신이 직접 레이아웃까지 하겠다면서 나보고는 이제 끝났으니 목욕이나 하고 들어가 푹 쉬라고 말했다.

김 주간이 쉬라는 말을 하지 않았다 하더라도 나는 어디 가서 푹 꼬꾸라지고만 싶었다. 완전히 탈진 상태였다.

아침에 하숙에 들어온 나는 밥도 먹지 않은 채 꼬박 24시간을 잠만 처질러 잤다. 하숙집 아주머니가 의사를 불러오는 촌극을 빚을 정도로 나의 깊은 잠은 혼수상태와 비슷했던 모양이었다.

어쨌거나 24시간을 채우고서 깨어났으니 망정이지 만약 깨어나지 못했으면 그게 영영 죽는 게 아니고 무엇이겠느냐고 하숙집 아주머니는 밥상을 내려놓으며 혀를 쯧쯧거렸다.

늦은 아침 겸 점심으로 몇 숟갈 뜨고 회사로 출근하자 사무실은 흡사 썰물이 빠져나간 후의 갯벌 꼴이었다. 입사 동기인 미스 민 혼자서 텅 빈 사무실에 남아 걸려오는 전화를 받고 있었다. 이 차장과 고참 기자들은 공장으로 교정을 보러나갔고, 김 주간은 마지막 대수로 묶은 안미숙 수기와 목차 표지 등의 대지를 묶어서 지금 막 공장으로 떠났다고 미스 민이 일러주었다.

"참, 아까 공 기자님이 나오셨었어요."

"공일수 선배가?"

나는 깜짝 놀라 반문했다.

"네, 공 기자님이 나와서 김 주간님이 일하는 책상으로 다가서더니 김 주간님의 얼굴에 침을 뱉고 사표를 집어던지고는 도로 휑하니 나가버리셨어요. 눈 깜짝할 사이라 사무실에 있던 몇몇 선배 기자님들도 침 뱉는 건 못 봤을 거예요. 왜 이렇게 떨리는지…."

미스 민은 가슴에 손을 얹고 아직도 떨리는 가슴을 진정시키는 시늉을 해보였다. 나는 공일수 선배가 앉았던 빈 책상을 쳐다보았다. 공일수 선배뿐 아니라 다른 기자들의 책상들도 모두 썰렁하게 비어 있었다. 다들 목욕을 갔거나 근처의 다방으로들 간 모양이었다.

"오늘 저녁에 쫑파티 하고 내일 오후에 편집회의 한대요. 저기 보세요."

미스 민은 김 주간의 책상 뒤쪽에 걸려 있는 흑판을 가리켰다. 거기에는 미스 민이 말한 내용이 그대로 적혀 있었다.

Ⅰ. 쫑파티 7시 · 장소 나폴레옹

*전원 참석할 것.

Ⅰ. 내일 오후 1시 편집회의

*제 2회의실

흑판에서 시선을 거두고 나는 내 자리에 털썩 주저앉았다. 안미숙에게 전화를 걸어야겠다는 생각으로 수화기를 들었으나 왠지 다이얼을 돌리기가 망설여졌다. 김 주간의 돌변해버린 태도 때문에 수기가 막판에 와서 너무 우스운 모양이 되고 말았기 때문이었다. 안미숙의 수기는 자칫 유명인사에게 버림받은 한 여배우의 고독한 침실만 엿보여주는 결과가 되었을는지도 모를 일이었다. 나는 들었던 수화기를 그냥 내려놓았다. 어쨌거나 나로서는 주어진 여건 속에서는 최선을 다한 셈이었다. 이제 겨우 자존심을 회복한 공일수 선배의 당당한 모습이 떠오르면서 나는 문득 버림받은 꼽추의 아기가 인큐베이터 안에서 잘 자라고 있는지가 몹시 궁금했다.

3

딩동 딩동 딩동….

벨소리를 듣고 나는 얼른 시계를 들여다보았다. 12시 30분. 벌써 은미가 유치원에서 돌아온 모양이었다. 나는 현관문을 열었다. 은미가 문밖에 서서 울고 있었다.

"아빠! 왜 문을 안 열어주는 거야. 난 집에 아빠가 없는 줄 알고 무서웠단 말야."

나는 은미의 눈물을 닦아주며 달랬다.

"아냐, 아빠는 늘 집에만 있는 것 너도 알잖니? 오늘은 아빠가 뭘 좀 생각하느라고 우리 은미가 누른 벨소리를 조금 늦게 들었어. 은미야, 아빠가 잘못했으니까 용서해주렴. 우리 은미 참 착하지."

내가 그렇게 한참을 달래자 은미는 비로소 현관으로 들어섰다.

"오늘 유치원에서 간식은 뭘 먹었니?"

"우유하고 빵."

"은미야, 지금 배고프니?"

"응. 나, 라면 먹고 싶어."

"그래. 손 씻고 방에서 조금만 기다려라. 아빠가 라면을 맛있게 끓여줄께."

"응. 알았어."

은미가 욕실에서 손을 씻고 방으로 들어가 혼자 인형을 가지고 놀고 있는 동안에 나는 라면 두 개를 끓였다. 전에는 라면 하나를 통째로 끓여주면 반도 못 먹던 아이가 요즘은 부쩍 양이 늘었는지 거의 어른 몫의 식사를 했다. 라면 하나를 다 먹어치우고도 입맛을 다셨다.

부엌의 가스레인지에 올려놓은 냄비에서 라면이 맛있게 끓고 있었다. 나는 다 끓은 라면을 두 그릇에 나누어 담고, 냉장고에서 김치 그릇 하나만 달랑 얹은 밥상을 들고 방안으로 들어섰다.

“은미야, 라면 먹고 한문 공부를 해야 한다.”

은미가 천자문을 배워온 지는 근 1년이 되어왔다. 사흘에 걸려 글자 한 자씩을 배워왔으니 1백 자는 훨씬 넘게 알고 있을 것이다. 어제까지는 들을 청聽 자를 사흘 동안 배웠으니 오늘부터 사흘간은 재앙 화禍 자를 배울 차례였다. 식사 후 나는 공책에다 재앙 화禍 자를 쓰고 은미에게 획의 순서를 가르쳐준 후 공책을 넘겨주었다. 이제 공책 석 장이 빈 칸마다 재앙 화禍 자가 가득 쓰여질 것이었다. 나는 설거지를 끝낸 후 다시 거실로 나와 소파에 앉아서 담배를 피워물었다. 그리고 찬찬히 눈앞의 어항을 들여다보았다.

어항 속은 고요했다.

새끼 우렁이와 어미 우렁이의 자리가 반대편으로 옮겨져 있어서 내 쪽에서는 원추형의 나탑螺塔만이 보일 뿐 어항에 밀착된 우렁이의 살은 보이지 않았다.

그러나 어항의 중간쯤에 붙어 있던 큰 우렁이는 아직도 그 자리에서 한 치의 움직임도 없이 아까의 그 모습 그대로 거머리에게 각표 속살을 유린당하고 있었다. 나는 담배를 재떨이에 비벼 끄고 다시 한 개비의 새 담배를 뽑아물고 성냥을 그어대려다가 문득 이상한 느낌이 들었다.

나는 다시 한번 어항 정면 유리에 밀착시킨 우렁이의 각표살을 유심히 들여다보았다.

그렇다. 분명히 우렁이의 넓적한 살은 미세하게 움직이고 있었다.

큰 우렁이는 거머리가 빠져나가려는 방향을 용케 알고 그 방향으로 조금씩 살을 이동시키고 있었다. 정말 놀라운 일이 아닐 수 없었다. 나는 너무도 충격적인 놀라움 때문에 입에 문 담배가 탁자 위로 떨어지는 것도 잊은 채, 땀이 촉촉하게 밴 두 손바닥을 마주 비벼대면서 큰 우렁이와 거머리의 싸움을 초조하게 지켜보고 있었다. 그렇다. 이것은 큰 싸움이었다.

큰 우렁이는 유리에 밀착시킨 자기 살의 근육에 힘을 가함으로써 거머리에게도 고통을 주고 있는 것이었다. 그러나 살에 적지 않은 상처를 입은 큰 우렁이의 투쟁은 참으로 안타까운 모양이 아닐 수 없었다. 왜냐하면 큰 우렁이가 아무리 자기 살의 근육에 힘을 가해도 밀착된 유리 속에는 우렁이의 상처 크기만 한 공간이 반드시 생겼기 때문이었다.

거머리란 놈은 큰 우렁이의 상처난 공간에서 잠시 쉬었다가 다시 탈출을 시도했고, 큰 우렁이는 그 거머리의 탈출을 필사적으로 저지하고 있었다. 그렇다. 큰 우렁이는 정말 필사적이었다. 거머리가 살 둘레로 빠져나가지 못하도록 큰 우렁이는 유리에 밀착시킨 자기 살의 방향을 거머리의 움직임에 맞춰 함께 움직여댔다. 어항에 밀착된 큰 우렁이의 살 주위는 중앙에 비해 아주 튼튼해보였다. 살 중앙에 상처 구멍이 생겨 있었기 때문에 그동안 그 살 속에 흡반을 대고 찰싹 달라붙어서 마음껏 피를 빨아먹어왔던 징그러운 자웅동체의 흡혈성동물 거머리는 지금 큰 우렁이의 상처 구멍을 중심으로 한 외곽 쪽 살과 유리 사이에 갇혀서 몸부림치고 있었다.

잠시 후 탈출 시도를 포기한 듯 거머리는 다시 몸을 뒤틀며 겨우겨우 큰 우렁이의 살 바깥 쪽에서 살 중앙 쪽으로 기어들고 있었다. 큰 우렁이의 살 중앙에 있는 끔찍한 흠집은 거머리에게 충분한 휴식공간을 제공해주고 있었다.

그러나 다음 순간, 참으로 놀라운 현상이 일어나고 있었다. 유리에 밀착된 큰 우렁이의 살이 빠른 속도로 이동하며 그간 거머리가 쉽게 안주했던 상처의 공간을 내주지 않는 것이었다.

나는 너무 초조한 나머지 성냥개비를 쥔 손가락에 나도 모르는 사이에 힘을 가했다. 나는 성냥개비가 톡, 하는 소리를 내며 두 동강으로 부러지는 소리를 들었지만 재떨이에 주워 담을 시간이 없었다. 큰 우렁이와 거머리의 피나는 투쟁에서 잠시라도 눈을 뗄 수가 없었던 것이다. 나는 마른침을 꼴깍 삼켰다.

거머리는 다시 물도 산소도 없는 지역, 그러니까 큰 우렁이의 주위 살과 유리가 강하게 밀착된 곳에 놓이게 되었고, 큰 우렁이의 힘센 살의 근육과 유리의 딱딱함 사이에 낑기워서 거머리는 고통스러워하고 있었다.

거머리는 필사적으로 몸부림치면서 우렁이 살의 중심부 쪽에 자신이 내놓은 흠집(공간)으로 되돌아가기 위해 꼼지락거렸지만, 거머리의 그 동작에는 힘이 많이 빠져 있는 것이 확연하게 드러났다.

큰 우렁이는 왼쪽으로 한번 옮겼던 살의 중심부를 이번에는 다시 오른쪽으로 옮겨놓았다. 우렁이는 필사적으로 거머리가 파놓은 각표살의 상처 속으로 다시는 거머리가 되돌아가지 못하도록 차단하고 있는 것이 분명했다. 참으로 경이로운 일이 아닐 수 없었다.

입사 동기인 황 기자가 제본소에서 문공부 납본용과 신문사와 방송사의 홍보용으로 미리 가져온 20부 가운데서 나는 한 부를 집어들었다.

책장을 넘겨볼 것까지도 없이 표지에서부터 나는 당황할 수밖에 없었다. 표지에는 견출 고딕체로 이렇게 박혀 있었다. '大特種 ▨ 육체파 여우 안미숙이 몸으로 쓴 밤의 충격 고백수기' 그리고 그 아래는 표지를 온통 덮을 만한 크기로 '나는 이동수의 女子였다!'라는 제목이 요염한 우사체로 누워 있었다.

어떻게 이럴 수가? 정말 이럴 수는 없었다. 이것은 기자와 취재원의 단순한 신의 문제를 떠난 명백한 범법행위였다. 이유야 어찌되었던 나는 결과적으로 안미숙이라는 불쌍한 한 여배우를 살해하고 만 셈이 되었다. 직접적인 살해가 아니더라도 나는 최소한 안미숙의 살해에 동참했거나, 그 살인의 하수인으로서 전적인 책임을 져야만 했다.

기사에 제목을 갖다붙이는 것이나 리드를 뽑는 것이 아무리 데스크의 고유한 권한이라 하더라도 이것은 독자와 취재원과 담당기자를 동시에 기만한 하나의 폭력이었다. 이러한 제목은 여러 가지 면에서 문제가 야기될 소지가 다분히 있었다. 첫째로는 당사자인 안미숙이 가만히 있지 않을 것이었다. 자신의 실추된 명예를 회복하기 위해서라도 회사를 상대로 정식 고소를 제기할는지도 몰랐다. 그리고 두 번째로는 이동수라는 거물 정객의 정치적 생명에 관한 일이었다. 이같은 제목은 안미숙의 의도와는 정반대 방향에서 한 사람의 거물 정객을 섹스 스캔들로 몰아넣어 정치적으로 매장시킬 수도 있었다.

그러나 다시 생각해보면, 현재 외국에 거주하는 이동수는 잠시 구설수에 오르내리다 끝날 수도 있겠지만 안미숙은 그렇게 되지 못할 것 같았다. 그녀는 국내에 거주하는 가장 만만한 여배우였으므로. 그녀가 회사를 상대로 명예훼손죄로 고소를 한다면 어떻게 될까? 아마 김 주간은 교묘하게도 법망을 피해나갈 수도 있을 것 같았다.

엄밀한 의미에서 내가 쓴 수기는 사실대로 기록했고 여성 잡지의 사명이란 여성의 행복과 지위 향상에 있기 때문에 이렇듯 여성의 다양한 삶의 모습을 진솔하게 보여준다고 하는 것은 어떻게 보면 잡지의 발행 목적과도 부합되는 일이 아니겠느냐고 오히려 김 주간이 반문할 가능성도 있었기 때문이었다. 뿐만 아니라 한술 더 떠서 담당기자와 취재원 두 사람 사이에 어떤 묵계가 있었는지 모르지만, 그것은 어디까지나 두 사람의 문제이지 자기로서는 아는 바 없다고 오리발을 내민다면 나는 어떻게 할 것인가. 내 의사 밖에서 이미 깨어진 안미숙과의 신의를 회복하기 위해서 나는 어떻게 해야 할 것인가.

나는 손에 들었던 책을 책상 위로 집어던지고 응접소파까지 겨우 걸어가 힘없이 주저앉고 말았다. 탁자 위에 펼쳐놓은 신문의 광고 면이 눈에 들어왔다.

전국으로 책이 배포된 오후에 때맞춰 김 주간이 만들어놓은 그런 스타일의 충격적인 8단통 광고가 신문에 실려 있었다. 신문 광고까지 본 나는 더 이상은 도저히 참을 수가 없었다. 총무부의 미스터 최가 나를 향해 싱글벙글 웃음을 띠고 상패를 맞추러 뛰어다니는 것을 보면 내일쯤은 아마 전직원 조회를 열 것이 분명했고, 그 자리에서 나는 아마도 김 주간이 상신한 특종상을 받을는지도 몰랐다. 아니 그것은 거의 기정 사실로 굳어졌다. 그러나 그 자리에서 나는 내게 주어지는 특종상 상패와 상장과 사장님의 금일봉이 든 봉투를 건네받지는 못할 것 같다는 예감이 들었다. 내 이름을 아무리 여러 번 호명한다고 하더라도 나는 어쩌면 그 시간에 회사의 강당에 앉아 있지 않을는지도 모른다는 막연한 생각이 들었다.

"오 기자님 전화예요."

미스 양이 수화기를 들고 소파에 앉아 있는 나를 향해 전화를 받으라는 시늉을 해보였다.

"여자 분인데 굉장히 화가 났어요."

수화기를 내게 넘겨주며 미스 양이 조그맣게 말했다. 내가 수화기를 귀에 갖다대자, 미스 양이 굉장히 화가 났다는 여자의 음성은 안미숙의 매니저였다. 그녀는 매우 격앙된 목소리로 마구 퍼부어댔다.

"기자, 너 어떻게 그럴 수가 있어? 네가 사람이냐? 어떻게 인간의 탈을 쓰고 그럴 수가 있단 말이냐? 난, 난 말야, 오 기자 당신을 그렇게 악질로는 보지 않았어. 난 너를 고소할 거야. 아니 회사를 상대로 고소할 거라구. 너 이새끼…."

수화기 속에서 튀어나오는 그녀의 욕설은 그녀의 현재 심경이 걷잡을 수 없는 흥분상태라는 것을 그대로 나타내주는 것이었다. 평소의 그녀로서는 전혀 의외의 태도가 아닐 수 없었다.

나는 죄송하다는 말 한마디밖에는 달리 변명할 말이 없었다.

"죄송합니다."

"오 기자, 너 사람을 죽여놓고 죄송하다고 말하면 죽은 사람이 다시 살아나기라도 해? 너 분명히 미숙이와 약속을 했잖아. 쓰지 않겠다던 이동수 씨의 이름은 왜 밝혔어? 뭐야? 나는 이동수의 여자였다구? 도대체 이런 개 같은 경우가 어딨어? 네가 썼으니까 말해봐! 이새끼야, 너같이 간교한 사기꾼은 이 땅에서 영원히 죽어 없어져야 해."

"죄송합니다."

"죄송이 무슨 얼어죽을 놈의 죄송이냐? 난 그래도 너를 그렇게 비열한 놈으로는 보질 않았어. 도대체 고시 공부를 했다는 자식이 어떻게 남을 이토록 함부로 죽일 수가 있니? 너…."

"죄송합니다."

미스 양이 무슨 얘기를 했는지 전화를 받는 내 주위로, 사무실에 들어왔던 동료 기자들 몇이 하나둘씩 다가서면서 묻기 시작했다.

"안미숙이 뭐래?"

"뭐가 어떻게 됐다는 거야?

"잘못된 게 뭔데?"

그러나 나는 수화기에서 입과 귀를 뗄 수가 없었다. 나는 한참을 더 그녀의 지독한 욕설을 들은 후에야 수화기를 내려놓을 수가 있었다. 나의 대답이 시종 '죄송합니다'로 일관되자 그녀도 짜증스러웠던지 자신의 말을 끝맺지 못하고 먼저 수화기를 내팽개친 것 같았다. 아니 어쩌면 수화기를 내팽개친 것이 아니라 공중전화였는지도 몰랐다. 그녀의 욕설 속에 3분을 알리는 공중전화의 신호음이 섞여 들려왔던 것을 들은 것도 같았기 때문이었다. 어쨌거나 수화기 속에서는 그녀의 욕설보다 더 무섭고 두려운 느낌을 주는 찌찌직 하는 잡음만이 들려오고 있었으므로 나는 그만 수화기를 내려놓고 말았다.

동료 기자들의 질문을 피해서 밖으로 나온 나는, 마침 회사 정문 앞에서 낯익은 총무부 직원 하나를 내려놓고 막 출발하려는 빈 택시를 집어탈 수가 있었다. 운전기사에게 영동에 있는 그녀의 아파트를 가자고 말하고 나는 비로소 이마에 맺힌 진땀을 씻어냈다. 안미숙에겐 매니저에게보다 더 심한 욕설을 듣든 멱살을 잡히든 따귀를 맞든 나로서는 그저 죄송하다는 말밖에는 달리 할 말이 없을 것 같았다. 안미숙이 사는 아파트 앞에서 정차한 택시를 내려서 이미 낯익은 수위의 목례를 받으면서도, 아니 엘리베이터를 타지 않고 굳이 계단을 걸어올라가면서도, 그리고 5층의 안미숙 아파트 문 앞에 서서도 나는 줄곧 그런 생각에만 골몰해 있었다. 그러니까 죄송하다는 말밖에는 달리 해명이나 변명을 찾으려 하지 않았다. 그만큼 내 마음은 오직 안미숙과의 약속을 지키지 못한 데서 오는 죄송함으로 가득차 있었다. 그러나 벨을 아무리 눌러 대도 아파트 문은 열리지 않았다. 나는 아파트 문 앞에서 30분 정도를 어정거리다가 돌아서면서 문득 안미숙이 어쩌면 아이가 있는 병원에 갔을는지도 모르겠다는 생각이 들었다.

그러나 S대 부속병원의 산부인과와 신생아실이 함께 있는 5층의 엘리베이터 승강기 앞에서 만난 사람은, 안미숙이 아니라 몇 시간 전에 내게 욕설을 퍼부어댔던 매니저였다. 나는 엘리베이터에서 내리고 있었고, 그녀는 엘리베이터 문 앞에서 하강하는 엘리베이터를 기다리고 있었다. 나와 눈이 마주치자 그녀는 고개를 돌려 외면했다.

나는 그녀 앞으로 다가섰다.

"비켜요!"

그녀가 날카롭게 소리쳤지만 나는 그녀 앞을 비켜설 수가 없었다. 곧 그녀의 손이 날아와 내 따귀를 올려붙인다 하더라도 어쩔 수 없는 일이었다.

"정말 민완기자답게 용케 알고 왔군요. 왜? 이번에는 쇼크로 쓰러진 미숙일 직접 취재하려고요?"

나는 깜짝 놀랐다. 쇼크로 쓰러지다니?

"그럼 미숙 씨가 입원했단 말입니까?"

"아니, 그럼 신문 잡지에 그렇게 대문짝만하게 발가벗겨놓고서도 미숙이가 멀쩡하길 기대했어요?"

나는 순간적으로 아찔한 현기증을 느꼈지만 몸의 중심을 잃지는 않았다. 나는 힘을 내 다시 물었다.

"그렇다면 미숙 씨가 지금 입원해 있는 병실은…, 몇 호실입니까?"

"오 기자님, 설마 지금 미숙이의 숨통을 아예 끊어놓고 싶은 것은 아니겠지요? 그냥 가세요. 미숙인 지금 오 기자의 오 자만 들어도 알레르기 반응을 보일 정도니까. 어서 그냥 돌아가시는 게 좋을 거예요."

불과 몇 시간 전까지만 하더라도 회사에 있던 내게 전화로 마구 욕설을 퍼부어대던 매니저의 태도는 많이 누그러진 것 같았다. 비록 가시 돋친 말이긴 하더라도 깍듯한 경어로 바뀐 것이 내게 그러한 느낌을 갖게 해주었다. 나는 병원의 수납창구에서 안미숙의 병실을 알아낼 수도 있었지만 그렇게 하지는 않았다. 다시 감정의 평형을 되찾은 그녀의 심사를 뒤틀리게 하고 싶지는 않았다.

그녀는 저간의 사정을 대충 얘기해주었다. 석간 신문에 나온 8단통 광고를 보고 미숙이 충격을 받고 쓰러지자 서둘러 이 병원에 옮겨 입원을 시키고 나서 자신도 치솟는 화를 도저히 참을 길이 없어서 내게 전화를 했는데 전화를 끊고 즉시 서점으로 달려가 바로 그 문제의 수기를 읽어보았다는 것이었다. 수기 자체에는 별 문제가 없는 것 같은데, 다만 제목을 그렇게 뽑음으로써 피해를 입게 된 당사자들인 미숙과 이동수의 정신적 충격은 무엇으로도 보상이 안 된다는 것이었다.

왜 본문에는 없는 그런 제목과 리드를 갖다붙였는지에 대해서 흥분을 가라앉힌 그녀는 차분하게 다시 물었지만, 나는 그것이 나도 모르는 사이에 김 주간이 혼자 뽑은 리드이며 갖다붙인 제목이라고 해명하고 싶지는 않았다. 신문이나 잡지의 생리를 잘 알고 있는 안미숙이나 매니저에게 나의 그런 당연한 해명이 자칫 변명처럼 받아들여질 수도 있겠기 때문이었다. 나는 또다시 '죄송합니다'라고 대꾸했다.

나의 대꾸가 너무 어처구니없었던지 아니면 내가 너무 측은하게 보였던지 그녀는 아무 소리 없이 커피 자동판매기 쪽으로 걸어갔다. 동전을 집어넣고 뽑아낸 두 잔의 커피를 양손에 한 잔씩 나눠들고 휴게실 의자로 가서 앉았다. 내가 그녀의 맞은편 자리에 가서 앉자 그녀는 내게 오른손에 쥐고 있던 커피잔을 불쑥 내밀었다. 그리고 물었다.

"자, 이제 어떻게 하실 거예요?"

나는 커피잔을 받아 한 모금 마시고 나서 대꾸했다.

"모든 책임은 제가 지겠습니다."

"어떻게요?"

"…."

"그건 말도 안 돼요. 스캔들도 본인이 크는 스캔들이 있고, 반대로 본인이 죽는 스캔들이 있어요. 안미숙은 이제 스캔들로 완전히 죽었어요. 그 애의 유일한 수입원인 밤업소에서조차도 이젠 캐러가 반으로 줄고 말 텐데…. 미숙이가 입은 이러한 정신적 금전적 손해를 어떻게 오 기자가 책임진다는 말이에요. 그뿐만 아니라 미숙인 지금 최악의 상태예요. 오 기자도 알다시피 인터뷰에 응했던 날이 바로 이 병원 수술실에서 동생이 지하에 있는 영안실로 옮겨졌을 때였어요. 아기를 낳다가 부인이 죽었는데도 그 남편되는 자식은 끝내 코빼기도 보이지 않아서 알아보니까 모든 걸 처분하고 어딘가로 날아버린 후였어요. 인간이 인간에 대해 갖는 최소한의 양심이나 신의 또는 기본적인 신뢰감이 모두 상실된 상태에서 오 기자를 한번 만나보라고 권한 나의 충고를 받아들였던 건데 결국 일이 이 지경에 이르고 말았어요. 미숙의 수입은 몇 달 전부터 매니저인 내 월급은 커녕 매월 월부금 떼고 나면 제 목구멍 하나 풀칠하기도 어려운 실정이 됐어요. 그런 미숙이가 불쌍해서 나도 그 애 곁을 못 떠나고 있는 거예요."

말하는 그녀의 음성이 너무 침통해서 이야기를 듣는 나까지도 왠지 가슴이 답답해졌다.

"그런데… 떠나다니 그게 무슨 소립니까?"

"내게 있어 여자의 가장 안정된 직업은 매니저가 아니라 결혼이라는 걸 알고 있어요. 언제까지나 이렇게 혼기를 놓치고 미숙의 곁에 붙어 있을 수만은 없잖겠어요. 오죽하면 내 약혼자가 농담처럼 그러더군요. 혹시 둘이서 동성연애를 하는 게 아니냐구요. 그러나 내가 지금 미숙이의 곁을 떠나면 그 애는 정말 의지가지 없는 천애고아가 되고 말아요."

"한번 미숙 씨를 만나게 해주십시오."

"지금은 안 돼요. 그냥 돌아가 계세요. 미숙인 아직 수기도 읽어보지 않은 상태여서 오 기자를 무슨 치한처럼 생각할 거예요. 오늘 그 수기를 읽게 하고 내일이나 모레쯤 마음이 다소 가라앉을 때 내가 설득해서 이 문제를 어떻게 수습하는 게 좋을지를 한번 상의해 보겠어요. 물론 내 약혼자도 함께요. 그러니 오늘은 그만 돌아가주세요."

말을 마친 듯 그녀는 커피잔을 쓰레기통 속으로 밀어넣고 자리를 일어섰다. 나도 엉거주춤 따라 일어서며 물었다.

"아기도 볼 수 없습니까?"

"그건 왜죠?"

그녀의 반문에 나는 한마디로 그 이유를 설명할 수가 없었다. 단지 나로 해서 무너진, 인간에 대한 안미숙의 마지막 기대가 처절한 절망감으로 바뀌는 것이 내게 고스란히 전이되어오고 있다는 느낌만이 분명할 뿐이었다. 나는 그러한 느낌을 솔직한 말로써 뱉어냈다.

"그냥 보고 싶어섭니다."

그러나 그녀의 눈빛과 어투는 매우 단호했다.

"아직은 아무것도 안 돼요. 그만 돌아가주세요."

나는 힘없이 고개를 꺾고 그녀 앞을 물러섰다.

4

방문이 열리며 은미가 공책을 들고 응접실로 나왔다.

"아빠, 다 썼어!"

나는 은미를 쳐다보았다.

"자, 봐. 세 장 모두 다 썼어. 그런데 아빠, 방이 추워."

은미는 자랑스럽게 공책을 펼쳐서 응접탁자 위에 내려놓고 내 곁에 와서 앉았다. 나는 은미가 펼쳐놓은 공책을 한 장씩 넘겨보았다. 거기엔 재앙 화禍 자가 석 장이나 가득 쓰여져 있었다.

"그래. 잘 썼다, 은미야. 이젠 비디오 필름 하나 봐도 돼. 그러니까…."

바로 그때였다.

내가 비디오 테이프 가게에서 빌려온 만화 테이프 하나를 서랍 속에서 꺼내봐도 된다고 말하려고 했을 때였다.

어항 속을 들여다보고 있던 은미가 갑자기 비명을 질러댔다.

"무서워! 무서워! 무서워!"

너무도 갑작스러운 일이어서 나는 잠시 멍하니 은미의 얼굴을 쳐다보고만 있었다.

"아빠, 아빠, 이것 좀 봐! 우렁이에 거머리가 붙어 있어. 무서워! 무서워!"

나는 어항을 향해 뻗은 은미의 손을 잡아쥐고, 고개의 방향도 돌려서 내 가슴팍에 끌어안았다.

"은미야, 너는 그런 것 보면 안 돼. 알겠니?"

내 가슴팍에 얼굴을 파묻고 떨고 있던 은미가 고개를 치켜들고 나를 똑바로 쳐다보았다.

"아빠, 왜 안 되는 거야?"

"…."

나는 뭐라고 대답할 말이 없었다. 글쎄, 왜 은미가 보면 안 되는 것일까?

"왜 안 되는지를 말해줘. 아빠."

"그건 말이다. 저…."

"너무 징그러워서 그런 거야? 아빠?"

"그래. 너무 징그러운 걸 보면 안 되는 거란다."

"그래도 본 걸 어떡해? 아이, 무서워! 무서워!"

은미는 내 가슴에 안겨 몸을 오들오들 떨고 있었다. 무서움 때문만은 아닌 것 같았다. 늘 점심 때와 잠자리에 들 때마다 한 번씩 갈아왔던 연탄불 갈 시간이 조금 지났기 때문인 것 같았다. 나는 은미를 안아들고 방으로 들어가서 TV 앞에 앉혔다. 비디오에 만화 테이프를 하나 끼워주고 나서

"자, 은미야 이제 만화를 보고 있거라. 아빠는 잠깐 연탄불 좀 갈고 올께."

은미는 고개를 끄덕거렸다.

나는 지하실로 내려가서 보일러 뚜껑을 열어보았다. 두 군데 모두 연탄의 불꽃이 거의 사그라든 상태였다.

한 구멍에 석 장씩 연탄이 들어가는데, 맨 위에 있는 연탄조차도 그랬다. 양쪽 구멍에서 맨 밑바닥에 있는 재만 한 장씩 꺼내고 두 장의 연탄을 다시 순서대로 구멍에 집어넣은 후 그 위에 새 연탄을 각기 한 장씩 올려놓았지만, 21개의 연탄구멍 중 5개만 겨우 불구멍이 살아 있어서 새 연탄에 불이 옮겨 붙는다는 걸 기대하는 것 자체가 도저히 무리 같았다. 그러나 사다놓은 번개탄도 없었고, 이웃에서 번개탄을 빌리기도 뭣해서 나는 그저 밑

불이 살아나 새 연탄에 불꽃이 옮겨붙기만을 기대하는 수밖에는 달리 도리가 없었다.

방에서는 은미가 TV 앞에 앉아 〈엄마찾아 3만 리〉를 보고 있었고 나는 거실 소파에 앉아서 다시 어항을 들여다보고 있었다.

큰 우렁이는 처음 있던 그 자리에서 전혀 자리 옮김이 없이 거머리와의 투쟁을 계속하고 있었다. 큰 우렁이의 살 속에서 실컷 피를 빨아먹고 난 거머리는 자신이 우렁이의 살 속에 갇힌 것을 깨닫고는 끊임없이 탈출을 시도하고 있었지만, 그 탈출 시도는 매번 실패를 거듭하고 있었다.

큰 우렁이는 거머리가 움직이는 방향으로 자신의 거무틱틱하고 상처난 살을 움직여 어항에 밀착된 둥근 모양의 바깥쪽 깨끗한 살을 이리저리 이동시키고 있었다. 지금 어항 속에서는 큰 우렁이가 거머리를 죽이기 위해서 유리에 밀착시킨 자신의 각표살의 근육에 힘을 가하고 있었다.

우렁이의 살 속에 갇혀 빠져나가려고 버둥거리는 거머리와, 그 거머리가 빠져나가지 못하게 각표살을 거머리가 움직이고 있는 방향에 따라 이동시키고 있는 큰 우렁이와의 처절한 싸움은 참으로 무서웠다.

이 싸움의 결과가 어떻게 판가름 날는지는 아무도 예측할 수 없었다. 웬만하면 자신의 살 속에 침입했던 거머리가 빠져나가도록 그대로 내버려둘 만도 한데, 우렁이는 악착같이 어항에 밀착시킨 각표살을 이동시키며 거머리의 탈출을 필사적으로 저지하고 있었다. 얼마나 오랜 시간을 거머리에게 피를 빨려왔으면, 얼마나 원한이 깊게 맺혀 있으면 우렁이가 저러겠는가 싶어 이해가 갔다. 그러나 그 모습은 너무도 끔찍하고 소름이 끼칠 지경이었다. 특히 어항에 붙은 큰 우렁이의 각표살에 나타난 두 군데의 상처 구멍은 너무도 징그러워서 차마 정면으로 쳐다보기가 민망스러울 지경이었다.

병원을 걸어나오며 나는 한 가지 결심을 굳혔다. 나는 회사로 돌아와 김 주간을 찾았으나 김 주간은 보이지 않았다. 동료 기자들만 몰려들어 어떻게 됐느냐고 느긋한 호기심의 이빨을 드러내보이고 있었다.

나는 내 책상으로 다가가 사물을 대충 정리하고 사표를 썼다. 흰 봉투에 그 사표를 집어넣어 김 주간의 책상 위에 올려놓고는 회사를 나왔다. 나의 그간의 복잡다난했던 기자노릇은 사표 한 장으로 깨끗이 정리가 되었다. 자질구레한 사물들을 넣은 배가 불룩한 대봉투 두 개가 그간의 결산치고는 좀 허망하다는 느낌도 들었다.

하숙집으로 돌아와 나는 방에 이불을 펴고 누웠다. 몸살 기운인지 온몸이 으시시하고 머리도 묵지근했다. 이제 어떻게 할까? 아무것도 생각하고 싶지 않은 머릿속으로 몇 가지 생각들이 비집고 들어왔다. 마곡사로 들어가 덮어두었던 고시 공부를 다시 해볼까? 기왕에 기자노릇을 할 바엔 경쟁지인 다른 여성지로 옮겨버릴까? 아니면 조그만 출판사에나 들어가서 교정이나 보면서 살아볼까? 갑자기 내 몸을 파고든 몸살 기운으로 내가 이런 저런 궁리를 하고 있을 때, 하숙집 아주머니가 방문을 노크하며 말했다.

"끝방 학생, 끝방 학생! 전화 받아요! 전화 왔어요!"

나는 겨우 대답하고 억지로 자리에서 일어섰다. 내가 방문을 열었을 때 하숙집 아주머니는 보이지 않았다.

전에 없이 이른 나의 퇴근에 하숙집 아주머니는 의아스러워하는 것 같았다. 대청마루로 전화를 받으러 간 내게 수화기를 건네주는 하숙집 아주머니의 표정에서 나는 그 같은 느낌을 받았다.

수화기를 건네받자 김 주간의 목소리가 들려왔다.

"이봐! 오 기자! 이게 도대체 무슨 일이야? 안미숙 건 때문에 그러는 모양인데, 그까짓 걸 가지고 뭘 그래? 그건 아무것도 아니라구…."

나는 그것이 아무것도 아니라는 김 주간에게 강력하게 반박하고 싶었지만, 그냥 입을 다물고 말았다. 어차피 안미숙이라는 한 여배우의 파멸조차도 김 주간에게는 한 달치 매상을 촉진시키는 판촉의 역할로 밖에는 인식되고 있지 않을 터였다. 수화기 속에서 김 주간의 목소리는 계속 이어지고 있었다.

"알았지? 내일 월례조회 때 오 기자에게 주는 특종상 시상식이 있으니까 시간 맞춰 꼭 나오라구. 그리고…."

나는 김 주간의 말을 더 이상 듣고 싶지가 않아서 그냥 수화기를 내려놓았다.

김 주간이라면 오히려 나의 사표를 속으로는 기뻐할는지도 몰랐다. 그러나 겉으로는 아직 그런 속셈을 드러내지는 않을 것이었다. 안미숙 쪽에서 명예훼손으로 언론중재위원회를 통해 잡지의 판매 가처분신청이라도 하게 된다면 회사가 입게 되는 재정적인 손해는 엄청날 뿐만 아니라 사회적으로도 실추된 잡지의 권위를 일으켜 세우기란 매우 힘들 것이었다.

이럴 때 내게 특종상이라는 걸 하나 만들어주고 수습의 일선에 내세워보려는 속셈임을 나는 알고 있었다. 특종상을 세 번이나 받은 공일수 선배의 전철을 나는 다시 밟고 싶지 않았다.

"저… 끝방 학생."

수화기를 내려놓고 돌아서는 나를 하숙집 아주머니가 불러세웠다.

"회사에 무슨 일이 있었수?"

"오늘, 회사 그만뒀어요."

내 말에 하숙집 아주머니는 깜짝 놀랐다

"아니? 무슨 일로…?"

"…."

되도록 하숙집 아주머니와 말하는 걸 피하고 싶었다. 그러나 하숙집 아주머니는 막무가내였다.

"월급도 적지 않게 주는 모양이던데 왜 그만뒀우? 요즘은 직장 구하기가 하늘의 별따기보다도 더 힘들다던데…. 옆방 최 씨 보우. 잘 나가던 직장 그만두는 바람에 벌써 반 년 가까이나 저렇게 고생하고 있잖수. 그러니 끝방 학생도 웬만한 일이면 윗사람에게 '잘못했습니다' 하고 다시 나가요. 고집피우지 말고."

딱히 그렇다고는 단정할 수 없지만 지금 하숙집 아주머니가 옆방 최 씨 이야기를 끄집어내는 것은 나름대로의 꿍꿍이 속이 있을 터였다. 옆방 최 씨는 벌써 6개월 가까이 공밥을 먹고 있는 셈인데도 여간 구변이 좋은 것이 아니어서 하숙집 아주머니를 홀딱 홀려놓았다. 그러나 최근에 와서 최 씨를 바라보는 하숙집 아주머니의 눈길은 그렇게 곱기만 한 것이 아니었다. 하숙집 아주머니도 최 씨에 이어서 나까지 그렇게 공밥을 먹여줄 수가 없다는 뜻 같기도 했다.

"아주머니, 하숙비 낼 돈은 있으니까 걱정 마세요. 만약 하숙비가 밀릴 것 같으면 즉시 방을 비워드릴께요."

하숙집 아주머니는 펄쩍 뛰었다. 끝방 학생은 한식구 같아서 그런 것인데 뭘 그런 섭섭한 말을 하느냐며 펄쩍 뛰었다.

그러나 보름 후 내가 이삿짐을 옮길 때 하숙집 아주머니는 한식구의 이별을 별로 슬퍼하지도 않았고 붙잡지도 않았다.

나는 보름 동안 회사로 출근하는 대신 안미숙의 아파트와 병원의 신생아실로 찾아갔다. 처음 며칠은 굳게 잠긴 아파트문 밖에서 어정거리다가 되돌아왔지만, 병원에서는 늘 찾아가서 아기 얼굴만 보고 오는 나를 아기 아빠로들 알고 있었다. 매니저가 자기 약혼자와 함께 일 주일 동안을 여기저기로 뛰어다니며 알아보던 일들을 포기한 다음날부터 아파트 문은 열렸고 매니저는 이삿짐을 쌌다. 내게 불쌍한 아기를 계속 돌보아달라는 부탁과 함께.

벌써 5년 전의 일이었다.

안미숙이라는 예명을 버리고 그녀는 이선옥이라는 본명으로 나의 본적지에 함께 내려가서 혼인신고를 했다. 꼽추 동생이 낳은 아기의 이름도 은미라고 지어서 우리 사이의 장녀로 출생신고도 했다. 그리고 그녀의 고향인 D읍으로 이사했다. 우리의 결혼식과 우리의 아기는 내가 고시에 합격할 때까지 모두 미루기로 했다. 그러나 나는 별로 자신도 없는 책을 읽으며, 희망도 없는 삶을 살아가고 있다. 아내가 간호원 노릇으로 쥐꼬리만큼 벌어다주는 돈으로 매일 매일을 무위도식하면서.

지금, 큰 우렁이와 거머리의 소리 없는 싸움을 관찰하면서 나는 우렁이의 상처난 살에 대한 연민과 거머리란 놈에 대한 뜨거운 분노를 가까스로 다스리고 있다.

큰 우렁이는 힘이 빠졌는지 거머리의 탈출을 저지하던 일체의 동작을 멈췄고, 그 사이를 이용해서 거머리는 재빨리 우렁이의 살 중앙에 패인 상처 속으로 다시 숨어들었다. 참으로 끈질긴 놈이었다. 큰 우렁이는 그것을 그대로 방치해두고 있었다.

잠시 후, 나는 문득 큰 우렁이가 불쌍한 아내처럼 느껴졌다.

그리고 아내의 살 속에 파고든 거머리가 이동수라는 정계의 거물 같기도 했고, 권총을 들이댔던 정체불명의 사내 같기도 했고, 옷장수 아주머니 같기도 했고, 김 주간 같기도 했고, 영화계의, 밤무대의, 방송국의, 언론계의 실력자들 같기도 했다.

아니, 어쩌면 거머리는 그들이 아닌, 5년간 아내의 살 속에 숨어만 살던 바로 내 자신인지도 모른다는 하나의 충격적인 깨달음이 온, 바로 그 순간이었다.

큰 우렁이는 어항 유리에 밀착시켰던 각표의 살을 도르르 말아서 패인 살 속에 숨어들었던 그 거머리를 자신의 단단한 패각 속으로 집어넣으며 어항 바닥으로 굴러떨어졌다.

오랫동안 움직이지 않는 것으로 보아서 큰 우렁이와 거머리는 함께 죽은 것 같았다. 큰 우렁이가 거머리에 대한 원한이 얼마나 깊고 한이 맺혔으면 마지막까지 거머리를 놓치지 않기 위해 안간힘을 다해 자신의 견고한 패각 속에 가두고 함께 동반 자살을 시도했겠는가.

나는 그 큰 우렁이의 죽음에서 강도로부터 가슴에 총알을 맞고 쓰러지신 형님을 연상했다.

어항 바닥에 가라앉은 그 큰 우렁이는 끝내 다시 움직이지 않았고, 새끼 우렁이와 어미 우렁이는 어항 유리에 밀착시킨 각표의 살을 움직이며 서서히 초록 무늬가 만灣처럼 여러 갈래로 주름진 어항 위로 기어오르고 있었다.

엄지손가락만한 붕어 두 마리가 어항 속을 헤엄쳐다니며 우렁이의 그런 동작을 멀뚱멀뚱 바라보고 있었다.

설행雪行

세상 모두 다 잠든
이 추운
겨울 밤.

잠 못든 가슴 위로
펄 펄 펄
함박눈 내려

외로운
노래 한 곡曲
쓰러지지 않고 혼자 걸어가

창백하게 질린

이 하이얀
속울음 속을 걸어가

사랑하는 이의
순결한
기도 속으로 걸어가

목마른
우리의
그리움 속으로 걸어가

끝끝내 걸어가…
세상 모두 다 잠든
이 추운 겨울 밤.

만약 하느님이 계셔서 어느 날 문득 내게 검지손가락을 던지며 너, 죽기 전에 소원 한 가지만 얘기해봐라. 들어주겠다고 말씀하신다면, 나는 망설이지 않고 대답할 것이 꼭 한 가지 있다.

그것은 내가 무슨 재벌이 되고 싶다거나, 권력을 쥐고 싶다거나, 역사에 남을 만큼 훌륭한 인물이 되고 싶다는 따위의 허무맹랑한 소원이 아니라 어떤 여자 이름 하나를 대면서 그녀를 꼭 한 번만 만나게 해달라는 것이었다.

이 소원은 어제 오늘 생각해낸 것이 아니라 지난 18년 간을 한 날 한 시도 내 마음 속에서 떠나지 않고 줄곧 자리잡고 있었던 내 유일한 희망이기도 했다.

나는 누가 그녀를 잠시 만나게 해주고 그 대가로 내 목숨을 요구한다고 할지라도 아마 기꺼이 승낙했을 것이었다. 그만큼 나는 그녀가 그리웠고 또한 미치도록 보고 싶었다.

그런데 지금 나는 바로 그 소원이 이루어질 단계에 와 있었다. 그녀가 사는 주소를 손에 쥐게 되었으니까 말이다.

내가 그녀의 주소를 손에 쥐게 된 것은 그녀를 찾기 위해 18년 동안 내가 바쳐온 마음고생에 비한다면 너무 간단한 방법이어서 어이가 없을 정도이지만, 나로서는 힘겹게 알아냈거나 손쉽게 알아냈거나 그런 것이 별로 중요하지가 않았다. 내게 중요한 것은 내가 마침내 그녀의 주소를 알아냈다는 사실 한 가지뿐이었다.

나는 성공을 파는 남성잡지의 기자였는데 각계각층의 성공한 사람들을 쫓아다니며 기사거리를 찾는 게 일이었다.

내가 시경 수사과 김 과장을 만난 것도 그가 최근에 미국의 FBI 교육을 마치고 귀국했다는 얘깃거리를 지니고 있었기 때문이었다. 30대 중반의 젊은 나이에 그는 이른바 일찍 출세한 수사관으로 꼽히고 있었다. 우리나라 수사관으로서 미국의 FBI 교육을 받고 온 것은 그가 최초였기 때문에 그것은 충분한 기사감이 되었고, 성공을 쫓아다니는 게 일인 나로서는 당연히 그를 만나 컬러 인터뷰 6페이지를 취재했었다.

정작 기대했던 FBI 교육이란 우리가 익히 알고 있는 군대나 경찰학교의 교육과 별반 다를 게 없었고, 그도 나이에 비해 일찍 출세한 사람들이 공통적으로 지니고 있는 여러 가지 요소들(예컨대 정확한 판단력이나 투철한 사명감, 재빠른 두뇌회전, 그리고 넉넉한 포용력과 분명한 자기 논리와 뛰어난 변신술)을 고루 갖추고 있었다. 나는 독자들이 문맥에서나 행간에서조차 기자가 느낀 경멸이나 실망감을 거의 눈치채지 못할 정도로 완벽하게 상대를 추켜세우며 실체에 적당한 음영을 배합한 상투적인 기사를 썼었다.

책이 나오고 이틀이 지난 어제 오후였다.

김 과장으로부터 저녁이나 함께하자는 전화가 걸려왔었다. 다른 때 같았으면 적당한 핑계를 대고 사양했었겠지만 김 과장의 전화 목소리를 듣는 순간 나는 생각을 바꿨다. 내가 성공을 좇아다니는 것이 일이듯 김 과장은 범죄를 좇아다니는 것이 일일 테고, 내가 남에게 절대 폐를 끼치지 않는 것으로서 나를 관리하듯 김 과장 역시 남에게 절대 폐를 끼치지 않는 것으로서 자기 관리를 하고 있을 터였다. 그 모든 것을 잘 알고 있는 김 과장의 전화는 혹시라도 내가 기사의 행간에 아무도 눈치채지 못하게 감추어둔 그에 대한 실망과 경멸을 명수사관다운 예리한 눈으로 발견해냈을는지도 모를 일이었다. 그렇다면 나는 더욱 그를 피하고 싶지가 않았던 것이다.

그러나 막상 만난 김 과장은 너무 과분한 기사를 써주어서 진심으로 고마워하는 태도였다. 나는 그런 김 과장에게 문득 미안한 마음이 들었다. 그래서 사죄하는 심정으로 그때까지 아무에게도 말하지 않고 가슴 속에만 간직해두고 있던 나의 첫사랑 이야기를 김 과장에게 들려주게 되었던 것이다.

식성 좋게 먹어대던 김 과장이 잠시 칼질을 멈추고 나를 빤히 건너다보았다. 대놓고 말은 하지 않았지만, 18년 동안 한 여자를 못 잊어하는 내가 정말 한심스럽다는 눈치였다. 기사의 행간에 숨긴 나의 실망을 그가 찾아내지 못하면서 나의 실망감은 더욱 커졌지만, 김 과장에게서 느낀 인간적인 미안함 때문에 내 가슴에 소중하게 숨겨왔던 첫사랑 이야기를 한 것뿐이다. 그것으로써 나는 서로 다른 두 감정을 상쇄시키고 싶었는지도 혹 모를 일이었다. 내 이야기를 한심스럽게 듣든 감동적으로 듣든 그것은 전적으로 김 과장의 문제였다. 나를 한심한 듯 쳐다보는 김 과장의 눈길을 마주 쳐다보며 나는 씩, 멋쩍은 웃음을 웃어보였다.

시내 중심가에 위치한 호텔의 14층 창가에 앉아서 대형 유리를 통해 바라보는 야경은 참으로 아름다웠다. 내가 회사를 나설 때부터 조금씩 흩날리던 눈송이들이 이제는 제법 많이 쏟아지고 있었다. 하늘이 보이지 않을 정도로 온통 하얗게 쏟아져 내리는 눈송이들과 어우러져 도시 전체가 새로운 은세계로 변해가는 느낌이었다.

나의 웃음을 어떻게 생각했는지 김 과장은 두어 번 고개를 끄덕인 후 다시 칼질을 계속하면서 말했다.

"글쎄요. 이 형께서 지금 식사도 거르면서 농담하시는 것은 아닐 테고, 진담이라면 나도 이 형께서 그 첫사랑을 찾는 데 한번 힘써보겠소. 그러나 이름만 가지고서는 곤란하고…. 혹시 주민등록번호라도 알 수 있는 길이 없는지부터 한번 잘 생각해보시오. 주민등록번호만 알아낸다면 그 여자 분은 쉽게 찾을 수 있겠는데요."

김 과장의 반응은 의외였다. 나는 18년 전 고향의 읍사무소 담당직원이 전출자 명부에 끄적거려놓은 이문동인지 이촌동인지 또는 이화동인지 구분이 잘 안 되는 필체 때문에 그 세 개의 동사무소에 비치된 전출입자 명단을 모두 뒤적이다가 나중엔 숫제 이문동 이촌동 이화동 일대의 그 넓은 주택가를 가가호호 방문하며 우리나라 전출입 행정에 대해 느꼈던 절망감을 다시 한번 되씹었다.

"벌써 18년 전입니다. 아직도 동사무소에 그런 것이 남아 있을 턱도 없고…."

내가 힘없이 중얼거리자 식사를 끝낸 김 과장이 나이프와 포크를 빈 접시 위에 내려놓고 휴지로 입가를 닦았다. 그리고 맥주잔을 들어 한 모금 마신 후 눈빛을 빛내며 물었다.

"그 여자 분이 지금 몇 살이라고 하셨지요?"

"나보다 세 살 위였으니까 올해로 서른아홉이 되었을 겁니다."

"한 고향에 사셨다니까 그 여자 분이 다니던 학교는 아시겠지요?"

물론 나는 알고 있었다.

내가 고등학교 1학년일 때 그녀는 이미 고등학교를 졸업한 후였지만, 그녀는 남녀공학인 M고등학교에서 학생회 부회장까지 했었으므로 빼어난 미모와 함께 매우 유명해 있었던 편이었다. 당시 나는 그녀를 누님이라고 부르며 경어를 썼고, 그녀는 내게 반말을 했는데 우리 두 사람의 관계는 내가 고등학교를 졸업하던 해에 끝나고 말았다. 그러니까 그녀와 사귄 햇수는 만 3년이었는데, 나는 그 3년의 추억만으로도 그녀를 찾아헤맨 지난 18년 간의 고통스러웠던 세월쯤은 충분히 보상될 수 있다고 믿어왔다. 아니, 3년의 추억이라기보다는 그녀와 헤어지던 12월 31일부터 그 이듬해인 1월 1일 아침까지의 그 하룻밤의 추억 때문이라고 말하는 것이 더 정확한 표현이 될 것이었다. 나의 한 맺힌 그리움은 그녀를 만나게 되는 날까지 언제까지라도 계속될 것이었다. 나의 이 그리움은 그녀를 만나야만 치유가 될 것이었다.

김 과장은 미소를 띠었다. 그는 조금 전에 한 모금 마시고 내려놓았던 맥주잔을 다시 들어 바닥까지 비우고는 빈 잔을 내 앞으로 밀어놓았다. 그는 빈 잔에 맥주를 부어 거품을 만들면서 말했다.

"그렇다면 이 형, 이제 축배를 들어도 되겠군요."

학교의 생활기록부는 영구히 보존되니까 그것을 한번 떼보면 거기에 주민등록번호가 기재되어 있을 터이고, 그 주민등록번호만 있다면 그 여자 분이 지금 죽었거나 이민을 가지 않은 이상은 이 땅 어디에 살고 있는지를 금방 알아낼 수가 있다는 것이었다.

나는 아침에 회사에 출근하자마자 데스크에겐 취재하러 나간다고 말한 후 곧장 용산 시외버스터미널로 가서 고향 ㅅ읍행 버스를 탔다. 경기도에 있는 ㅅ읍까지는 왕복 3시간 정도면 충분한 거리였다.

마침 시외버스는 ㅅ읍 M고등학교 앞에서 세워주었다. 나는 서무과로 찾아가서 내가 졸업한 햇수에서 3년을 거슬러 올라간 해의 졸업생 명단에서 손백란의 생활기록부 한 통을 떼었다. 그 서류엔 그녀의 전 학년 성적표와 주민등록번호, 그리고 특별활동 상황, 취미, 장래희망, 담임교사의 소견 등이 자세히 기록되어 있었다. 뿐만 아니라 복사된 그 서류의 왼쪽 상단에는 내가 그때까지 한번도 본 적이 없었던 여고 교복을 입은 그녀의 앳된 모습까지 함께 복사되어 있었다.

그 사진을 보는 순간, 나는 18년 간 참아온 그리움에 왈칵 눈시울이 젖어왔다. 서울로 올라오는 버스 안에서 펼쳐든 그녀의 생활기록부 위로 나는 기어이 눈물을 떨구고 말았다. 그녀의 장래희망을 적는 자리엔 매 학년마다 희망이 바뀌어 있었다. 1학년 때는 외교관이었고, 2학년 때는 대학교수였으며, 3학년 때의 희망은 간호원이었다. 이처럼 점차 줄어든 그녀의 희망은 어느 것 한 가지도 이루어지지 못했음을 나는 알고 있었다. 그녀는 외교관도 대학교수도 간호원도 끝내 되지 못하고 말았다.

내가 그녀를 처음 만난 것은 탁구장에서였는데 그때가 내가 고등학교 1학년 때였다. 그때 게임에서는 이기고서도 요금은 내가 물었었는데, 그것은 그녀가 실업자였기 때문이 아니라 얼굴이 너무 예뻐서였다. 그때부터 우리는 주로 탁구장에서 만나 함께 탁구를 치거나, 게임이 끝나면 짜장면을 먹으러 중국집으로 가거나 산길을 함께 걷기도 했었다. 내가 고등학교 2학년일 때 그녀는 보육원의 보모였으며, 내가 3학년이었을 때는 서울의 일류 백화점에서 점원으로 일하고 있었으며, 그다음 해에는 고향의 외기노조에서 타이피스트로 일했었다. 이것이 내가 만났던 그녀의 졸업 후 3년 간의 행적이었다.

생활기록부에 나타난 그녀의 아이큐는 138로 매우 높았다. 1학년 때 그녀의 담임을 맡았던 교사의 소견을 보면 '가정형편이 너무 어려워 불량학생이 될 소지가 다분함' 이라고 적혀 있었다. 그러나 2학년과 3학년 때는 '마음을 잡고 열심히 공부한 흔적이 뚜렷함', '그림 문학 등에 매우 뛰어난 재능을 보임' 같은 1학년 때 담임교사와는 대조적인 소견들을 각각 적고 있었다.

용산 시외버스터미널에 도착하자마자 나는 공중전화 박스에 들어가 김 과장에게 전화부터 했다. 그녀의 주민등록번호는 알아냈지만, 이 주민등록번호만으로 김 과장이 과연 내가 18년 간 그리워하던 그녀를 만나게 해줄 수 있을는지는 다소 의문스러웠다. 그러나 내가 그녀의 주민등록번호와 이름과 본적 등을 알려주고 김 과장의 지시대로 정확히 5분 후에 다시 전화했을 때 놀랍게도 김 과장은 컴퓨터 조회 결과라면서 경북 포항시의 어느 주소 하나를 불러주었다.

나는 김 과장에게 그 주소만 거듭 확인하면서 고맙다는 인사말도 제대로 하지 못한 채 전화기를 내려놓고는 곧장 택시 정류소로 뛰어갔다.

그녀를 만날 수 있다니. 모든 것이 꿈만 같았다. 왜 이렇게 간단한 방법이 있는 것을 모르고 병신처럼 외곽으로만 겉돌고 있었던가. 왜 진작에 이런 생각을 못했던 것일까. 나는 회사에 들어와서 결근계와 가불신청서를 써서 데스크에 제출했다. 그 두 가지 결재는 그리 오래 걸리지 않았다. 이달치 잡지는 서점 배포가 끝나 조석간 신문에 5단통 광고까지 낸 후였으며 다음달치 편집회의도 마치고 일 배당도 이미 끝나 있었기 때문에 앞으로의 2~3일 간이 기자들로서는 개인적인 일을 적당히 볼 수도 있는 유일한 시간대가 아닐 수 없었다. 이 황금 같은 2~3일 간에는 독사같이 무서운 데스크의 눈빛도 조금쯤은 느슨하게 풀어지는 시기라는 것도 기자들은 오랜 경험을 통해서 모두들 잘 알고 있었다.

결근계의 사유란에 '포항 누님댁 방문'이라고 기입한 것을 잠시 들여다보던 데스크는 모처럼만에 듣는 다정한 목소리로 물었다.

"하루에 갔다올 수 있겠어?"

나는 데스크가 또 무슨 트집을 잡을까봐 바짝 긴장해서 대꾸했다.

"네."

"그러지 말고 이건 출장으로 달고 한 이틀 더 연장하지 그래. 거기 간 김에 인터뷰도 한두 건 해오면 어떨까? 출장비도 좀 넉넉하게 갖고 가서 말야. 정산은 출장 갔다와서 해도 되니까 그렇게 하지."

데스크의 얘길 들으며 나는 안도했다. 처음 일 배당을 받았을 때는 없던 일이었지만 한두 꼭지의 추가쯤이야 아무것도 아니었다.

"그리고 이 형, 사진 찍을 줄 알지? 갈 때 사진부에서 카메라 하나 빌려서 갖고 가라구. 그게 훨씬 편리하잖아?"

사진부 기자를 따라붙이지 않는 데스크의 배려가 여간 고맙게 느껴지는 것이 아니었다. 어쨌거나 나는 출장의 명목으로 최소한 사흘 간의 시간은 벌어놓은 셈이었다.

이런저런 준비를 끝내고 고속터미널로 전화를 해봤더니 포항행 고속버스는 5시 30분에 이미 막차가 출발했다는 것이었다. 그렇다고 다음날 아침까지 느긋하게 첫차를 기다리고 있을 만큼 나는 마음이 한가롭지가 못했다. 지금 당장에라도 이 눈길을 뛰어서 그녀가 사는 포항에 가고 싶었다. 가서 그녀를 만나고 싶었다. 만나서 그녀를 붙들고 한번 실컷 울어보고 싶었다.

"이렇게 눈 오는 날의 장거리 여행은 버스보다 기차가 더 안전해. 자, 나가자구. 오늘은 내가 이 형에게 소주 한잔 살 테니까."

데스크는 시계를 들여다본 후 등 뒤의 옷걸이에 걸어놓았던 코트를 집어 걸쳤다.

밖으로 나오자 눈발은 좀 뜸한 편이었지만, 연 이틀을 내리 쏟아진 탓인지 눈은 제법 많이 쌓여 있었고, 차도의 택시와 버스는 스노타이어로 바꿔 끼우거나 타이어에 체인을 감고서도 굼벵이 걸음이었다. 정말 이런 날은 데스크의 말처럼 버스보다는 기차가 더 안전할 것도 같았다.

동료 기자들을 모두 보내고 나와 단 둘이서만 회사 부근의 술집으로 간 데스크는 소주 2병을 비우자 이렇게 말했다.

"이 형, 올 해 몇이지? 서른다섯인가 여섯인가? 맞아, 서른여섯이지. 그래 올해는 꼭 장가를 가야지. 이건 숫제 노총각인지 홀애비인지를 구별할 수가 없으니, 원…. 이 형 나이 또래의 일찍 결혼한 사람들은 벌써 애들이 중학교에 갈 나이야. 이 사람아, 자네 혹시…."

데스크는 갑자기 목소리를 낮추었다.

"… 고자는 아니겠지?"

뚱딴지 같은 데스크의 말에 나는 어이가 없어서 그냥 피식 웃고 말았다.

그러자 그때서야 어떤 생각이 난 듯 그는 다시 음성을 높였다.

"아, 그래 맞아. 지난 달 마감 끝내고 우리들 몇이서 H산업 하 사장과 함께 사우나를 갔던 적이 있었지? 맞았어. 그때 이 형의 물건이 제일 훌륭했었지. 가만… 그렇다면 이상하지 않나? 집도 장만했겠다. 세간도 장만했겠다. 물건도 괜찮겠다. 이제 여자만 하나 데려오면 될 텐데, 뭘 그렇게 고르고 있나."

"글쎄 어쩌다보니까 이렇게 되고 말았습니다. 금년엔… 가야지요."

나는 그녀를 한번 만나고 나면 쉽게 결혼을 할 수 있을 것 같았다. 만나서 나도 그녀에게 '나, 다른 여자와 결혼해도 괜찮겠느냐?'고 일단 허락을 받아야만 할 것 같았다. 그래야만 그녀에게 진 마음의 부채가 갚아질 것 같았다.

"그래? 그렇다면 내가 중매를 할까? 마침 이 형에게 맞는 좋은 혼처가 하나 있는데 말씀이야…."

나는 그때서야 데스크의 음험한 의도를 눈치챘다. 내가 아무리 아둔한 놈이라고 하더라도 명색이 성공을 좇아다니며 7년을 뛰어온 『월간 성공月刊 成功』의 고참 기자인데, 그것이 데스크 주변에 서성거리던 골치 아픈 어떤 여자 하나를 은근슬쩍 내게 떼어넘기려는 수작임을 내가 왜 모르겠는가. 그러나 나는 짐짓 모르는 체하고 데스크의 중매 얘기를 듣고 있었다.

"내게 마침 먼 친척뻘 되는 조카애가 하나 있는데, 현재 간호원이야. 인물이나 몸매는 만나보면 알겠지만 탤런트 뺨치게 빼어났다구. 그런데 한 가지 흠은 집안이 어려워서 직장생활을 오래하다보니까 나이가 서른이 넘었다는 거야. 그러나 이 형의 나이에 비한다면 흠이라기보다는 균형을 이루는 것이니까 괜찮을 거야. 이 형이 이번에 포항 출장을 갔다오면 내가 두 사람이 서로 만날 수 있는 자리를 한번 마련해보지."

나는 뻔히 알면서도 데스크가 놓은 덫에 걸려들고 말 것만 같은 예감이 들었다. 지난 달 회사를 떠난 노총각 황 형도 아마 데스크로부터 이런 제안을 자연스럽게 받았을는지도 모른다는 생각이 어렴풋이 들었다. 어느 날부터인가 갑자기 동료들이 옆에서 보기에도 너무 심하다 싶을 정도로 데스크는 사사건건 황 형을 못살게 굴기 시작했다. 데스크로부터 늘 당해만 오던 황 형은 어떻게 해서라도 견뎌보려 했지만 그 인내심은 3개월을 넘기지 못하고 말았다. 워낙에 치밀하고 용의주도한 데스크가 기자들에게 트집을 잡기 시작하면 끝도 한도 없었다. 기사 쓰는 것 한 가지만을 예로 들어도 그렇다. 마감을 코 앞에 두고 데스크로부터 기사를 새로 쓰라는 지시가 내리게 되면 담당기자는 그만 사색이 되고 만다. 똑같은 기사를 네다섯 번씩이나 전혀 다른 각도로 고쳐 쓰는 일은 참으로 미칠 지경이었다. 그러나 밤을 꼬박 새우며 탈진상태가 되어서야 겨우 완성시킨 그 기사마저도 종국에는 쓰레기통 속으로 들어가버리는 수가 다반사였다. 데스크는 그 기사 한 꼭지를 기다리기 위해서 무한정 인쇄

소에서 기계를 홀딩시킨 채 기다리고만 있을 수는 없다는 것이었다. 밤샘은 밤샘대로 하고, 기사는 기사대로 쓰레기통 속으로 처박히고, 결국은 시말서를 쓰게 된 황 형의 항의에 대해 데스크는 이렇게 답변했었다.

"만약 그 기사를 기다리다가 책의 발행일이 늦어지기라도 한다면, 독자들로부터는 신뢰도가 떨어질 것이고 판매에서는 큰 타격을 입게 될 것이다. 그 모든 책임을 누가 질 것인가. 그것은 전적으로 편집 책임자인 내가 지는 것이다."

그래서 데스크의 캐비닛 안에는 늘 수십 페이지 분량의 OK 대지가 준비되어 있었다. 이것은 데스크의 마음에 안 드는 것은 언제라도, 누구의 것이라도, 무엇이라도 늘 빼내버릴 수 있다는 얘기였다. 한마디로 그것은 데스크의 횡포였고, 기자들에겐 참으로 맥빠지는 일이 아닐 수 없었지만, 결국 책은 데스크의 의도대로 만들어지는 하나의 예술적 작품(?)이며, 기사를 새로 쓰게 하는 것은 데스크 고유의 권한에 속하는 사항이라고 하는 데에는 달리 할 말이 없었다.

입가심으로 딱 한잔씩만 더 하자고 이끄는 데스크를 따라 우리는 그 옆 건물에 있는 지하 싸롱으로 들어갔다. 거기서 맥주를 몇 병이나 마셨는지는 잘 모른다. 술을 소주와 맥주로 짬뽕을 해서 마셔댄 탓인지 나는 취기가 걷잡을 수 없이 올라왔다. 서너 시간은 족히 마신 것 같았다.

지하 싸롱을 나온 우리는 다정한 친구 사이처럼 어깨동무를 하고 회사 주차장까지 걸어갔고, 거기서 데스크가 나타날 때까지 눈빠지게 기다리고 있던 그의 자가용 운전수를 만났다. 운전수는 급히 운전석에 올라가 히터부터 켜놓고 뒷문을 열어주었다. 나는 열린 뒷문으로 깡마른 데스크의 체구를 밀어넣으면서 그의 체중이 40대 중반인 그의 나이밖에는 결코 안 되리라는 생각을 했다.

데스크가 탄 자가용의 뒷문을 닫으며 나도 어서 택시를 타고 용산역으로 달려갈 생각이었다. 용산역에서 출발하는 막차가 밤 10시 55분에 있음을 나는 아직 기억하고 있었다. 그러나 내가 닫았던 자가용의 뒷문이 다시 열리며 데스크의 음성이 가냘퍼보이는 손가락과 함께 밖으로 나와서 내 코트 자락을 붙잡았다.

"이봐! 이 형, 오늘 같은 날은 아마 택시 잡기가 힘들 거야. 내 차 타. 기차 타는 데까지 태워다줄께."

나는 취기를 털어내며 카메라 가방을 왼쪽 어깨에서 오른쪽 어깨로 옮겨 메었다. 데스크의 음성이 술 마신 사람답지 않게 또렷하다는 사실에 흠칠하면서.

조금 전까지만 해도 그는 걸음까지 휘청거리지 않았던가. 역시 그는 무서운 음모를 지닌 사람답게 속으로 치밀하게 차편까지 계산에 넣어두고 있었던 듯싶었다.

어쨌거나 나는 포항으로 가서 그녀를 만난 후라면 누구와라도 결혼할 생각이었다.

그러나 한 가지 분명한 사실은 나의 결혼 상대자가 절대, 내가 지금 데스크의 자가용을 빌려타듯 그렇게 데스크가 숨겨서 데리고 놀던 그 여자는 아닐 것이라는 점이었다. 내가 설사 제2의 황 형 같은 신세가 된다고 할지라도 그렇게는 안 될 것이었다.

나는 용산역에서 데스크와 헤어졌다.

시간은 아슬아슬했다.

매표소의 역원이 가르쳐주는 대로 우선 대구까지의 표를 끊고 막 닫히려는 개찰구를 통해 육교의 계단을 한꺼번에 두 계단식 뛰어올라 달려갔다.

홈에서 대기하고 있던 10시 55분 열차가 서서히 움직이기 시작했을 때 나는 가까스로 취재수첩이 든 무거운 카메라 가방을 들고 기차에 올라탈 수 있었다.

내 좌석권은 차량 5개의 통로를 걸어나가서야 겨우 찾을 수 있었다. 내 자리는 화장실 바로 옆이었다. 일 자로 된 2인용 의자 두 개를 마주보게 만든 자리 중 왼쪽의 창가 쪽 자리였는데, 웬 군인이 벌써 앉아 있었다. 그 옆 통로쪽 자리에는 젊은 청년이 혼자 십자가를 지고 골고다를 넘어가는 성인의 표정을 짓고 앉아 있었고, 건너편의 2인용 의자에는 할아버지 한 분과, 그 할아버지의 손녀딸로서는 너무 나이가 많아 보이고 그렇다고 딸이라기에는 너무 나이가 적어 보이는 20대 아가씨 한 명이 앉아서 전체적으로 지독한 언밸런스를 이루고 있었다.

내가 좌석번호를 확인하며 다가서자 군인은 의외로 순순히 자리를 일어섰다. 아마 기차가 움직이기 시작했는데도 자리가 비어 있어서 잠시 앉아 있었던 모양이었다. 나는 군인에게 미안한 생각이 들어서 그냥 같이 앉아서 가자고 권했지만 군인은 한사코 사양하며 일어섰다.

군인은 통로쪽 아가씨의 곁에 붙어서서 자리에 앉은 네 사람의 얼굴을 한 사람씩 관찰하듯 쳐다보기 시작했다. 그도 전체적으로 지독한 언밸런스라고 생각하고 있는지 모를 일이었다.

스팀을 너무 많이 넣어서인지 아니면 취기가 몰려와서인지 실내가 덥게 느껴졌다. 화장실을 오가는 사람들이 문을 자주 여닫았지만 찬바람은 별로 느껴지지 않았다. 나는 일어서서 카메라 가방과 코트를 선반 위로 쑤셔박고 다시 앉았다. 앉아서 편안한 자세로 등받이에 등을 비스듬히 기댄 채 눈을 감았다.

모든 게 꿈만 같았다.

내가 이렇게 서둘러 밤차를 타게 된 것은 어차피 그녀의 주소를 알아낸 이상 오늘 밤 내가 어디에 있건 눈을 붙이지 못할 것은 뻔한 이치인 데다가, 내일 아침까지 아무것도 하지 않은 채 방구석이나 대합실에서 멀거니 눕거나 앉아서 차 시간만 기다릴 수는 도저히 없었기 때문이었다. 1분 1초라도 더 빨리 그녀의 모습을 보고 싶은 조급함에 내 자신의 의지력이 산산조각이 나버렸는지도 모를 일이었다.

여자의 화장품 냄새를 한번도 맡아보지 못하고 성장한 아직 고등학생이었던 내게 그녀는 기품 있는 누님이었고, 아름다운 애인이었고, 귀여운 여동생이었고, 자상한 어머니였다. 아니, 그녀는 나의 신비한 우주였다. 그 우주 속에서 나는 행복했다. 그녀와 함께 만든 3년의 아름다운 추억만을 반추하면서 나는 우주의 씨줄과 날줄에 묶인 채 꼬박 18년 간을 궤도이탈 없이 그녀의 우주에서 한 치도 벗어나지 못했던 것이다. 그녀를 만나보지 않고서는 나는 아무것도 할 수가 없었다. 결혼도 할 수 없었고, 아기는 더더욱 낳을 수가 없었다.

가슴에 성모마리아 상이나 예수님의 가시 월계관을 얹은 모습을 지닌 채 오직 그분들의 말씀을 따르며 살아가는 성직자처럼, 내 가슴과 머리에 지닌 그녀의 모습을 나는 이날까지 파괴하지 않고 살아왔다. 그녀는 나의 종교였고 나의 신앙이었다. 만약 내가 다른 여자를 품에 안게 된다면 그 순간부터 내 머릿속에는, 비 개인 하늘에 서는 아름다운 무지개처럼 선명하게 나타나던 그녀의 모습이 영영 자취를 감추고 말 것만 같았다.

내가 고등학교 3학년 겨울방학 때였다. 그해의 12월 31일은 오늘처럼 함박눈이 쏟아졌다. 그 이튿날까지 눈이 왔으므로 1년 동안 쉬지 않고 눈이 쏟아진 셈이었다.

그때 나는 고향 ㅅ읍에서 완고한 부모님과 네 살 터울인 아우와 함께 그렇게 네 식구가 행복하게 살고 있었다.

길가로 손바닥만 한 창이 난 내 방은, 창문에 항시 칙칙한 무늬의 커튼을 드리우고 있었으므로 밤이나 낮이나 불을 켜놓지 않으면 몹시 어두웠다. 그 골방에서 나는 늘 불을 켜놓고 새벽 3시까지는 공부를 하고 있었다. 그해 12월 31일, 아니 1월 1일도 마찬가지였다. 그날 새벽 2시경이었다. 창문을 두드리는 소리가 났다.

"톡, 톡, 톡… 톡."

창문을 열어보지 않고서도 나는 그 소리의 임자가 누구인지를 알 수 있었다. 그녀를 제외한다면 어느 누구도 창문을 저토록 규칙적으로 얌전하게 두드리지는 못할 것이었다. 그녀는 전에도 가끔 이런 식으로 나를 불러내고는 했었다. 나는 창가로 다가가 커튼을 젖히며 창문을 열었다.

어둠 속에서 그녀의 술끼 밴 음성이 방안으로 뛰어들어왔다.

"어서 나와봐."

모르긴 해도 그녀가 지금 서울에서 오는 길이라면 아마 용산역에서 출발하는 10시 55분 열차를 타고 왔을 것임에 분명했다. 그 열차를 타고 왔으면 역에서 내렸을 때는 새벽 1시 30분이 넘어 있었을 것이고, 게다가 역원이 승객들의 손목에 일일이 찍어주는 도장을 받고 여기까지 걸어왔으면 얼추 30분은 걸렸을 터였다. 아니 오늘은 손목에 도장을 받지 않았다 하더라도 그 시간대는 별로 차이가 없을 것이었다.

"나, 네게 꼭 한 가지 묻고 싶은 것이 있어서 왔어. 어서 나와봐."

나는 속으로 안방의 부모님이 깨어나실까봐 조바심쳤고, 나와 한방에서 자고 있는 아우 녀석이 깨어날까 싶어 여간 조심스러운 게 아니었는데도 그녀는 그런 것에는 별로 신경을 쓰는 것 같지 않았다. 나는 스웨터 위에 교복을 걸쳐 입고 살며시 방문을 열고 도둑고양이처럼 발짝소리를 죽여가며 밖으로 나갔다.

그녀는 서울에서 친구와 둘이 방 하나를 세 얻어 함께 자취를 하면서 S백화점 3층 매장에서 점원으로 일하고 있었다. 그러니까 그녀가 술끼 밴 음성으로 이처럼 늦은 시각에 고향으로 나를 찾아온 데에는 분명히 그럴 만한 어떤 이유가 있을 터였다.

"어쩐 일이세요? 이 늦은 시간에…."

그녀는 아무 대답도 하지 않고 내 얼굴만 빤히 쳐다보고 있었다.

칙칙한 무늬의 커튼을 걷어서인지 방으로부터 흘러나온 불빛은 하얀 눈 위로 길게 텃밭까지 마름모꼴로 뻗어나가 있었다. 마름모꼴 안에 드러나 있는 그녀의 털신을 내려다본 나는 매우 당황하지 않을 수 없었다. 그녀는 맨발이었다. 하얀 눈이 쌓인 넓은 공터에 그녀의 조그맣고 하얀 맨발이 털신에 숨어 오들거리며 떨고 있었다.

하늘엔 여전히 함박눈이 하얗게 휘날리고 있었다.

"나, 다른 남자와 결혼해도 너 괜찮겠니?"

그녀는 양말뿐 아니라 늘 끼고 다니던 장갑도 끼지 않았고 머플러도 하지 않았다. 머플러를 하지 않은 머리칼은 축축하게 젖어 이마에 제멋대로 달라붙어 있었고, 스웨터도 많이 젖어 있었다. 그러나 가장 추워보이는 곳은 역시 그녀의 맨발이었다. 저러다가 동상이라도 걸리면 어쩌나 싶었다.

내 얼굴을 빤히 들여다보면서 던진 그녀의 이 느닷없는 질문은 나를 매우 당황시켰다. 그렇게 마름모꼴의 불빛 아래서 나는 18세의 새벽을 충격적인 질문으로 맞이했고, 그녀는 21세의 새벽을 온통 젖은 머리칼과 맨발로 맞이했다.

그녀로 하여금 내게 그런 충격적인 질문을 할 수밖에 없게끔 그녀가 처한 상황 자체가 매우 절박했을 가능성은 충분히 있었다. 그녀의 아버지는 차부에서 지게꾼으로 오랫동안 일해왔으나 연전 어떤 짐을 지고 가다가 한번 쓰러지신 후부터 다시는 일어서지도 못했고, 다시 지게를 지시지도 못했다. 그녀의 아버지가 하시는 일이란 늘 집안에 누워서 앓으시는 게 일이었다. 아버지의 약값과 동생의 학비와 집안의 생활까지를 떠맡게 된 그녀는 내게 가끔 멀리 도망이라도 가고 싶다고 말했었다. 그녀는 백화점에서 점원으로 일하면서도 한 달에 두 번씩은 꼭 내려왔고, 내려와서는 자기 집에서보다도 나와 함께 보내는 시간이 더 많을 정도였다.

당시는 예비고사라는 게 없을 때였으므로 나는 전 해에 그녀에게 대학교 입학원서를 사다준 적이 있었다. 그녀의 재능이 너무 아깝게도 느껴졌지만 그녀와 만나는 동안 그녀가 졸업 2년이 지났는데도 아직 대학교에 대한 미련을 완벽하게 버리지는 못하고 있다는 느낌을 받았었기 때문이었다. 만약 합격이 안 되면 안 되는 대로 시험이라도 봤으니 미련을 버릴 것이고, 합격이 되면 또 되는 대로 입학금은 어떻게 따로 마련할 방도가 생길 것도 같았다. 지금 생각하면 참으로 무모한 짓이었지만, 그녀는 내가 사다준 참고서로 꼭 3개월간 공부를 하더니 그만 때려치우고 다시 취직을 하고 말았다. 그곳이 바로 백화점이었다. 그녀가 꼬박 3개월간 집에 틀어박혀서 참고서를 보며 느꼈을 정신적 방황과 갈등이 얼마나 심했는지를 나는 알 것도 같았다. 내가 그녀에게서 무한한 정신적 위안을 느끼듯, 그녀 역시 내게서 그런 정신적 위안을 느끼게 된 것은 바로 그와 같은 이유일 것이었다.

당시 내가 그녀의 충격적인 질문에 대답할 수 있었던 것은 다음 세 가지 중의 어느 한 가지였어야만 했다.

하나, 다른 남자와 결혼한다는 것은 절대 안 된다. 당신은 나와 결혼해야만 된다. 우리 함께 멀리 도망가자.

또 하나, 앞으로 몇 달이면 곧 졸업이니까 최소한 내가 졸업할 때까지만이라도 기다려다오. 졸업 후 곧 취직을 할 생각이다.

다른 하나, 당신을 사랑한다. 여러 가지 힘겹겠지만, 앞으로 4년간만 더 기다려다오. 내가 대학을 졸업한 후에 우리 결혼하자.

그런데 나는 이 세 가지 중의 어느 한 가지로도 답변하지 못했다. 아니 오히려 내가 생각지도 못했던 엉뚱한 답변을 하고 말았다.

"누님이 그 남자와 결혼해서 행복해질 수 있다는 확신이 섰다면 결혼하십시오. 누구나 자기의 인생에 대해서 최종적으로 책임을 질 수 있는 사람은 부모도 형제도 아닌 바로 자기 자신밖에는 없다고 나는 생각합니다. 누님도 마찬가지예요. 누님의 결혼은 다른 사람 아닌 바로 누님이 하는 겁니다. 누님이 행복해질 수 있다면 결혼하십시오."

왜 이런 뚱딴지 같은 대답이 튀어나왔는지를 모르겠다. 이것은 내 의사와는 전혀 무관한 말이었으며, 내 진심과는 아주 상반된 대답이 아닐 수 없었기 때문이었다.

나의 대답을 가만히 듣고 있던 그녀는 몇 번 고개를 끄덕이더니 이내 등을 돌렸다.

"실례지만 같이 좀 앉아 갑시다."

눈을 뜨자, 웬 중년 사내 하나가 함부로 발등을 밟으며 들어와서는 통로쪽에 앉은 젊은이와 창가 쪽에 앉은 내 사이를 비집고 엉덩이를 내려놓고 있었다.

나는 발등을 밟힌 아픔이나, 내 얼굴까지 엉덩짝을 들이대는 낯선 틈입자의 무례한 태도보다도 그녀와의 회상이 중간에 깨져버렸다는 사실 자체가 불쾌했다.

입석 승객이 많을 때는 열차의 2인용 좌석은 흔히 3인용이 되기도 했으므로, 좌석권을 가지고 탄 승객이라 하더라도 끝끝내 자기의 권리만을 주장하는 사람은 별로 없었다. 그러니까 입석 승객의 출입을 애초에 통제하는 특등실을 제외한 나머지 일반 열차의 좌석권은 충분한 권리를 보장받지 못할 수도 있다는 것이었다.

통로 끝에 서 있던 군인은 어디서부터였는지는 모르지만 다시 통로쪽 의자에 슬그머니 끼여 앉아서 옆자리의 아가씨와 한참 수작을 벌이고 있었고, 할아버지는 지친 듯 눈을 깊게 내리감고 계셨다.

나는 치솟는 불쾌감을 털어내며 중년 사내에게 물었다.

"방금 섰던 역이 어딥니까?"

"대전이우. 그런데 어디까지 가슈?"

"포항이오."

"포항? 그렇다면 열차를 잘못 타셨수다. 이건 그쪽으로 안 가고 부산으로 가요. 부산."

중년 사내가 그렇게 말하자 아가씨와 수작을 하고 있던 군인이 이쪽의 대화에 끼어들었다.

"대구에서 내리면 포항 들어가는 합승 택시가 줄지어 있습니다. 그 택시를 합승하시면 되는데, 글쎄… 오늘은 눈이 너무 와서 어떨까 모르겠습니다. 그런데 아저씬 포항 어디까지 가십니까? 저도 포항에 근무한 적이 있어서요."

나는 포항에 대해서 전혀 아는 바가 없었다. 우리나라에서 제일 큰 제철공장이 그곳에 있다는 것밖에는 아무것도 아는 것이 없었다. 그렇다고 컴퓨터에 나타난 그녀가 살고 있는 현주소의 동명을 댈 수도 없었다. 왠지 그것은 그녀에 대한 모독 같았기 때문이었다. 나는 군인을 향해 그냥 덤덤한 눈길만 보낼

뿐이었다.

그때였다. 군인의 수작을 받아주고 있던 아가씨가 묘한 눈길을 던지며 물었다.

"아저씬 사진작가죠? 그쵸? 전 아저씨가 기차에 처음 탔을 때부터 알았어요. 저 카메라 가방을 보고…."

아가씨는 카메라 가방이 얹힌 선반 위로 잠시 눈길을 보냈다가 떼어내고는 나의 대답을 재촉했다.

"내 말이 맞죠. 아저씬 사진작가죠? 그쵸?"

거의 확신에 찬 듯 단정적으로 말하는 아가씨에게 무안을 주거나 실망을 시키고 싶지도 않았고, 그렇다고 내가 성공을 좇아 다니는 기자나부랑이라는 사실도 밝히기 싫어서 나는 그냥 고개를 끄덕여주었다.

그러자 아가씨는 군인을 쳐다보며 자신의 직관력이 얼마나 놀라운가를 자랑스럽게 떠벌여댔다.

"저도 모델을 해본 경험이 있걸랑요. 그래서 사진작가는 금방 알아볼 수 있어요."

하지만 내가 보기엔 아가씨의 직업이 몸매로 의상의 아름다움을 표현해내는 모델이라기보다는, 모델과 같이 하루에도 몇 번씩 옷을 벗었다 입었다 하는 유사한 직업에 종사해왔을 가능성이 더 많았다. 아가씨의 몸에 밴 기질이 그렇다는 말이었다.

중년 사내가 통로를 지나가는 판매원을 불러 소주와 오징어와 과자부스러기를 몇 개 샀다. 중년 사내가 비닐 컵을 내밀며 말했다.

"사진작가 선생, 나도 사진이 뭔지는 아는 사람이외다. 자, 한 잔 받으시우. 이건 자리값이우."

나는 이미 충분히 취해 있었으므로 더 이상 술을 마실 수는 없었지만 사양하기도 뭣해서 잔을 받아들었다.

중년 사내는 남은 비닐 컵에다가도 술을 따라서는 옆자리의 젊은이에게 몇 번 권하다가 한사코 사양하니까 그냥 자신의 입 속에 털어넣고는 뚜벅 말했다.

"니미랄, 난 예술이 뭔지는 모르지만서두 읍내에서 사진관을 하면서 읍내 사람들 얼굴은 무진장 찍었다우. 그런데 말이우, 마그네슘을 넣고 펑, 하고 터트리는 구식 사진기였는데, 그 사진기가 귀신에 홀렸는지 내가 귀신에 홀렸는지 어느 날부터인가 도통 이상한 모습만 나오지 뭡니까. 선친 때부터 쓰던 사진기라 기계가 워낙 낡아서 그런지 내 참, 더러워서. 사진작가시라니까 한번 물어보는 건데 그게 대체 왜 그런 거요?"

나는 중년 사내가 지금 무슨 얘기를 하는지 도무지 영문을 몰라서 그저 멍청하게 그의 얼굴만 쳐다보고 있을 따름이었다.

"논리적으로 그게 가당키나 한 얘기냐 이거요?"

중년 사내는 빈 컵에 다시 술을 따라서 자신의 입안에 털어넣고는 끔찍한 기억을 털어내기라도 하듯 진저리를 한번 치고는 오징어 다리를 하나 쭉 잡아찢었다.

"무슨 말씀이신지…?"

"그럼 당신은 사진작가라면서도 아직 한번도 그런 것을 경험해보지 못했단 말이우? 참 이상한 일이구료. 나는 그 고물 사진기를 펑펑 터트릴 때는 모르다가도 그 필름 원판을 현상하고 인화할 때마다 꼭 내가 지금 악몽을 꾸는 거지. 아니면 허깨비를 보는 거지 싶더란 말이우."

중년 사내는 오징어 다리를 질겅거리며 말을 계속했다.

"한번은 미스코리아 지역 예선에서 진인가 선인가는 잘 모르지만, 어쨌거나 그렇게 선발된 아가씨였는데, 그 아가씨가 신청서를 낼 때 여러 가지 모습을 찍었다우. 상반신이 나오는 앞모습과 옆모습, 그리고 전신을 모두 다 찍고는 필름을 현상해보니까 이건, 살아 있는 생명체가 분명한 핏덩이들이 우글거리고 있더란 말이우. 난 맹세코 산부인과나 고아원에는 가본 적도 없는데 말이우. 사진을 찾으러온 그 아가씨에게 사진을 다시 찍자고 하자 그 아가씨는 화를 벌컥 내면서 대전으로 나가 큰 사진관에서 다시 찍었던 모양이우. 그 후부터 읍내 사람들을 찍으면 어떤 사람은 발목의 쇠사슬만 찍히고, 어떤 사람은 이마의 쇠뿔만 찍히고, 어떤 사람은 손목의 수갑만 찍히고, 어떤 사람은 썩은 가슴만 찍히고…. 나중엔 숫제 내가 아주 미치고 환장하겠습디다. 그래서 2대째 해오던 사진관을 그예 때려치우고 이 길로 나섰다우."

아가씨와 군인은 중년 사내의 얘기에 귀를 기울이고 있었던 모양이었다.

"지금은 무슨 일을 하시는데요?"

라는 질문이 군인과 아가씨의 입에서 거의 동시에 튀어나왔다. 그러나 중년 사내는 그들의 질문 따위는 아예 무시하고 옆자리의 젊은이에게 다시 술잔을 권했다.

"젊은이, 쓸데없는 농담을 해서 미안하우다. 그러나 내가 2대째 사진관을 했었다는 것은 사실이우. 더럽게 장사가 안 되서 그 구식 사진기를 때려부수고 지금은 친구와 둘이서 동업으로 부동산 영업을 하고 있다우. 오늘 8시까지는 부산의 어떤 땅을 꼭 계약해놓으라는 서울의 어떤 분 전화 연락을 받고 지금 그곳으로 개처럼 달려가는 길이라우."

중년 사내가 다시 권하는 술잔을 마지못해 받아쥐는 젊은이의 손이 가늘게 떨리고 있었다.

그 모습을 본 나는 문득 이상한 생각이 들었다. 내 눈에 비친 중년 사내나, 혼자 십자가를 지고 골고다를 넘어가는 듯한 표정의 젊은이나, 또는 모델을 해본 경험이 있다는 아가씨나, 군인이나, 계속 눈을 감고만 있는 할아버지까지도 모두 정상적인 인물로는 보이지 않았다. 그들은 모두 정상적인 인물이라기보다는 비정상적인 인물, 또는 시대의 상징적인 인물 같았다. 아니 그렇게 생각하는 것 자체가 나의 취기 탓인지도 몰랐다.

어쨌거나 나는 성공과는 거리가 먼 그들의 대화에서 그만 비켜서고 싶었다. 나는 지금 가슴 밑바닥에 고인 맑은 샘물 같은 첫사랑을 찾아서 가고 있는 중이 아니던가. 18년 동안 꿈속에서

조차 그리워하던 손백란, 바로 그녀를 만나러가는 길이 아니던가. 나는 술잔을 스팀 위에 올려놓고 건너편의 할아버지처럼 조용히 눈을 감았다.

끊어진 기억 속의 필름을 다시 이어서 그녀에 대한 회상을 연결하고 싶었다. 그러나 나는 그녀에 대한 회상을 더 이상 진척시켜 나가지 못한 채 피곤에 지쳐 그만 깜박 잠이 들고 말았다. 중년 사내가 다 왔다고 내 어깨를 흔들어 깨울 때에야 나는 비로소 눈을 떴으니까 말이다.

기차는 서서히 역 구내로 들어서고 있었다.

나는 자리에서 일어서서 선반 위에 쑤셔박았던 물건들을 내렸다. 코트는 입고 카메라 가방은 어깨에 둘러멘 채 그들 다섯에게 일별한 후, 막 출구를 향해 화장실 앞을 걸어갈 때였다. 등 뒤에서 군인의 목소리가 들려왔다.

"사진작가 선생님, 역 앞에서 포항 가는 택시를 합승하세요. 오늘 같은 날은 한 시간쯤 걸릴 겁니다."

출찰구를 통해 역 밖으로 나왔을 때 눈발은 잠시 그쳐 있었지만, 눈 쌓인 넓은 역 광장에 입초立哨처럼 서 있는 가로등의 불빛들은 하얗게 질려 있었다. 아니 도시 전체가 하얗게 질려 있는 것 같았다. 시간은 새벽 4시가 지나고 있었다.

역 광장엔 새벽 열차의 승객들을 위해 토스트를 구워 팔거나 커피를 끓여 파는 몇 대의 리어카가 보였다. 그 리어카마다 켜 놓은 카바이드 불꽃들은 저마다 쉬 쉬 쉬… 쉬 하는 무서운 소리를 내고 있었다. 저 불꽃들이 호명하는 이름들은 무엇일까? 불꽃의 호명처럼 호객하는 소년의 외침이 들려왔다.

"포항 가요. 포항. 아저씨 포항 안 가요? 한 분만 있으면 즉시 출발하는데, 아저씨 포항 안 가요?"

"차는 어디 있니?"

"따라 오세요."

소년의 빠른걸음을 뒤쫓아 역 광장을 돌아서자 거기 두 대의 택시가 바퀴에 체인을 감은 채 승객을 기다리고 있었다. 두 대의 택시가 모두 포항으로 들어가는 택시였다.

한 사람만 있으면 즉시 출발한다던 앞 택시에는 승객이 한 사람밖에는 타고 있지 않았다. 그러니까 나까지 두 사람이 되는 셈이었다.

나를 택시 앞까지 데려다준 소년이 곧장 역으로 뛰어나가 얼마 후 다시 두 사람의 승객을 더 데리고 와서야 택시는 포항을 향해 출발했다.

앞좌석에 미리 앉아 있던 승객도 군인이었고, 나중에 온 두 사람의 승객은 중년 부부였다. 포항에 무슨 군부대가 있는지 나는 알 바 없었다. 나는 택시가 출발하자마자 눈을 감고 곧 만나게 될 그녀만을 생각했다.

그녀는 나를 보는 순간 어떻게 반응할까.

그녀와의 외박으로 집에서 쫓겨난 이후 나는 아직 한번도 집에 들어가지 않았다. 동생 녀석이 결혼도 하고 가정을 꾸며 부모님을 모시고 산다는 소식만 풍문에 듣고 있을 뿐이었다. 나는 그때 가출해서 인천의 어느 나이트클럽에서 1년 가까이 일한 적이 있었는데, 거기서 그녀의 편지를 받았었다. 그 편지는 슬픈 소식을 아주 담담하게 전해주기도 했고, 인화성 물질로 가득한 내 가슴에 뜨거운 불길을 당기기도 했다. 편지지 9장을 앞뒤로 빽빽하게 채운 그 편지의 서두는 이렇게 시작됐었다.

'아버지는 가셨고, 가족도 서울로 이사했고, 나만 친구집에서 자취하며 혼자 살고 있다. 한번도 혼자 살음해 보지 않은 사람처럼 모든 게 낯설기만 하구나. 파랑새는 진작에 날려버렸고, 요즘은 내가 너를 얼마나 깊이 사랑했는지를 빗물처럼 피부 가득히 느끼고 있는 중이다.'

이렇게 단 몇 줄로 그녀는 아버지의 부음과 가족의 이사와 처녀성의 상실과 내게 대한 그리움을 모두 담담하게 적어나갔다. 나는 그 편지를 18년 동안 간직해오면서 그녀가 그리울 때마다 꺼내서 읽고 또 읽고 거듭 읽어서 이제는 편지지가 너덜너덜해져 군데군데 안 보이는 글씨도 더러 있지만, 그 편지의 원문은 내 머릿속에 고스란히 담겨 있었다. 그 편지의 끝부분에는 이런 말도 있었다.

'꽃밭에서 생활하는 검정나비 같은 협아, 오늘 밤은 또 얼만큼 취했니? 협아, 취하지 마. 네가 취하면 내가 약해지고 내가 약해지면… 안 되는 거야. 우린 이렇게 서로 건너지 못할 강을 사이에 두고 서로 멀리 가까이 서로의 호흡을 느끼면서 살아가야만 돼. 협아, 제발 너무 취하지 마. 술에도 여자에도 사랑에도 너무 쉽게 너무 깊이 취해버리는 협일 내가 잘 알아. 그건 결국 손해야. 취한 건 미학적일 수 있지만 결코 철학적일 수는 없어. 너도 자기 자신을 위해 조금쯤은 이기주의자가 되어보렴. 고등학교 때의 까만 교복에 까만 교모에 까만 눈동자, 그 크고 맑은 네 눈을 나는 얼마나 깊이 사랑했는지 모른다. 아, 그때로 다시 돌아갈 수만 있다면… 언젠가 네가 갓 면도한 후에 풍기던 강렬한 남자 냄새를 맡고 싶은 밤이다. 요즘 내 주위엔 물론 네가 아닌 딴 남자도 보인다. 그러나 그 남자를 위해 너를 외면할 수 없듯이 너를 위해 그 남자를 외면할 수도 없다. 난 아직도 네 말처럼 모든 행복이 나로부터 시작되어야만 한다고 굳게 믿고 있으므로.'

그 편지를 받자마자 나는 그녀에게 달려갔어야만 했다. 그러지 못한 것이 그녀에 대한 나의 두 번째 실책이었다. 그녀는 미군부대가 주둔해 있던 고향의 외기노조에서 타이피스트로 근무했었는데, 나는 그때 악착같이 돈을 모으고 있었다. 그러나 3개월 후 내가 적금통장을 해약해 가지고 그녀의 근무처를 찾아갔을 때 그녀는 이미 외기노조를 떠난 다음이었다. 그날부터 오늘까지 나는 그녀를 찾는 일에만 신명을 바쳐오다시피 했다. 언젠가는 춘천에서 그녀를 보았다는 말을 듣고는 일요일마다 춘천으로 달려가 동사무소를 뒤진 적도 있었고 또 한번은 의정부에서 누가 그녀를 보았다는 말을 듣고는 달려가 그렇게 해보았지만, 그녀의 자취는 끝내 오리무중이었다.

"손님은 어디서 내릴 겁니까?"

운전기사의 말에 나는 번쩍 눈을 떴다.

앞좌석에 앉아 있던 군인은 언제 내렸는지 보이지 않았고, 옆자리의 중년 부부도 포항 시내로 진입하기 직전에 내려달라고 운전기사에게 막 당부하고 있었다.

나는 잠시 망설이다가 시내 중심가에서 내려달라고 부탁했다. 아무래도 여관을 잡으려면 변두리보다는 중심가 쪽이 수월할 것 같다는 생각이 들었기 때문이었다. 우선 여관에 가서 잠부터 한숨 자고, 목욕도 하고 그러고 난 다음에 그녀를 만나고 싶었다.

중년 부부를 내려놓은 택시는 다시 눈길을 달렸다. 중년 부부가 내린 포항시 진입로 왼쪽에는 서울의 잠실같이 대규모 단지의 아파트가 세워져 있었다.

"저게 다 아파트 단집니까?"

"되게 많죠? 저것이 전부 몇 동이라고 하던가? 포철 직원들이 사는 사원용 아파트인데, 저 안에는 단지 내를 운행하는 버스도 있고, 병원도 있고, 학교도 있고, 슈퍼마켓도 있고 뭐 벼라별 게 다 있기 때문에 저기 사는 사원 가족들은 시내로 나올 일이 거의 없다더군요. 여기가 초행이신 모양이죠?"

나는 그렇다고 대답했다. 택시는 한참을 더 달린 후에야 중심가로 들어섰다.

"여기부터 중심가인데 어디에 세워드릴까요?"

중심가라면 아무 데고 상관이 없을 것 같았다. 내가 차비를 내고 택시에서 내리자 바로 앞에 붉은 색의 소방소 건물이 보였다. 소방소 뒤로 높게 치솟은 호텔의 간판에서 한글과 영어가 알몸을 드러낸 채 불을 물고 백 미터 선수처럼 포항의 중심가 하늘을 달리고 또 달리고 있었다.

'미성 HOTEL'

나는 그곳으로 들어갔다.

프런트에서 숙박비를 선불로 지불하고 3층의 객실 열쇠를 하나 받아들고 올라가보았다. 307호실은 침대 방이었는데, 방안의 공기는 적당히 따뜻했다.

옷을 벗고 침대 속으로 기어들어가 잠을 청해보았지만 육체의 피곤과는 상관없이 잠은 쉽게 오지 않았다. 아마 기차에서 잠깐 졸았기 때문인지도 몰랐다.

나는 침대에서 내려와 욕실로 들어갔다. 잠을 잔 후에 목욕을 하는 것보다 목욕을 한 후에 잠을 청하는 것이 좀 수월할 것도 같았다. 그러나 뜨거운 물로 목욕을 마친 후에도 잠은 쉬 오지 않았다. 아니 오히려 목욕을 한 다음부터는 술까지 깨 정신이 더욱 초롱초롱 맑아지는 기분이었다. 나는 침대에 누워서 억지로라도 잠을 청해보려고 노력했지만, 이상할 정도로 잠은 얼씬도 하지 않았다.

이제 곧 그녀를 만난다는 감동적인 사실에 몸과 마음과 정신이 함께 팽팽하게 긴장한 모양이었다. 문득, 중단됐던 그날의 기억이 다시 이어져 필름처럼 머릿속에서 돌아가기 시작했다.

그녀가 눈 오던 날 오밤중에 후줄근한 모습으로 찾아와 내 창문을 톡 톡 톡… 톡 하고 두드려대던 날의 대화는 한마디로 말해서 참으로 어처구니없는 만담꼴이 되고 말았다. 우리들은 창문에서 흘러나오는 긴 마름모꼴의 불빛에 몸을 드러내놓고 그렇게 눈밭에 서 있었다.

그녀는 나의 엉뚱한 대답에 몇 번 고개를 끄덕인 후 뒤돌아서서 읍내 쪽으로 나가는 큰 길로 접어들었다. 그녀를 그대로 내버려둔 채 나만 혼자 집으로 들어갈 수도 없었고, 그녀가 자기 집으로 갈 것 같지도 않았고, 그렇다고 늦은 시간에 그녀가 찾아갈 만한 마땅한 친구도 그녀는 고향에 갖고 있지 못하다는 생각이 당시 내가 그녀의 뒤를 따라가게 된 명분이었지만 그것은 솔직히 하나의 변명에 지나지 않았다.

그때 내 머릿속은 매우 혼란스러웠다. 그녀를 이렇게 그냥 보내서는 왠지 안 될 것만 같았다. 모든 게 끝장날 것만 같았다. 행복해질 수 있다면 결혼하라고 대답했던 것은 결코 나의 진심이 아니었다는 것을 그녀가 알아주었으면 싶었다. 하얀 눈길을 걷는 그녀를 7~8미터 뒤에서 따라 걸으며 나는 마음속으로 간절히 빌었다. 차마 말하지 못한 나의 진실이 그녀에게 고스란히 전달되어질 수 있기를.

그녀는 내가 뒤따라오는 것을 알았을 텐데도 그냥 눈길을 걷기만 했다. 하늘에서는 커다란 눈송이들이 제멋대로 심란한 내 마음처럼 휘날리고 있었고, 눈길은 더욱 미끄러웠다.

읍내로 나올 때까지 우리 두 사람은 서로 아무 소리도 하지 않았다. 다만 조금 뒤처져서 걷고 있던 내가 어느덧 그녀와 어깨를 나란히 하고 걷고 있을 뿐 우리 두 사람은 흡사 싸움이라도 한 연인들처럼 계속 입을 굳게 다물고 있었다. 그러나 읍내에서 다시 3마장이 넘는 기차역까지 걸을 때는 나의 기도가 이루어졌는지 그녀가 자연스럽게 내게 다가와 팔짱을 끼고 걸었다. 가끔씩 국도로 헤드라이트를 물고 하얀 눈발을 비추며 질주하는 차량들이 있었지만, 서로 팔짱을 낀 채 붙어서서 눈을 맞으며 눈길을 걷고 있는 우리들을 보는 사람은 아무도 없었다. 나는 그녀에게 사랑한다고 고백하고 싶었다. 말하지 않은 나의 진심을 그녀가 마침내 읽어준 것 같아서였다.

우리는 거의 40분 이상을 아무 소리도 하지 않고 눈길을 걸어온 셈이었다. 그녀의 맨발만 아니라면 나는 밤새워 이렇게 팔짱을 낀 채 눈을 맞으며 눈길을 걷고만 싶었다. 그러나 내 왼쪽 팔을 꼭 붙잡은 그녀의 손은 추위로 차츰 심하게 흔들리고 있었고, 발걸음도 굳어가고 있었다. 그것은 긴 여행에 지친 그녀가 인내할 수 있는 어떤 한계처럼 내게는 느껴졌다. 그때 다행스럽게도

저만큼 역 앞에 불 밝힌 여인숙 간판이 보였다. 그때까지만 해도 나는 '여인숙'을 여행하는 사람만이 묵을 수 있는 곳으로 이해하고 있었다. 내가 당당하게 그녀의 팔짱을 끼고 여인숙 문을 들어선 것도 그날 우리들은(특히 그녀는) 1년 동안 눈을 맞으며 눈길을 걸어온 여행자였으며 그래서 당당하게 '여인숙'에 묵을 수 있는 어떤 권리가 있다고 생각했던 것이었다.

내가 입은 까만 교복과, 피곤에 절은 백란의 몰골을 번갈아 훑어보던 여인숙 주인 여자의 눈빛에 그날 나타났던 당혹감이 무엇 때문이었는지를, 그리고 빈 방이 많이 있었는데도 불구하고 굳이 부엌을 통해 들어가는 구석방을 안내한 주인 여자가 내 책값의 일부를 받아쥐고서도 끝까지 눈살을 찌푸리고 있었던 까닭을, 나는 훨씬 뒤에야 깨닫게 되었다.

그녀는 방에 들어서자 아랫목에 깔려 있는 요 밑으로 손부터 디밀어보더니 말했다.

"방이 참 따뜻하구나. 얘."

그것이 40분 이상 눈길을 걸어오면서 계속 침묵하고 있던 그녀가 내뱉은 최초의 말이었다. 그녀는 요자락을 들어올리고 분명히 동상이 걸렸을 것만 같은 두 발을 집어넣었다.

"너도 이리와봐. 방이 참 따뜻하다."

나는 그녀 옆에 앉아서 그녀를 그대로 흉내냈다. 그녀는 어느 정도 몸의 추위를 녹인 후, 오늘 자신이 급작스럽게 내려왔던 이유를 약간의 경상도 악센트가 섞인 차분한 음성으로 설명해주었다.

"나, 아까 호텔의 방에서 도망쳐나오는 길이었어."

이렇게 시작한 그녀의 말은 내게 또 한번의 충격을 주었다.

"백화점 단골 고객 중에 내게 유난히 친절한 남자가 하나 있었는데, 그 남자가 꽃도 선물하고, 시계도 선물하면서 접근해왔어. 그래서 그 남자와 몇 번 만나 커피도 마시고 식사도 한 적이 있었지. 만날수록 호감이 가는 남자였어. 그런데, 어제 저녁은 호텔에서 내가 생전 처음 먹어보는 뷔페라는 걸 사주고, 말로만 듣던 나폴레옹 코냑까지 몇 잔 시켜주면서 정식으로 결혼을 신청하잖겠니? 결혼하자는 남자 앞에서, 그 고급스런 분위기에서, 하필이면 자취방에 연탄 갈 시간이 생각날 건 또 뭐니? 나와 한 방에 같이 있던 친구도 오늘 자고 들어온다고 했으니 그 시간에 안 들어가면 연탄불은 꼼짝없이 꺼질 수밖에 없었어. 술이 취한 중에도 나는 그만 집에 가봐야겠다고 일어섰어. 그랬더니 그 남자가 따라 일어서며 택시로 집에까지 바래다줄 테니까 아무 걱정하지 말고 아래로 내려가서 술 한 잔씩만 더 하자고 하더군. 호텔 나이트클럽이라는 데도 처음 구경했지. 참 재미있는 곳이더라. 참, 너 춤 출 줄 알아? 못 춰? 그럼 너도 춤추는 걸 배워둬. 언제 우리 그런 데 가서 같이 춤 한번 추게. 나도 춤을 못 추니까 술만 더 마시게 되더라. 나는 술이 취하자 그 남자의 눈을 다시 한번 똑바로 쳐다보았어. 호텔 방으로 가는 엘리베이터 안에서였지. 그 남자는 미리 호텔 방까지 예약을 해두었던가봐. 이미 연탄불이 꺼져버렸을 손바닥만 한 자취방에 가봐야 냉골이 분명할 텐데 그냥 호텔 방에서 결혼하자는 그 남자와 함께 자고도 싶었지. 그러나 나는 그 남자의 눈빛이 왠지 마음에 걸렸어. 그 남자가 욕실로 들어가 샤워를 하는 동안 나는 까닭모를 불안과 두려움을 느꼈지. 처녀가 첫날밤에 갖는 그런 불안일 거라고 아무리 생각하려 해도 그건 아닌 것 같았어. 그러다가 너의 맑고 큰 두 눈이 떠오르자 나는 내 불안과 두려움과 미안함이 어디에 근거했는지를 확연하게 깨닫게 된 거야. 욕실에서 타올을 찾는 그 남자의 목소리에 깜짝 놀라 나는 벗어놓았던 양말과 머플러와 장갑 등을 챙길 겨를도 없이 급하게 밖으로 도망쳐나왔던 거야. 용산역에서 다행히 10시 55분 열차를 탔지."

말을 마치자 그녀는 벽에 기댔던 등을 떼어내고 요와 이불을 다시 폈다. 둘이서 함께 아랫목으로 다리를 뻗고 누울 수 있도록 윗목으로 베개를 나란히 놓고 나서 그녀는 자조적으로 말했다.

"내 체질은 호텔보다는 이런 여인숙이 맞는 모양이지. 여기 오니까 무엇보다도 마음이 참 편안해. 자, 너도 피곤할 테니 옷 벗고 그쪽에 누워라."

그녀는 일어서더니 천정에 매달린 알전구를 껐다.

전등이 꺼지자 골방 안으로 일시에 칠흑 같은 어둠과 고요가 뿌려졌다. 나는 어둠 속에서 얼른 교복을 벗어 머리맡에 밀어놓고 이불 속에 누워서 그녀가 옷 벗는 소리를 듣고 있었다. 여자와 한 방에서 잠을 자본 경험이 없는 내게 어둠 속에서 사각거리며 들리는 그녀의 옷 벗는 소리와, 어둠 속에서 맡아지는 그녀의 향긋한 화장품 냄새와 머리칼 냄새는 너무도 자극적이었다. 나의 심장은 아예 파괴될 것만 같았다. 나는 쿵쾅거리며 뛰는 내 심장의 고동소리를 그녀가 자칫 듣기라도 할까봐 두 손을 겹쳐서 심장 부근을 지그시 누르고 있었다. 마른침이 꼴깍 하고 큰 소리를 내며 목구멍 속으로 넘어갔다.

"자니?"

그녀가 물었다.

난생 처음 여자와 한 방에 있으니까 쉽게 잠이 오지 않았다. 그래서 나는 솔직하게 대답했다.

"아뇨."

"추우면 내게 바짝 붙어서 자도 돼. 자, 이리와."

그러나 나는 감히 그녀에게 다가설 엄두를 내지 못하고 있었다.

"그럼, 우리 얘기나 좀 더 할까?"

그녀는 이불을 걷어젖히고 일어나 방 안에 서 있었다. 아마도 전등이 매달렸던 자리를 가늠하면서 두 손으로 허공을 더듬고 있을 것이었다. 찰칵 소리와 함께 전깃불이 반짝 하고 들어오는 순간, 방안의 어둠과 정적이 자취를 감춰버렸다. 나는 누운 채 대각선으로 올려다보이는 그녀의 잠자리 날개같이 투명한 속옷을 보았다. 그녀의 속살을 보자 나는 괜히 부끄러웠고, 숨이 막혔다. 내가 이불 속으로 머리를 집어넣자 그녀는 다시 전등을 끄며 말했다.

"그래, 잠이나 자자."

그녀는 자리에 누웠다. 일시에 자취를 감췄던 어둠과 정적이 다시 방안으로 몰려오면서 내 망막엔 잠자리 날개처럼 투명한 그녀의 속옷과 속살이 흔들리고 있었다.

"협아, 너 철길 여자한테 가본 적 있니?"

철길 여자란 창녀들을 가리키는 말이었다. 경부선 철도에서 읍내에 있는 미군부대 비행장으로 연결된 철도가 하나 있었는데, 평소에는 전혀 기차가 다니지 않아서 그 용도를 잊어버릴 만하면 한번씩 화물칸만 달린 기차가 굼벵이처럼 느린 속도로 들어가거나 나오고는 했다. 그러니까 그것은 기찻길이라기보다는 하나의 골목길이었다. 포주나 술집의 아이들이 뛰어놀고, 장사꾼들의 리어카가 수없이 들락거리고, 술 취한 불량배들과 창녀들의 싸움질이 끊일 날 없는 그런 지저분한 곳이었다. 철길 좌우가 모두 윤락가였다. 그런데 그녀가 왜 내게 그런 철길 여자에게 가본 적이 있느냐고 물었는지를 나는 정녕 알 수가 없었다. 그녀는 내게 생명처럼 소중하고, 성스럽고, 아름다운 여자였다. 그녀의 입에서 철길 여자 따위의 얘기가 나오다니 그것은 있을 수 없는 일이었다. 왜 그랬을까? 내가 그 해답을 찾기도 전에 그녀는 조용한 음성으로 다시 말했다.

"탈선은… 컨디션을 위해서 때로는 좋을 수도 있어."

나는 그때서야 그녀의 의도를 알게 되었다. 그 말은 내가 그녀에게 뽀뽀를 해도 좋다는 얘기의 암시였다. 나는 애정영화나 연애소설을 많이 보고 읽지는 못했지만 그만한 것쯤은 충분히 알고 있었다.

탈선이라는 말을 나름대로 해석해나가자 나중엔 하복부의 개구리까지 팽팽하게 긴장했다.

나는 그녀에게 기어가서 입술을 찾았다. 그녀의 입술을 빨자 참으로 달콤했다. 정말 그녀는 입안에 사탕을 녹인 액체를 갖고 있다가 내 입속에 슬그머니 그 액체를 흘려 넣어주는 것만 같았다. 이렇게 달콤한 맛에 사람들은 키스라는 걸 하는 모양이었다. 나는 그녀의 입술을 빨고 또 빨고 다시 빨았지만 자꾸 빨고 싶을 만큼 달콤한 맛은 샘솟듯 했다. 나는 어둠 속에서 힘겹게 그녀의 브래지어를 벗기고 봉긋한 젖가슴도 빨아보았다.

코를 찌르는 향긋한 그녀의 살 냄새가 내 호흡을 멈추게 할 만큼 강렬하게 나를 흥분시켰다. 나는 그녀의 몸 위로 올라가 잠자리 날개처럼 투명했던 속옷도 벗겨냈다.

그녀는 계속 가만히 누워서 신음소리만 뱉어내고 있었다. 내가 마지막 남은 그녀의 팬티에 손가락을 걸고 아래로 벗겨내려는 순간 그녀는 몸을 틀며 어둠 속에서 내 손을 가만히 잡고 말했다.

"안 돼. 이래선 안 돼."

나는 그때서야 퍼뜩 제정신으로 돌아오면서 정말 이래서는 안 된다는 생각이 들었다. 나는 그녀의 몸 위에서 내려왔다. 내

넓적다리 사이에서 펄쩍 펄쩍 뛸 것만 같이 팽팽하게 긴장해 있던 커다란 개구리 한 마리가 끝내 뛸 방향을 찾지 못하고 석고처럼 굳어갔다.

그때였다. 그녀가 일어서서 다시 전등을 켰다.

그녀는 팬티만 걸친 채 젖가슴까지 완전히 드러낸 알몸이었다. 내가 엉거주춤 일어나 앉자 그녀도 앉으면서 내게 명령했다. 눈빛이 이상스럽게 반짝였다.

"눈을 감아!"

나는 길 잘든 강아지처럼 그녀의 명령이 떨어지기가 무섭게 두 눈을 질끈 감았다.

순간, 나는 네 대의 따귀를 맞았다. 왼쪽 오른쪽 왼쪽 오른쪽 순서로 숨쉴 사이도 주지 않고 날아온 그녀의 손바닥은 매웠다. 내 두 볼이 다 얼얼할 정도였다.

따귀를 때린 그녀는 그만 자라고 말한 뒤 전등을 끄고 자리에 누웠지만, 나는 잠이 오지 않았다.

아무리 이해하려고 애를 써도 도대체가 그녀를 이해할 수 없었던 것이다.

그녀는 내게 '탈선은 컨디션을 위해서 좋을 수도 있다'고 말했었다. 이 말은 내가 그녀를 가져도 좋다는 얘기의 암시가 분명한데도, 그녀는 내가 막상 그녀의 팬티 속으로 내 개구리를 집어넣으려고 하자 분명히 '안 된다'고 거절했다. 그래서 정말 안 되는 것인가 보다라고 생각하며 나는 어느 방향으로든 곧 뛸 것만 같은 나의 개구리를 움켜쥐고 그녀의 알몸 위에서 내려왔다. 그랬더니 그녀는 느닷없이 일어나 전등불을 켜더니 내게 눈을 감으라고 명령했고, 내가 눈을 감자 따귀를 네 대나 올려부치지 않았는가. 그러고 나서 이제 잠을 자라니? 어디 잠이 오겠는가 말이다. 생각할수록 고등수학의 어려운 방정식보다도 더 복잡하고 난해하고 골치가 아팠다. 나는 밤새도록 그 문제를 풀다가 풀다가 지쳐서 그만 깜박 잠이 들고 말았다.

내가 깨어났을 때는 정오 무렵이었는데, 그녀는 이미 여인숙 방 어디에도 보이지 않았다. 나는 터덜거리며 혼자 눈길을 되걸어 집으로 돌아오면서도 고등수학의 어려운 방정식을 끝내 풀지 못했으므로 머릿속은 매우 복잡했다.

집에 들어가자 난리가 나 있었다. 완고한 부모님 앞에 무릎을 꿇고 앉아서 나는 외박을 추궁 당하고 있었다.

어디서 자고 왔는지 바른대로 말하라고 아버지는 따귀를 때리면서 다그쳤지만, 나는 차마 그녀와 함께 여인숙에서 자고 오는 길이라고는 말할 수 없었다. 더구나 아버지가 때린 따귀를 나는 그녀로부터 벌써 네 대나 맞지 않았던가.

"못된 송아지 엉덩이에서 뿔난다더니 이놈이 벌써부터…."

아버지는 비장한 각오를 하신 듯했다.

"난, 너 같은 아들을 둔 적이 없다. 넌 이제부터 내 아들이 아니다. 그러니 내 눈에 띄지 말고 이 집에서 썩 나가거라 어서!"

나는 그날로 집을 나왔다. 서울로 그녀를 찾아갔지만, 백화점 1층에서 구내 전화기를 몇 번 들었다 놓았을 뿐 그녀를 부를 용기는 차마 없었다. 그녀를 다시 만난다는 것이 왠지 두렵게 느껴졌다. 나는 등을 돌렸다. 그것이 우리의 어설픈 이별이 되었다.

그 후 몇 개월 만에 그녀는 백화점을 그만두고 고향으로 내려가 외기노조에서 타이피스트로 일하고 있다는 소식을 들었다. 나는 그때, 인천의 어느 호텔 나이트클럽에서 보조 웨이터로 일하면서 낮에는 춤도 배우고(나는 그녀가 춤을 배워두라고 한 말을 결코 잊지 않고 있었다) 학원에도 나가고 있었을 때였다. 서울에서 그녀와 함께 자취했던 친구 영주 누나가 웬 중년 남자와 함께 호텔 나이트클럽에 나타났던 적이 있었는데 그때 나는 못 본 체했지만 영주 누나는 그예 나를 불러 확인을 하더니 그녀에 대한 소식을 들려주면서 나를 무척 찾더라는 말을 덧붙였었다. 영주 누나가 다녀간 1주일 후 나는 그녀로부터 그 장문의 편지를 받았던 것이다. 내가 막상 그녀와의 결혼을 결심하고 3개월 후 적금통장을 해약해서 고향에 내려갔을 때 그녀는 이미 고향을 떠나 멀리 행방을 감춘 뒤였다. 영주 누나에게도 가보았지만 거기서도 소식을 알 수가 없었다.

그때부터 숨은 그녀를 찾아나선 나의 술래잡기 게임은 18년 동안이나 계속된 셈이었다. 만약 김 과장을 만나지 못했더라면 나는 아마 내 생애에 그녀를 만나지 못하고 영원히 그리워만하다가 죽었을는지도 몰랐다.

그때 방에서 전화기가 울렸다.

수화기를 들자 프런트 지배인이라고 자기의 신분을 밝힌 사내의 정중한 목소리가 들려 왔다.

"손님, 지금 9시입니다. 저희 호텔에서 며칠 더 묵으실려는지요. 그리고 아침 식사는 무엇으로 드실지 지금 주문받을 웨이터를 곧 올려보낼까요?"

호텔의 체크아웃인 12시까지는 앞으로도 3시간이나 남았는데 9시에 이렇게 무례한 행동을 취하다니, 평소 같았으면 아마 내 입에서 '개새끼'라는 욕설이 튀어나왔을 것이었다. 그러나 지금은 상황이 다르다. 곧 그녀를 만날 텐데 욕설을 퍼부을 수는 없었다. 나는 점잖게 대꾸했다.

"알았소. 이 호텔에서 앞으로 사흘간 더 묵을 예정이오. 그리고 식사는 밖에서 할 것이니 그리 아시오."

수화기 속에 그 말만 집어넣고 팽개치듯 수화기를 내려놓은 후 거울 앞에 섰다. 밤새 잠을 한숨도 자지 못한 탓으로 눈이 조금 충혈되어 있었지만 나는 그대로 외출 준비를 서둘렀다. 세수를 하고, 양치질도 하고, 면도도 했다. '갓 면도한 후에 풍기던 강렬한 남자 냄새'라는 게 구체적으로 어떤 것을 가리키는 말인지는 잘 모르지만 그녀가 옛날 내게 보냈던 편지의 한 구석에 그런 구절이 적혀 있었으므로 나는 지난 18년 동안 거의 매일 면도하는 습관을 가지고 있었다. 나는 고등학생 때부터 유난히 숱이 많고 검었기 때문에 하루만 면도를 하지 않아도 얼굴 전체가 매우 지저분해보였다. 그러나 내가 매일 면도하는 습관을 갖게 된 것은, 지저분한 인상을 깨끗한 인상으로 바꾸고 싶다는 생각보다는 그녀의 편지에 적힌 그 말 한마디 때문이었다.

면도를 끝낸 다음 거울 앞에 서서 양쪽 볼을 만져보았다. 저 눈 오던 날 밤 여인숙 방에서 그녀에게 맞았던 따귀 네 대의 아픔이 되살아나는 것도 같았다. 물론 그날 밤 맞은 따귀의 의미는 심리학 서적을 뒤적이다가 곧 알게 되었다. 그러니까 그것은 골치 아픈 고등수학이 아니라 심리학 쪽에 해답이 있었던 셈이었다.

호텔을 나온 후 나는 택시를 집어타고 먼저 그녀의 주소지인 지산동의 동사무소로 향했다. 그녀의 집을 무작정 찾아가는 것보다는 우선 그녀의 가족 상황부터 살펴보는 게 순서일 것 같았다.

눈발은 멈춰 있었지만 쌓인 눈이 그대로 얼어붙어서 길은 더욱 미끄러웠다. 아직도 바퀴의 체인을 풀지 않은 택시는 포항 시내를 벗어나 한참을 달리더니 새벽녘에 합승 택시가 어느 중년 부부를 내려주었던 바로 그 장소로 되돌아왔다.

"저 거대한 아파트 단지가 모두 지산동입니까?"

"네. 그런데 동사무소는 저 밑에 있어요. 어디로 갈까요? 손님."

나는 택시를 타면서 기사한테 처음 얘기했던 대로 동사무소 앞까지 가서 택시를 내렸다.

근처를 둘러보니 마침 동사무소 바로 앞에 '철길 찻집'이라는 간판이 보였다. 그녀에게 전화를 하기엔 아주 적당한 장소였다.

나는 동사무소로 들어가 민원창구에 앉아 있는 사내에게 그녀의 이름과 주소를 적어 디밀고는 주민등록 초본을 떼어달라고 부탁했다.

사내는 나를 힐끗 한번 쳐다보고는 원장을 찾아 복사기 위에 얹으며 물었다.

"몇 통 필요합니까?"

나는 그녀의 가족 상황을 대충 한번 훑어보기만 할 것이니까 한 통이면 충분했지만, 사내가 혹시라도 오해할 소지가 있을 것 같아 일부러 두 통이라고 대답했다.

120원의 수수료(수입인지)를 지불하고 받아쥔 세대별 주민등록표 두 통을 그 자리에서 들여다보았다.

그토록 찾아헤매던 그녀의 이름이 거기 있었다. 그녀는 세대주와의 관계란에 박길준의 처로 기재되어 있었고 2남 1녀의 어머니가 되어 있었다. 큰애의 출생년도를 살펴보니 벌써 중학교에 다니고 있을 나이였다.

나는 동사무소를 걸어나오면서도 주민등록표에서 눈길을 떼지 못하고 주소 이동 상황란을 훑어보았다. 서울에 산 적은 있었지만 내가 그토록 찾아헤맸던 이문동도 이촌동도 이화동도 거기에 기재되어 있지 않았고, 더구나 춘천에도 의정부에도 그녀는 산 적이 없었다. 문득 불길한 예감이 들었다. 그러나 주민등록번호는 분명히 그녀의 고등학교 생활기록부에 적혀 있는 번호와 동일했고, 이름의 한자어도 '손백란孫白蘭'으로 같았다. 내가 찾는 그녀가 동일인이 아니거나, 내가 그간 헛소문을 찾아다녔거나 두 가지 중의 어느 한 가지가 분명했다. 나는 속으로 내가 소문의 불확실성과 컴퓨터의 정확성을 비교하고 있는 것 같아 자꾸 쓴웃음이 나왔다.

철길 찻집에 들어서자 두 아가씨가 난로 가에 앉아 있다가 동시에 일어섰다. 방금 전까지 심각한 얘기를 나누고 있었던 듯싶었다. 이상하게도 손님은 한 사람도 없었다. 하긴 실업자가 우글거리고 있는 도심지라면 잡다한 부류의 직업을 가진 사람들과 어울려 한참 북석을 떨어댈 시간이지만, 이곳은 실업자가 없는 곳이어서 당연한 일 같이도 생각되었다. 모두 일터로 나가 일할 시간이고, 겨우 동사무소로 찾아오는 주민들이나 바라보며 문을 연 찻집일 터였다.

몇 평 안 되는 비좁은 찻집 안은 탁자가 다섯 개밖에는 안 되었지만, 왼쪽 벽에는 대형 유리벽을 만들어놓았고, 국산 양주병과 맥주병을 진열시켜놓았다. 그리고 비록 모조품이긴 하지만 유리벽 중간에 걸린 사슬리의 유채화 〈보와잔의 마을〉 한 점이 실내를 흐르는 고전음악과 함께 주인의 안목을 어느 정도는 짐작하게 해주었다.

나는 난로 옆자리에 앉아 세대별 주민등록표를 다시 펴들었다. 생년월일에 나타난 그녀의 남편은 그녀보다 세 살이 위였다.

엽차를 갖고 온 빨간 스웨터를 입은 아가씨에게 나는 전화기가 어디 있는가고 물었다. 빨간 스웨터가 손가락 하나를 펴서 계산대 쪽으로 던졌다.

"공중전화는 없고 저기, 저 카운터 전화를 사용하세요."

계산대 위에는 전화기와 벙어리 돼지저금통이 나란히 놓여 있었다. 돼지는 '1통화에 50원씩 넣어주세요!'라는 띠를 몸통에 두르고 있었다. 나는 114로 지산동에 사는 박 길준 씨 전화번호를 물어보았다. 그러자 114의 대답은 지산동 아파트에 사는 분이면 그쪽 아파트 교환으로 알아보라면서 대표 전화번호 하나만 달랑 알려주고는 그냥 끊어버렸다. 나는 할 수 없이 114가 알려준 그 대표 전화의 숫자를 눌렀다.

아파트의 교환은 적어도 114의 안내양보다는 친절했다. 내가 몇 동 몇 호에 사는 박 길준 씨 댁 전화번호를 묻자 평소 그를 잘 알고 있는 듯 아주 친절하게 대답해주었다.

"아! 박 차장님 댁이요? 오국에 이구일팔 번입니다."

"이구일팔이요?"

"네에. 이천구백십팔 번이에요."

이구씹팔이거나 2918이거나 어쨌거나 나는 의외로 쉽게 그녀의 집 전화번호를 알아낸 셈이었다. 만약 아파트 교환에서 못 알아냈다면 나는 아마 포철의 인사과로 어디로 한참 더 수소문을 해보았을 것이었다.

나는 백동전 한 닢을 꺼내 돼지저금통에 집어넣으며 문득 돼지 목 위로 길쭉하게 난 칼자국을 보았다. 그것은 흡사 생선회 칼로 난자당한 사체를 연상시켰다. 나는 아가씨를 불렀다.

"아가씨 죄송하지만 이 번호로 전화 좀 해주시겠소?"

하얀 폴라 위로 검정 재킷을 걸친 아가씨에게 전화번호가 적힌 메모지를 넘겨주면서 나는 이렇게 덧붙였다.

"손백란 씨가 나오면 나를 좀 바꿔주시오."

난로 옆자리로 돌아와서 뜨거운 엽차를 불어 마시면서도 나의 신경은 온통 계산대에서 전화를 걸고 있는 검정 재킷 아가씨에게 쏠려 있었다.

예쁘장한 손가락으로 수화기의 번호판을 콕 콕 콕…콕 하며 찍어대는 모습은 흡사 타이프의 자판을 찍어대는 것 같기도 했고, 내 기억 저쪽에서 톡 톡 톡… 톡 하고 창문 두드려대는 소리 같기도 했다.

검정 재킷은 수화기의 번호판을 손가락으로 콕 콕 콕…콕하고 찍어대는 동작을 여러 번 반복하더니 내게 다가왔다.

"다른 번호는 없나요? 이 번호는 계속 신호는 가는데 아무도 받질 않아요."

검정 재킷은 전화번호가 적힌 메모지를 탁자 위로 내려놓았다.

"그럼 전화는 조금 있다가 다시 한번 해봐주시고 우선 커피나 한 잔씩들 하시오."

그렇게 말하고 나는 코트 주머니에 넣어두었던 세대별 주민등록표를 다시 꺼내 펼쳐보았다. 막내가 몇 살인가를 알아보기 위해서였다. 막내는 여덟 살이었다. 그렇다면 지금 그녀의 부재는 막내를 학교까지 바래다주기 위해서 외출한 것일 가능성도 있었다.

빨간 스웨터가 주방(이라고 말하는 것보다는 구들을 놓았으니 잠을 자는 안방이라고 말하는 것이 훨씬 더 정확한 표현이 되겠지만)에서 직접 커피를 석 잔 타서 내왔다. 그곳에 커피 포드만 하나 제대로 전원에 꽂아놓고 있으면 웬만한 인스턴트 차는 다 타내올 수 있게 되어 있었다. 비좁은 그곳에서 잠도 잔다고 하니 그곳은 주방 식당 침실을 겸한 참으로 특이한 방이 아닐 수 없었다. 두 아가씨와 함께 커피를 마시면서 이런저런 이야기를 나누다보니까 방만 특이한 것이 아니라 아가씨들도 참으로 묘한 아가씨들이라는 생각이 들었다. 그 두 아가씨는 모두 30이 되기엔 아직 몇 년은 더 기다려야 할 나이 같았다. 그런데 기다리고 자시고 할 것도 없이 그들은 오늘부로 이곳 철길 찻집의 전 주인과 새 주인이 되는 모양이었다. 아니, 단순한 전 주인과 새 주인이 아니라 검정 재킷이 빨간 스웨터에게 가게를 다시 되돌려주고 떠나는 셈이었다. 한 사람 있던 종업원은 어제 짐을 쌌고, 대신 포항 시내에 있는 소개소에서 오늘 아침까지 종업원 한 사람을 구해주겠다고 어제 철석같이 약속했는데도 종업원이 아직 오지 않았다는 것이었다. 원래 검정 재킷도 어제 떠날 예정이었지만 그렇게 하지 못한 것은 친구에게 철길 찻집의 인수

인계를 좀 더 완벽하게 해주기 위해서일 터였다. 소개소에서 곧 새로 일할 종업원이 오면 자신은 즉시 서울로 떠나기 위해 트렁크까지 다 챙겨놓았다고 말했다. 이야기 하는 도중에 검정 재킷은 소개소에 한번, 그녀 집으로 두 번 확인전화를 걸기 위해서 자리를 비웠었는데, 그녀 집 전화는 계속 신호는 가는데 받는 사람이 없다고 했고, 소개소에서는 소장이라는 작자가 좀 더 기다려보라고 말하더라는 것이었다.

소장에게 선불한 소개비만 뜯기는 게 아니냐고 검정 재킷이 흥분하자 빨간 스웨터가 좀 더 기다려 보자고 다독거렸다. 그러자 검정 재킷이 발끈했다.

"얘가? 어쩜 넌 그렇게 소장하고 똑같이 느긋하게 말하니. 난 오늘 올라가야 된단 말야."

"누가 올라가지 말랬니? 소개소에서 사람을 보내줄 때까지만 있어 달라는 거지."

아무래도 낯선 사람 앞에서 티격태격 말다툼하는 게 스스로들 미안하다고 생각했던지 그들은 빈 찻잔을 들고 일어섰다. 그러나 주방 옆의 테이블로 옮겨 앉아서도 그들의 언쟁은 한동안 더 계속되는 것 같았다.

나는 입장이 난처했다.

일어설 수도 없었고 그대로 앉아서 싸움을 구경하기도 뭣했다. 만약 일어선다면 택시를 타고 호텔로 다시 들어가거나 포항 시내 쪽의 아무 다방으로든지, 다시 들어가야 할 텐데…. 그녀를 포항 시내 다방으로 나오라는 것은 아무래도 그녀에게 불편을 주는 것 같았고, 그렇다고 내가 묵고 있는 호텔로 나오라고 말할 수는 더욱 없는 노릇이었다.

나는 두 아가씨를 향해 소리쳤다.

"여기 맥주 두 병만 갖다주시오!"

그것이 미안하지 않은 마음으로 내가 철길 찻집에 그대로 앉아 있을 수 있는 유일한 방법이었다. 왜냐하면 두 아가씨의 언쟁을 잠깐 동안이라도 그치게 할 수 있는 방법은 일단 매상을 올려주는 일이었으므로.

맥주 안주로는 철길 찻집에서 가장 비싼 것으로 가지고 오도록 했다. 예상했던 대로 두 아가씨의 언쟁은 잠시 휴전상태로 들어갔다.

몸이 단 검정 재킷은 전화를 걸기 위해 뻔질나게 자리를 일어섰다.

시계가 정오를 조금 지났을 때였다. 수화기의 번호판을 콕 콕 콕…콕 하고 눌러대던 검정 재킷이 별안간 손가락을 부채살처럼 펴서 나를 부른 후 다시 그 손바닥으로 수화기 한쪽을 틀어막고 기쁜 듯 소리쳤다.

"손님, 나왔어요!"

검정 재킷은 손을 떼고 재빨리 수화기 속에서 그녀를 찾았다.

"손백란 씨 좀 부탁해요. 아, 본인이세요? 그럼 잠깐 기다리세요."

검정 재킷은 통화가 된 것이 무척이나 반가웠던 모양이었다. 하긴 거의 두 시간 이상을 아무 반응도 없는 수화기의 번호판만 콕 콕 콕…콕 하고 눌러댔으니 그녀의 반응이 반갑기도 했으리라. 두 시간을 기다리고도 저토록 기뻐하는데 18년을 기다린 나의 기쁨은 오죽하겠는가. 18년을 시간으로 한번 환산해보라. 몇 시간이 되겠는가.

검정 재킷으로부터 수화기를 넘겨받으며 나는 기뻤다. 꿈속에서조차 잊지 못하던 그녀의 목소리를 나는 마침내 18년 만에 처음 들었다. 경상도 악센트가 약간 가미된 그녀의 독특한 음성은 여전히 변함이 없었다.

"여보세요. 누구세요? 여보세요. 누구세요? 여보세요… 여보세요…."

나는 칵 숨이 막혔다. 얼마 만에 듣는 그녀의 음성이던가. 이 음성을 듣기 위해 나는 얼마나 많은 세월을 고통스럽게 찾아헤매었던가. 나는 어금니에 힘을 주면서 크게 심호흡을 한번 했다. 그리고 말했다.

"나에요. 누님!"

수화기 저쪽에서 잠시 침묵이 흘렀다. 그러더니 그녀가 입속으로 조그맣게 되뇌이는 소리가 들려왔다.

"누님?"

"나, 협이에요."

"협이?"

수화기 저쪽에서 또 침묵이 흘렀다.

나는 차츰 초조해지기 시작했다. 수화기 저쪽의 완강한 침묵이 갑자기 두려워졌다. 나는 사실 그녀가 내 음성만 듣고서도 단번에 나를 알아 맞추리라는 막연한 기대를 품어왔었다. 그런데 누님이라고 불러도, 내 이름을 대도, 그녀가 날 못 알아보다니 이것은 뭔가 잘못된 것이 분명했다.

상대는 혹시 그녀가 아닐는지도 모른다는 불안감이 뇌리를 스치고 지나갈 때였다. 수화기 저쪽에서 화들짝 놀라는 듯한 그녀의 음성이 완강한 침묵을 깨뜨리고 쏟아져나왔다.

"아, 아, 아!! 협이, 너로구나! 너, 살아 있었구나. 너, 지금 어디서 전화하는 거냐? 너, 협이가 맞지? 그래. 틀림없는 협이야. 너, 너…."

그녀는 수화기 저쪽에서 한꺼번에 18년의 공간을 뛰어넘으려 하고 있었다. 너무 많은 말을 한꺼번에 하려다보니 말문이 막히는 모양이었다. 그녀는 '너, 너…'만 연발할 뿐이었다.

"누님, 여기 포항이에요. 지금 좀 나오실 수 있어요?"

"그래? 포항 어디? 참, 너 내 전화번호는 어떻게 알았니."

그녀는 다소 냉정을 되찾은 듯했지만 그래도 서두르기는 마찬가지였다. 나는 그녀가 궁금하게 생각하는 전화번호를 알게 된 경위를 전화로 설명해주고 싶었지만 그것은 아무래도 곤란했다. 동사무소에 들러서 세대별 주민등록표를 떼고 그 다음 남편의 이름으로 된 전화번호를 114로 문의해본 후에 아파트 대표 전화번호를 알아냈으며 아파트 교환양에게 박길준 차장의 집 전화번호를 알아냈다는 복잡한 얘기를 어떻게 간단하게 줄여서 대답할 것인가가 참으로 난감했기 때문이었다.

"여긴 누님이 사는 아파트 부근인데 동사무소 앞에 있는 철길 찻집이라고 하는 데에요. 쉽게 찾으실 수 있을 겁니다. 자세한 얘기는 만나서 하지요."

"철길 찻집?"

"네. 동사무소 바로 앞이에요."

"그래. 알았어. 곧 나갈께."

그러나 곧 나오겠다고 말한 그녀는 내가 새로 주문한 맥주 두 병과 안주가 바닥이 날 때까지 오지 않았다.

그녀에게 다시 전화를 걸까 하다가 그만두고 맥주를 한 병 더 주문했다. 빨간 스웨터의 아가씨가 주문한 맥주 한 병을 탁자 위에 내려놓고 오픈으로 뚜껑을 따고나서야 그녀는 철길 찻집에 모습을 나타냈다. 10분이면 걸어서라도 충분히 나올 수 있을 만한 거리인데도 그녀는 2시간 이상이나 걸린 셈이었다. 여자가 아무리 화장하는 시간이 길다고는 하지만, 코 앞에 나를 기다리게 하면서 그녀가 2시간 이상이나 화장을 하고 있었다고는 전혀 믿어지지 않았다. 더욱이 그녀는 외출에서 막 돌아오는 길이었으니 화장을 한 상태일 것이 분명했으므로.

아무래도 그녀는 2시간 동안 나와의 문제를 놓고 생각했을 가능성이 높았다. 까맣게 잊고 살았던 나의 느닷없는 출현을 어떻게 받아들여야 할 것인가를 곰곰 생각했을는지도 몰랐다. 그녀는 철길 찻집에 들어서자 대뜸 난로 옆자리에 앉은 내게로 걸어왔다. 하긴 그때까지 철길 찻집의 손님은 나 한 사람뿐이었으니까 그것은 당연한 일이기도 했다.

그녀가 맞은편 의자에 앉아서 손을 내밀었다. 악수를 하자는 뜻이었다. 18년 만에 만나는 얼굴인데도 그녀의 모습은 전혀 변한 것 같지가 않았다. 옛날 스물두 살 때의 모습 그대로 같았다.

"협아, 참 오랜만이다."

"누님은 전혀 변하지 않으셨군요."

나의 말에 그녀는 웃었다.

"얘는? 내일 모레면 사십인데…."

나는 그녀가 내민 손을 잡아쥐고 손아귀에 지긋이 힘을 주었다. 그녀는 옛날처럼 얼굴을 밉지 않게 찡그리며 손을 빼냈다.

"얘, 아퍼. 너도 옛날과 똑같이 변하지 않았구나."

그 말에 나도 소리 없이 웃었다.

"그런데 너, 도대체 여긴 무슨 일로 왔니? 그리고 내 전화번호는 어떻게 알았고?"

"우선 숨부터 돌리세요. 누님!"

"어서 말해봐!"

그녀는 내가 따라준 맥주잔을 밀쳐놓고 빨간 스웨터에게 커피를 주문한 후에 나를 다시 다그쳤다.

"…."

"말해 봐!"

할 수 없이 나는 그녀의 주민등록번호를 학교에 가서 알아낸 일에서부터 김 과장에게 그 주민등록번호를 알려주어 컴퓨터로 주소지를 알아낸 일, 그리고 포항에 도착해서 114로 문의전화를 해서 아파트 대표 전화번호를 알아냈고, 아파트 교환양에게 몇 동 몇 호의 전화번호를 알아내기까지의 경위를 비교적 자세하게 설명해주었다. 다만 한 가지 동사무소에서 세대별 주민등록표를 보고 남편의 이름으로 전화번호를 알아냈다는 것만은 말하지 않았다. 그것은 내가 포항에 온 목적을 눈치 빠른 그녀에게 사실대로 고백하는 것과 별반 다를 게 없었기 때문이었다. 포항에 온 것은 그녀를 만나기 위해서이기도 하지만 회사의 중요한 일로 왔다는 점을 나는 강조했다. 그녀만을 만나러왔다는 것이 그녀에겐 커다란 부담이 될 것 같다는 느낌이 그녀와 얘길 나누는 사이에 나도 모르게 자연스럽게 들었기 때문이었다.

내가 그녀에게 혹시 이문동으로 이사했던 적이 없었는가를 묻자 그녀는 깜짝 놀랐다.

"아니? 네가 그걸 어떻게 알았니?"

"그때 고향 읍사무소의 전출자 명단에 그렇게 쓰여 있었던 것 같아서…."

나는 대답을 얼버무렸다. 그녀의 표정에 그때의 기억들이 하나씩 떠오르는 것 같았다.

"그래, 엄마와 동생이 서울 이문동으로 이사했었지. 그런데 참 이상하다. 네가 그걸 어떻게 아니?"

"누님이 외기노조에 근무할 때 인천의 내게 보냈던 편지 기억나요? 그때 가족이 서울로 이사했다고 말한 것 같은데…."

"그랬었니?"

"그래서 나중에 고향의 읍사무소에 한번 들러봤었어요. 어머니께선 지금도 이문동에 그대로 사세요?"

무엇인가를 골똘히 생각하던 그녀의 표정에 어두운 그늘이 어른거렸지만 그녀의 말투는 여전히 맑고 쾌활했다.

"아냐. 그때 이사한 지 얼마 안 돼서 엄마는 그 셋방에서 돌아가셨어. 지금의 남편이 그때 장례까지 다 치러주었지. 장례가 끝난 후에 바로 시댁에 들어가 한동안 살았지. 너도 알지. 내 동생 말야. 걔가 지금 군대 제대하고 결혼해서 벌써 애가 둘이야. 지금 춘천에서 살고 있어."

얘길 하다가 그녀는 무슨 생각이 들었는지 별안간 화제를 바꾸었다.

"참, 너 일은 다 봤어?"

그녀는 아무래도, 나의 출현이 마음에 걸리는 모양이었다. 혹시 그녀는 그때 인천의 내게 보냈던 편지의 내용이 생각난 것이나 아닌지 모를 일이었다. '내 주위에 네가 아닌 다른 남자도 보인다. 그러나 너를 위해 그 남자를 외면할 수 없듯이 그 남자를 위해 너를 외면할 수도 없다'고 말하던 그 장문의 편지를. 그러나 지금 나는 알 수가 없다. 지금의 남편 박길준 씨가 그때의 '그 남자'였는지 '그 남자'가 백화점에 다닐 때 호텔에서 도망쳐나왔던 바로 '그 남자'였는지 아니면 그 이후에 새롭게 만난 남자인지 그녀가 날려버렸다는 순결의 파랑새는 누구에게 날려버린 것인지, 나는 그런 의문들을 쉽게 풀 수가 없었다. 내가 아는 남자의 이름은 2시간 전에 겨우 알게 된 현재의 남편 한 사람뿐이었으므로 그를 '그 남자'로 생각할 수밖에는 별 도리가 없었다. 아니 그녀의 동생까지도 결혼시킬 때까지 함께 데리고 있었다는 현재의 남편이 그녀가 편지에 썼던 그 모든 '그 남자'의 실체일 가능성도 있었다.

"일 다 봤느냐니까…?"

"회사 일은 내일 오전으로 시간을 잡아놨어요."

"그럼 서울은 언제 갈 거야?"

"글쎄요…."

그녀는 주문한 커피가 탁자 위에서 다 식어버릴 때까지 내버려두고 있다가 내가 '글쎄요…'라고 명확한 대답을 피하자 초조감을 감추기라도 하듯 싸늘하게 식은 커피잔을 들어 식은 커피를 한 모금 마신 후 찬찬히 실내를 한번 둘러보았다. 그리고 목소리를 낮추어 말했다.

"참, 이상한 곳도 다 있다, 얘."

그녀가 '이상한 곳'이라고 말하는 것은 주류 판매 허가가 안 났을지도 모르는 찻집에서 술을 판다거나, 두 아가씨의 뛰어난 미모가 모두 이런 비좁은 공간에서는 잘 어울리지 않는다거나,

주방도 없는 찻집이라거나 하는 등등의 이유겠지만, 나는 18년 전 눈 오는 날 밤 그녀와 함께 잔 적이 있는 여인숙에서 그녀가 내게 물었던 '철길 여자에게 가본 적이 있니?'를 연상하며 수긍의 뜻으로 고개를 끄덕여주었다.

우리는 그동안 서로 살아온 얘기를 두서없이 묻고 대답했다. 나는 그녀의 세대별 주민등록표를 본 후여서 그녀의 남편이 누구인지 뭘 하는 사람인지 그리고 2남 1녀의 자녀들이 모두 몇 살인지 결혼 후 이사는 몇 번이나 다녔는지를 익히 알고 있었지만, 그녀의 입으로 직접 듣는 것이 더 흥미로웠다.

"참, 넌 지금 애가 몇이니?"

"셋."

"얘는, 어떻게 되는 셋인데?"

"2남 1녀에요."

"결혼은 언제 했는데…?"

"그러니까 그게…."

나는 그녀의 세대별 주민등록표를 다시 꺼내 확인할 수도 없어서 아까 대충 훑어볼 때 그냥 아, 이때쯤 결혼했구나라고 생각했던 '그 이때쯤'을 기억해내려고 머뭇거렸다. 그러나 정식으로 결혼 신고를 한 그 '이때쯤'은 잘 생각나지 않았다. 내가 월부책 팸플릿을 끼고 이문동과 이촌동과 이화동 주택가를 헤매고 다닐 때도 같았고, 비록 6주 만에 제대복을 입긴 했지만 소사 33사단에서 한참 박박 기고 있을 때 같기도 했다.

"넌, 어떻게 된 애가 자기가 언제 결혼했는지도 모르니? 그 한심끼는 여전하구나. 그래 부인은 뭘 하는 사람인데?"

그녀는 심하게 웃어댔다.

나는 그녀의 고등학교 3학년 때 장래 희망과, 데스크가 내 출장이 끝나는 대로 곧 소개해주겠다던 여자의 직업이 모두 동일한 직업임을 기억해냈다. 참으로 우연의 일치치고는 너무도 지랄 같았다.

"간호원이에요."

"그래?"

그녀는 건성으로 대답하면서 시계를 들여다보았다.

"참, 너 일은 다 봤어?"

이 질문은 아까 했던 질문이었다. 그녀는 아무래도 나의 출현이 자꾸 마음에 걸리는 눈치였다.

"내일 오전에 누굴 잠깐 만나면 되는 일이니까 뭐 별로 걱정할 건 없어요."

"그래도… 회사 일을 보러왔으면 제대로 일을 봐야지. 이렇게 대낮부터 술이나 퍼마시고 그러면 되겠니? 참, 넌 언제나 철이 들지 모르겠다. 얘. 그럼 서울은 언제 갈 거야?"

나는 까닭 모르게 슬프고 분하고 원통하고 억울했지만, 그 기분을 조금도 내색하지 못한 채 더듬거렸다. 다시 아까와 같이 '글쎄요…' 하고 어물쩡 넘어갈 수는 없었기 때문이었다.

"글쎄, 뭐, 내일… 일이 끝나면… 올라가야지요."

"그럼 잘 가거라. 얘. 모처럼 왔는데 같이 술 한잔도 못하고 이렇게 헤어져서 어떡하지? 난 지금 곧 들어가봐야 하거든. 애들 아빠가 3부 교대로 일하는데 조금 있으면 퇴근할 시간이야. 어서 가서 장도 좀 보고 따뜻한 점심이라도 해놓고 기다려야지."

그녀가 계산대로 걸어가 계산을 치를 때까지도 나는 정신이 멍한 상태였다. 그녀가 계산을 끝내고 내게 와서 악수를 청했다. 나는 어정쩡하게 일어서서 그녀의 손을 마주잡았다. 손아귀의 힘이 모두 빠져나간 것 같았다.

"부디 행복하게 살아라. 간호원 아내 많이 사랑해주고, 자, 그럼 잘가."

그녀는 내가 뭐라고 대답하기도 전에 등을 돌려 철길 찻집의 문을 밀고 나갔다.

나는 그 자리에 힘없이 주저앉고 말았다. 누적된 피로가 일시에 몰려들었고, 게다가 대낮부터 빈 속에 마셔댄 맥주 5병의 취기도 함께 가세한 모양이었다. 나는 가슴이 터질 것처럼 답답해졌다. 엉엉 소리쳐 울고도 싶었다.

"그분 그냥 가신 거예요?"

맞은편 자리에 검정 재킷의 아가씨가 다시 와서 앉았다.

"우울해 보이시는데, 손님께 제가 맥주 한 병 사도 돼요? 저도 우울해요. 오늘 꼭 올라가야 할 텐데 이 모양이에요. 소개소에서 지금껏 사람을 보내지 않았어요."

어느 틈에 탁자 위를 말끔히 치우고 새로 가져온 맥주 2병과 마른안주와 새 잔을 내 앞에 놓고 나서 검정 재킷 아가씨는 빈 잔에 맥주 거품을 가득 채웠다.

"… 저도 한 잔 따라주시겠어요?"

나는 모든 걸 다 때려치고 일어서고만 싶었다. 솔직히 말해서 나는 모든 게 다 귀찮았다. 지금껏 내가 무엇 때문에 살아왔는가가 갑자기 혼란스러워졌고, 내게 생존의 의미를 갖게 해주던 것이 과연 무엇이었는지에 대한 근원적인 회의도 일었다.

물론 나는 그녀가 아직도 결혼하지 않고 나를 기다려주고 있을 것이라고는 절대로 생각하지 않았다. 그러나 18년 만에 만난 나를 이렇게 허망하게 보낼 수는 결코 없는 일이었다. 무엇보다 나는 그녀에게 하고 싶은 이야기가 많았다. 18년 간 쌓아온 이야기. 그 가운데서 가장 중요한 것은 '나, 결혼해도 괜찮겠느냐?'는 질문이었다. 그런데 일이 묘하게 꼬이느라고 나는 그것조차 제대로 물어보지 못했다. 억울했다. 아니, 그렇다면 어떻게 하는 것이 억울하지 않은 이별이 되는가. 나는 점점 더 혼란스러웠다. 그녀의 두 갈래 논두렁에서 나의 개구리를 힘껏 뛰게 하는 것이 허망하지 않고 억울하지 않은 이별이 되는가. 정말 그럴는지도 모른다는 생각이 문득 들었다. 그 눈 오는 날 밤 여인숙에서 그녀로부터 맞은 네 대의 따귀가 내게 18년 간이나 그녀를 못 잊게 했는지도 모르고, 그 부끄러운 아픔이 점차 사랑으로 미화된 것일는지도 몰랐다. 따귀 네 대에 대한 보답으로 나는 언젠가는 반드시 그녀의 논두렁에서 나의 개구리를 힘껏 뛰게 하고 싶었던 것인지도 몰랐다.

그러나, 정말 그럴까? 하고 자신에게 되물어보면 반드시 그렇지만도 않았다. 분명히 그녀도 나를 사랑하고 있음에 틀림없었다. 처음에 감정의 무방비 상태에서 받은 전화로 그녀가 반응했던 것이 그 좋은 예가 될 것이었다. 그러나 2시간 동안 그녀는 방안에 앉아 거울을 들여다보며 자신의 감정을 냉정하게 관찰한 후 불필요한 부분을 제거하고 나왔을 가능성도 있었다. 그녀도 어쩌면 간통이란 단어를 생각해봤을는지도 몰랐다. 그것이 심리적으로 그녀를 서둘러 일어서게 했을 가능성도 있었다. 아이큐 138의 비상한 두뇌를 가진 그녀는 나와 나눈 짧은 대화에서 이미 내가 2남 1녀의 아버지가 아니라는 사실과 부인의 직업이 간호원이 아니라는 사실을 간파했을는지도 몰랐다. 아니, 그 모든 것이 다른 사람 아닌 바로 자기 자신의 이야기였음을 눈치챘을는지도 모를 일이었다.

그녀가 나의 미혼에 대해 갖게 될지도 모르는 부담감을 덜어주기 위해 나는 그렇게 대답할 수밖에 없었지만, 결과적으로는 그녀가 모든 걸 다 눈치채도록 만든 셈이 되고 말았다. 이제 나는 어떻게 해야 하는가.

오후 1시가 넘자 철길 찻집에는 차츰 손님들이 모여들기 시작했다. 그녀의 남편과 같이 3부 교대로 일하는 사람들인 모양이었다. 손님들은 모여드는데 소개소에서 보내준다던 종업원은 아직도 도착하지 않았고, '떠나야 할 그 사람'인 검정 재킷은 내 앞에 앉아서 맥주잔만 거듭 비우고 있었다. 빨간 스웨터 혼자서 바쁘게 비좁은 공간을 오가고 있었다.

"아까 그분 참 매력적인 미인이시던데 첫사랑이세요?"

검정 재킷의 말을 들으며 여자들이란 참으로 묘한 존재라고 생각했다. 여자들에겐 자신의 직관력을 기회 있을 때마다 과시하고 싶어하는 속성이 있는 것도 같았다.

나는 맥주 거품이 거의 가라앉은 맥주잔을 들어 단숨에 비우고 나서 대답을 얼버무렸다.

"매력적인 미인은 바로 당신인데…."

"농담하지 마세요."

검정 재킷은 내가 말한 당신이라는 호칭이 조금 거슬렸는지 자기의 이름을 말해주었다.

"제 이름은 순영이라고 해요. 김순영. 참 촌스럽지요?"

그러나 나는 검정 재킷의 이름이 촌스럽고 세련되고를 생각할 겨를이 없었다. 이제 어떻게 해야 하는가가 걱정이었다. 그녀에게 다시 전화를 할까도 생각해보았지만 그녀로부터의 반응이 두려웠다. 그렇다고 이런 기분으로, 더욱이 대낮부터 술을 마시고 취재를 한다는 것도 불가능했다. 우선 숙소로 돌아가 잠부터 실컷 자고 나서 생각해볼 일이었다. 어차피 숙소로 돌아가서 잠을 잘 것이라면 술 몇 잔쯤 더 마신다고 해서 그게 무슨 대수이겠는가. 나는 순영이라고 자신의 이름을 밝힌 검정 재킷과 맥주잔을 주거니 받거니 하면서 노닥거렸다.

술은 확실히 감정에 상승작용을 하는 것 같았다. 기분이 좋을 때 마시면 더 좋아지고, 기분이 나쁠 때 마시면 더 나빠지고, 슬플 때 마시면 슬픔이 더 커지고, 기쁠 때 마시면 그 기쁨이 몇 배로 상승되는 작용을 술은 하고 있는 것 같았다. 우울한 기분으로 마셔댄 술이 내 기분을 더 우울하게 만든 것은 지극히 당연한 이치였다. 우울이 극에 달해서 자살한 사람도 있다는데, 나는 지금 그 사람의 기분을 충분히 이해할 수도 있을 것 같았다. 그리움의 폭탄을 안고 자폭하는 심정으로 나는 순영이라는 검정 재킷의 아가씨에게 말했다.

"아가씨, 우리 여관 갈까?

검정 재킷이 웃었다.

"세상을 농담 만담으로 사시는 분 같군요."

검정 재킷의 말을 들어보니, 아주 그럴 듯한 대답이었다. 허튼 말 한마디 제대로 내뱉지 못하고 살아온, 죽기 전에는 반드시 그녀를 만나고야 말겠다는 일념만으로 살아온, 내 서른여섯의 생애를 검정 재킷은 단 한마디의 말로 아주 명쾌하게 정의해주었다.

정말 내가 세상을 농담 만담만으로 살아가는 것인지, 아니면 모든 진실이 사적私的으로 죽어갈 수밖에 없는 이 추운 세상이, 진실 하나 제대로 자리할 곳 없는 이 암담한 세상이 농담 만담 같은 것인지 잘 구분이 가지 않았다. 갑자기 내게 친절을 보이는 검정 재킷의 의도도 내게는 쉽게 구분이 되지 않았다. 술을 마시며 지껄여댄 몇 가지 말을 종합해보면 검정 재킷의 아가씨도 걸어온 길이 그렇게 순탄치만은 않은 것 같았다. 결혼식을 며칠 앞두고 아무도 모르게 6개월 전 이곳으로 잠적해버린 것부터가 그랬다. 이제 6개월 만에 친구에게 다시 가게를 되돌려주고 서울로 올라간다고 하는 것은 자신이 잠적했던 그 사건이 완전히 수습됐거나, 아니면 복잡했던 심경에 어떤 변화가 일어난 것임에 분명했지만, 나는 검정 재킷의 신상에 대해서는 한마디도 묻지 않았다.

내게 보이는 검정 재킷 아가씨의 친절이, 손백란 씨와 나와의 관계를 나름대로 추측하면서 느끼게 된 일종의 동병상련 같은 것이라면, 그것은 내게도 충분히 이해가 가는 일이 아닐 수 없었다.

내가 국산 양주병 하나를 따게 된 것은 나도 검정 재킷 아가씨에게 똑같은 동병상련의 감정을 느꼈기 때문이었다.

이튿날 아침 7시에 나는 전날 들었던 그 호텔 방에서 눈을 떴다.

온몸이 허전했지만, 술 마신 이튿날 흔히 느껴지던 심한 두통은 말끔히 자취를 감춘 아주 상쾌한 기분이었다. 이상한 일이었다. 그동안 사흘이 멀다 하고 마셔댔던 술로 하여 아침마다 어지간히도 지끈거려대던 머리가 어제와 같이 빈 속에 짬뽕으로 폭음을 했는데도 이처럼 머리가 맑고 산뜻할 수가 있다니 참으로 모를 일이었다.

나는 어렴풋한 기억을 더듬어 나가다가 깜짝 놀라고 말았다. 방 한쪽 구석에 벗어놓은 여자의 옷가지와 트렁크를 발견했고 욕실의 샤워기에서 그때 막 쏟아지기 시작한 물소리를 들었기 때문이었다.

어제 저녁 무렵까지 나는 분명히 철길 찻집에서 검정 재킷 아가씨와 함께 국산 양주를 마시고 있었다. 그때 이미 나는 몸을 가누기 힘들 정도로 많이 취해 있었던 것만은 기억이 났다. 택시 타는 곳까지만 바래다주겠다고 검정 재킷 아가씨가 말했던 것 같기도 했다. 그러나 호텔로 돌아온 기억은 전혀 나지 않았다.

나는 서둘러 침대에서 기어나오려다가 팬티 한 장 걸치지 않은 내 알몸을 발견하고는 또 한번 놀라고 말았다. 눈을 뜨자마자 온몸이 허전하게 느껴졌던 이유를 이제 알 것도 같았다. 양주잔을 비우며 떠들어대던 어제의 일들이 차츰 슬라이드 필름처럼 한 커트씩 선명하게 떠올랐다. 저녁 무렵이 다 될 때까지도 소개소에서 보내준다던 종업원은 끝내 오지 않았고, 그래서 더욱 화가 난 검정 재킷도 어지간히 술을 마셔댄 모양이었다. 철길 찻집을 나설 때 검정 재킷 아가씨의 몸이 많이 휘청거렸던 기억이 났다. 그러나 어디쯤에서 택시를 탔는지는 전혀 기억해낼 수가 없었고, 더구나 이 호텔에 들어온 것은 캄캄하게 기억이 나지 않았다. 기억의 필름은 그렇게 완전히 끊겨 있었다.

"일어나셨어요? 조금 더 주무시지 않고…."

큰 타올로 젖가슴을 두르고, 또 한 장의 타올로는 논두렁을 가린 채 욕실을 나오는 여자는 역시 어제 아침부터 저녁 때까지 나와 함께 철길 찻집에서 술동무를 했던 검정 재킷, 바로 그 아가씨였다.

검정 재킷 아가씨는 옷을 벗고도 별로 부끄러움을 느끼지 못하는 것 같았다.

알몸으로 거침없이 내 침대로 들어와 두 장의 타올을 소파 쪽으로 던지고 내 몸을 더듬거렸다. 아가씨의 손끝이 목젖에서부터 가슴을 가볍게 훑어내려가자 나의 개구리가 주책없이 꿈틀거렸다.

18년 전의 그날 밤에 맡았던 그녀의 머리칼 냄새와 화장품 냄새와 살 냄새가 한꺼번에 모두 맡아지기 시작했다. 나는 가벼운 현기증을 느꼈다. 아가씨의 손길이 사타구니에 닿자 나의 개구리는 온몸에 불끈 힘줄을 세우며 씨근덕거리기 시작했다.

아가씨의 도움이 없었더라면 나는 아마도 나의 개구리가 뛰는 방향을 가늠하지 못할 뻔했다.

일을 치르고 난 후, 아가씨는 침대에 누운 채 눈물을 질금거렸다. 나는 속으로 웃음이 나올 뻔했다. 아가씨의 눈물은 영화에서처럼 너무도 상투적이었기 때문이었다.

나는 일부러 아무런 행동도 취하지 않고 아가씨의 눈물 다음에 나올 얘기를 들어볼 작정이었다. 그러나 아가씨는 누운 채로

소리 없이 눈물만 흘리고 있었다.

아가씨가 어서 침대에서 일어나 옷을 입고 내게 적당한 금액을 요구해주기를 나는 희망했다. 아가씨가 비록 내게 출장비 전액을 요구한다고 할지라도 나는 절대로 후회하지는 않을 것이었다.

아가씨가 마침내 눈물을 닦고 침대에서 일어나 앉았다. 나는 이제 곧 입을 열 아가씨가 제발 상투적인 수법을 쓰기보다는 단도직입적으로, 돈 얘길 꺼내줄 것을 간절히 바랐다.

"전… 선생님이 차마 그러실 줄은 몰랐어요."

검정 재킷 아가씨는 첫 마디부터가 나의 희망대로 단도직입적이긴 애시당초 틀려먹었다. 나는 너무도 뻔한 그 수작에 울화통이 치밀기 시작했다.

그런데 검정 재킷 아가씨의 이어진 말을 들으면서 나는 쇠몽둥이로 뒤통수를 한 대 된통 얻어맞은 것처럼 멍해졌다.

"삼십대 중반의 사내가… 설마… 숫총각이라고는, 그래요. 누구도 믿지 못할 거예요. 요즘 세상에… 숫처녀도 거덜난 요즘 세상에… 어젯밤엔 설마했어요. 설마 그럴 리는 없다. 술이 너무 취했기 때문이라고 생각했어요. 그런데 이제 분명히 알게 됐어요. 선생님은 어제 분명히 제게 순결을 주셨다는 것을 말예요."

이럴 때 나는 어떻게 해야 하는지를 모르겠다. 자꾸 양쪽 볼이 뜨거워졌다. 그녀에게 맞았던 네 대의 따귀 탓이리라. 아니,

남자로서 동정童貞을 들켰다는 것 때문이리라.

"선생님은 제게 총각을 주셨는데도, 저는 선생님께 드릴 게 아무것도 없다는 생각이 드니까 자꾸 눈물만 나오는군요."

나는 아침에 깨어났을 때 머리가 참으로 맑고 상쾌했던 비밀스런 이유를 비로소 깨닫고는 까닭모를 부끄러움을 느꼈다. 지배인이 직접 각 방의 전화벨을 울리기 시작한 9시경 우리들은 그 호텔을 나왔다.

끝내 소개소의 종업원이 나타나지 않은 채 철길 찻집을 떠나는 그녀나, 출장 기일을 이틀 앞당겨 상경하는 나나, 우리들의 짐은 커다란 트렁크와 핸드백과 카메라 가방으로 불어났지만, 근처의 서울행 고속버스 터미널로 향한 우리들의 가슴과 발걸음은 마냥 가볍기만 했다. 그때 막 하늘에서 새로 펄 펄 쏟아지기 시작한 새하얀 눈송이처럼.

미군 기지촌 체험과 쑥고개의 한

최강민/ 문학평론가

1. 박석수의 생애

시인이자 소설가인 박석수朴石秀(1949~1996)는 1949년 9월 16일에 경기도 평택군 송탄면 지산리에서 태어난다. 그는 수원의 연무동에서 궁핍한 유년시절을 보내고, 중학교 2학년 때 이국적 풍경과 한국적 풍경이 묘하게 뒤섞인 송탄으로 다시 이주한다. 그에게 있어 수원의 연무동 시절과 송탄 시절은 궁핍과 사춘기적 방황에 휩싸였던 어려운 시기이다. 그의 문학적 체험은 대부분 여기에서 생성된다. 특히 기지촌인 송탄의 지리적 배경은 그의 사춘기적 방황과 문학적 욕망을 키운 터전이었다.

박석수는 다른 사람과 같이 정상적인 학교생활을 하지 못했다. 가난과 젊은 혈기 속에서 학교라는 틀에 박힌 제도적 울타리를 감당하지 못했던 것이다. 그는 미술에서도 뛰어난 실력을 보여 1968년(19세)에 아시아자유청년연맹 학생미술실기대회에서 특선하기도 한다. 그래서 한때 화가를 꿈꾸기도 했던 박석수는 불량학생과 어울리다가 고등학교를 퇴학당하고, 수원문화원 산하의 '장원회'라는 서클에서도 제명당한다. 여기에서부터 그의 순탄한 삶은 어긋나기 시작한다. 박석수는 화가의 꿈을 포기하고 깡패로 성공하는 것을 잠시 꿈꾼다. 그렇지만 수원에서 깡패에게 몰매를 맞고 겨우 살아나면서 그는 이 꿈마저도 포기하고 만다.

박석수는 몸이 회복된 후 낮에는 공부하고 밤에는 인천의 모 나이트클럽에서 경리로 일한다. 이와 같은 체험의 연쇄 속에서 그는 어느 한 곳에 소속되지 못한 채 유랑할 수밖에 없는 보헤미안 의식을 숙명적으로 짊어진다. 작가는 『철조망 속 휘파람』이라는 창작집에서 어디에도 소속될 수 없는 자신의 서글픈 처지를 서럽게 고백한 적이 있다. 그의 문학에 지속적으로 등장하는 소외된 타자의식은 이러한 삶의 체험에서 비롯한다.

> 나는 정상으로 학교를 다녀본 것이 없어서 학연學緣이라는 것이 어떻게 생겨먹은 것인지, 또 쑥고개라는 곳에서 어느 날 문득 상경한 놈이기 때문에 지연地緣이라는 것이 어떻게 생겨먹은 것인지를 잘 모른다.
>
> 그 흔해 빠진 동창생들의 모임에도 나는 참석할 수 없었고, 은사님의 회갑연에도 나는 참가할 수 없었다.
>
> —『철조망 속 휘파람』, 「작가의 말」 중에서

박석수는 1970년(21세)에 뒤늦게 검정고시에 합격해 고등학교 과정을 졸업한다. 인천에서 다시 수원으로 거처를 옮겨 공부에 열중할 때, 수원장원회원 중의 한 사람이었던 어느 여대생으로부터 "올해 신춘문예에 꼭 당선하기를 바란다"는 편지를 받는다. 그는 신춘문예에 시를 응모해 대한일보 신춘문예에 시 「술래의 잠」이 당선된다. 하지만 「술래의 잠」 연작시 30여 편을 썼으나 한 편도 잡지에 발표하지 못하는 무명 시절을 한동안 겪는다. 1972년(23세)에 평택의 사립중학교에 국어교사로 부임했으나 1년 만에 사임하고, '시와시론' 동인에 가입한다. 하지만 이내 동인지가 폐간되는 불운을 겪으면서 술 마시는 것으로 2년 간의 세월을 소비한다. 1974년(25세)에 변두리 잡지사에 입사해 그의 한평생 직업이 될 잡지쟁이 생활을 처음 시작한다. 1976년(27세)에 첫 시집인 『술래의 노래』를 출판하지만 별다른 반응을 얻지 못한다. 그 충격에 셋방에 쌓여 있는 첫 시집인 960권의 책을 모두 불태워버리고 다시 시를 쓰지 않겠다고 굳게 결심한다. 1979년(30세)에 변두리 잡지사를 6년 간 전전하다가 『여원』이라는 큰 잡지사로 옮긴다. 1980년(31세)에 여원사에서 자매지로 만드는 여성지 스타일의 문예지 『소설문학』을 창간한다.

박석수는 1981년(32세)에 『월간문학』 신인문학상에 「당신은 이제 푹 쉬어야 합니다」로 단편소설이 당선되어 소설가로 재등단한다. 1983년(34세)에 한참 망설이다가 두 번째 시집 『방화』를 간행하자마자 어머님이 돌아가신다. 어머니 무덤에 그 시집을 갖다 바친다. 일터를 자매지 『직장인』으로 옮겨 매달 재벌그룹 총수들을 직접 만나 인터뷰를 하면서 판매부수를 크게 신장시킨다. 1984년(35세)에 다시 『여원』으로 부서를 옮겨 『여원』과 새로 창간되는 『미용생활』의 편집까지 겸임하면서 서서히 골병이 든다.

1985년(36세)에 『여원』의 편집부장으로 열심히 일하다가 직장에서 쓰러진다. 박석수는 극도로 건강이 악화되어 잡지쟁이 생활 12년을 청산하고 연고자 하나 없는 충남 당진으로 세 식구가 내려간다. 그것은 매월 회사에서 보내주는 적지 않은 월급을 집에 가만히 앉아서 받는 것이 생리에 맞지 않았기 때문이다. 당진에서 아이는 초등학교에 들어가고, 아내는 그곳 보건소에 취직한다. 박석수는 오랜만에 빈둥거리면서 12년 동안 정신없이 살아왔던 삶을 되돌아볼 수 있는 재충전의 시기를 갖는다. 이때 다시 원고지를 붙들고 써내려간 것이 단편 「거울」과 중편 「동거인」, 「우렁이와 거머리」이다.

1987년(38세)에 다시 상경하여 도서출판 한겨레 주간에 취임하고, 중앙대 신문방송대학원에 입학한다. 이때 중편 「동거인」 등을 『소설문학』에 게재하면서 비로소 평단의 주목을 받기 시작한다. 콩트집 『독 안에 든 쥐』와 세 번째 시집인 『쑥고개』를 출판한다. 1988년(39세)에 그동안 써왔던 중편소설들을 묶은 첫 창작집 『철조망 속 휘파람』을 출간하자마자 한 달 만에 2쇄, 3쇄에 돌입하는 이변을 연출한다. 같은해 5월에 창작집 『우렁이와 거머리』를 출판한다.

1989년(40세) 4월 10일, 다시 쓰러져 강남 성모병원에 옮겨져 사흘 동안 혼수상태에 빠진다. 뇌종양으로 판명되어 32번의 방사선 치료를 받으면서 급성폐렴에 시달리기도 한다. 1990년 2월에 죽음을 예감하면서 장편『차표 한 장』을 출판한다. 건강이 갈수록 악화되어 하루에 수십 가지의 치료약을 먹으면서 그는 경인일보에 연재소설「로보의 달」을 쓴다. 두 달 후 폐렴약을 끊으면서 다시 쓰러져 재입원한다. 죽음의 그림자가 짙게 드리워진다. 1990년(41세)에 장편『로보의 달』이 행림출판사에서 출판된다. 박석수는 끈질긴 투병생활을 하다가 1996년(47세) 9월 12일에 지병인 뇌종양으로 삶을 마감한다. 그의 시신은 경기도 용인 천주교 묘지에 안장되었다.

2. 작품세계 ― 소외된 타자의식과 유한성의 자각

박석수는 시와 소설에 모두 당선될 정도로 문재가 뛰어난 시인이자 소설가였다. 그는 시집으로『술래의 노래』(1976),『방화』(1983),『쑥고개』(1987)라는 3권의 시집이 있다. 하지만 이전에 발표했던 것을 재수록하는 형식을 취했기에 실질적으로는 2권을 출간했다고 보아야 한다. 그는 소설 창작집으로『철조망 속 휘파람』(1988)과『우렁이와 거머리』(1988), 장편으로『차표 한 장』(1990)과『로보의 달』(1990)이 있다. 이외에 콩트집으로『독안에 든 쥐』(1987)가 있다. 그는 시와 소설을 겸업했지만 1980년

대 초반부터는 소설에 좀 더 애정을 갖고 창작에 임했다고 볼 수 있다. 이런 점에서 그의 문학세계는 시기적으로 보았을 때, 시인으로서 살았던 1970년대와 소설가로 살았던 1980년대 이후로 크게 나누어질 수 있다. 이 두 시기를 공통적으로 관통하고 있는 것은 수원 연무동과 송탄이라는 유소년기 체험이다. 이러한 그의 문학세계를 지배했던 것은 '소외된 타자의식, 민족주의에 입각한 현실비판의식, 유한한 생명에 대한 자각과 향수'이다. 이러한 것들이 소재나 주제, 그리고 상황에 따라 어느 한 요소가 좀 더 강하게 나타난다고 볼 수 있다.

박석수의 작품세계는 크게 두 개의 계열로 설명할 수 있다. 그 하나는 과거 자신이 유소년기를 보낸 수원 연무동과 송탄인 쑥고개를 배경으로 한 현실비판적 작품이고, 또 다른 하나는 성장하여 맞대면한 비정한 현대도시의 물신주의와 인간소외 현상을 비판적으로 형상화한 작품이다. 이 중에서 그의 문학적 역량이 가장 잘 드러난 것은 미군 기지촌과 관련한 전자의 작품이다. 그가 형상화한 기지촌은 특정지역에 국한된 풍경만이 아니라 분단국가로서 약소국인 남한이 겪어야 했던 불평등한 현실의 상처이다.

박석수의 초기 문학세계에 자주 등장하는 것은 소외된 타자의식이다. 청소년기의 방황과 학교 퇴학이라는 충격적 사건은 그의 삶을 평범하게 인도하지 않는다. 어디에도 소속될 수 없었던 그의 존재는 '내가 누구인가'라는 정체성에 대한 질문을 끊임없이 던지게 한다. 그는 첫 시집인 『술래의 노래』에서 일종의 술래가 되어 숨겨진 진실을, 자아를 찾아헤맨다. 그는 가난과 절망으로 점철된 유년의 기억을 떠올리면서 삶의 의미를 묻는다. 안타깝게도 술래로 변신한 시인을 기다리고 있는 것은 "네온이 반짝이는 비정의 도시 끝"이었다. 그는 절망적인 현실에서 탈출할 수 있는 비상구를, 무지개를 열망한다. 그렇지만 그것은 쉽게 발견되지 않은 채 시인의 절망은 목구멍까지 차오르면서 숨막히게 한다.

시인은 「제기차기」란 시에서 사 환짜리 제기를 사주지 못해 울어야 했던 엄마, 양공주로 전락했을지 모르는 어릴 적 친구인 난이를 등장시켜 한국의 궁핍한 사회 현실을 드러낸다. 마지막 연에 있던 "아, 온통 찢기고 찢어지는/ 우리나라의 어둠이여, 마음이여"라는 시 구절은 어디에서도 희망을 발견할 수 없었던 시인의 절망적 한탄이다. 곰표 밀가루 반 포로 한 달을 견뎌야 했던 슬픈 기억, 냉기뿐인 방, 양말 사이로 삐져나온 엄지발가락, 누더기를 걸친 한 아이로 기억되는 유년시절은 어둠, 슬픔, 절망, 겨울, 신음, 죽음, 고통, 울음의 이미지로 등장한다. 이렇게 유년시절의 고통스러운 기억을 회상하면서 역설적으로 시인은 냉혹한 현실 속에서 자신의 정체성을 찾는다. 그러나 첫 번째 시집에 등장하는 고통은 아직까지 구체적이기보다 관념성 내지 추상성의 범주를 벗어나지 못한다.

소외된 타자의식은 자신의 유소년 시절을 옭아매었던 열악한 사회 환경들을 본격적으로 성찰하면서 출구를 발견한다. 시인은 자신을, 남한을 옥죄고 있는 현실 모순에 눈뜨면서 삶의 정체성을 회복할 수 있었던 것이다. 시인의 소외된 타자의식은 '기지촌인 쑥고개'라는 대상을 통해 당대의 첨예한 사회적 모순과 조우한다. 시집 『방화』와 『쑥고개』, 소설 창작집인 『철조망 속 휘파람』은 작가의 구체적 현실인식과 개별적 체험이 어우러져 분단 조국의 사회적 모순을 적나라하게 폭로한 작품들이다. 쑥고개를 형상화한 작품들에서 한민족의 순결과 동정은 외세인 미군이 한반도에 주둔하면서 철저하게 유린된다. 그가 학창시절에 반항아로 성장할 수밖에 없었던 것도 나약한 의지 탓도 있지만 미군 주둔이 초래한 열악한 사회 환경이 일조했다고 볼 수 있다. 박석수는 쑥고개를 형상화하면서 가슴 깊은 곳에 묻어두었던 자신의 개별적 아픔과 대면하면서 동시에 한민족의 사회적, 역사적 아픔을 공유한다. 이것을 작가의 구체적 작품과 연결하여 설명하면 다음과 같다.

시인의 두 번째 시집인 『방화』를 지배하는 것은 활활 타오르는 불의 상상력이다. 타락한 자신과 타락한 세계를 모두 불태워버리고 싶은 들끓는 욕망은 날카로운 현실 비판의 시를 생산한다. 그 속에서 시인은 고통스러운 실존을 확인한다. 첫 시집에서 보통 명사였던 '현대 도시'는 고유 명사인 '서울'로, 유년의 '연무동 기억'은 사춘기 시절의 송탄 '쑥고개'로 구체화된다. 남한의 변두리거나 이색지대인 기지촌에서 생활하던 시인에게 서울이란 도시는 거대한 마취실 내지 환각의 스크린으로 다가온다. 이때 그가 끊임없이 부정하고 탈출하고자 했던 고향 송탄은 오히려 자신의 자아 정체성을 존립시키는 보루가 된다. 이것은 그의 소외된 타자의식의 각성과 분리시켜 설명할 수 없다. 그는 남한에서 일종의 섬처럼 고립된 미군 기지촌에 대해 동병상련의 연대감을 느꼈던 것이다. 이 시집에서 박석수는 쑥고개 연작시를 12까지 창작하면서 과거와 현재를, 개인의 기억을 당대 사회의 구조적 모순과 연결한다.

세 번째 시집인『쑥고개』는 쑥고개를 집중적으로 형상화한 시들만 모은 시집이다. 시인 이윤택은 박석수의 쑥고개 시들이 시인 김명인의 '동두천'과 구별되고 여타의 1970년대 이후 기지촌 소재 민중시와 구별되는 '살점을 후비는 조각칼 감수성'이라고 명명한다. 하지만 그의 시는 슬픔과 분노가 평이한 영탄과 넋두리에 빠져 팽팽한 긴장을 유지하지 못하는 경우도 있다.『쑥고개』 시집은 기존에 창작되었던 시들에 쑥고개라는 부제를 새롭게 첨가했을 뿐 대부분의 작품들이 기존에 발표된 것들이다. 이런 점에서 이 시집은 쑥고개를 대상으로 한 박석수의 시들이 일정한 한계에 부딪쳐 동어 반복되고 있음을 보여준다.

박석수는 시적 한계를 소설이라는 장르로 돌파하고자 한다. 이것의 구체적 성과물이『철조망 속 휘파람』이다. 이 소설집에는 미군 철조망을 지키는 한국인 개보초, 하우스보이, 미군을 상대로 한 접객업소, 양공주 등 미군 기지촌에서 살아가는 다양한 군상들이 등장한다. 작가는 이들을 통해 오만방자한 외세의 폭력과 약소국 남한의 비루한 처지를 효과적으로 대비시킨다. 그것을 통해 작가는 강대국 미국의 횡포에 맞서 싸우기 위한 구체적 방법으로 민족주의적 민중의 연대를 제시한다. 이것은 작가의 소박한 휴머니즘이 반영된 것이다.

박석수의 장편 『차표 한 장』도 1970년대 미군 기지촌을 배경으로 하고 있다는 점에서 『철조망 속 휘파람』과 같은 계열의 작품이다. 이 소설은 시선을 기지촌에만 한정하지 않고 남한의 사회 현실 전체로 확대시킨다. 미군을 통해 밖으로 유출된 정보와 관련하여 남한 수사관이 등장하여 취조하는 장면은 남북한 대치상황과 국가보안법의 존재를 대외적으로 보여준다. 하지만 평면적인 작중인물의 내면 심리와 치밀하지 못한 사건의 전개는 이 소설의 현실적 리얼리티를 반감시킨다. 미군 기지촌 문제를 분단상황과 연결한 문제의식은 좋았으나 이것을 장편으로 형상화하여 끌고나갈 서사의 힘이 부족했던 것이다. 그래서 이 소설은 본격소설이라기보다 대중소설에 가깝다.

박석수의 문학세계를 지배하는 또 하나의 동인動因은 유한한 생명에 대한 자각과 향수이다. 가난에 굶주린 고통스러운 유소년기를 보낸 작가는 삶의 본능인 에로스보다 죽음의 본능인 타나토스에 유혹된다. 더욱이 생사의 경계선을 넘나들게 만들었던 깡패에 의한 구타 체험과 허약한 체질은 죽음과 생명에 대한 자각을 자연스럽게 유도한다. 폐결핵이 등장하는 「제기차기」,

한약을 달여먹는 「한약을 대리며」, 이외에도 「병상일기」, 「암실 시사회」 등의 시에서 병약한 시적 자아의 모습은 유한한 생명에 대한 자각 속에 존재론적 사유를 하는 시인의 모습을 확인할 수 있다. 30대 중반에 경험한 어머니의 죽음도 이것을 더욱 강화시킨다. 유한성에 대한 자각은 무심코 스쳐지나왔던 과거에 대한 진한 연민의 정을 불러일으킨다.

그가 생애의 말기에 쓴 『차표 한 장』과 『로보의 달』(1990)은 자신이 시한부 생명임을 자각하고, 힘겹게 투병하는 과정에 쓴 장편들이다. 그렇지만 이 작품들은 안타깝게도 큰 문학적 성과를 보여주지 못하고 만다. 아마도 이것은 투병생활이 가져온 육체의 허약과 체험에 의존해 작품 활동을 한 작가의 한계가 복합적으로 빚어낸 결과라 할 수 있다.

3. 서글픈 현대사의 아픔을 대변하는 쑥고개, 송탄

시인이자 소설가인 박석수가 태어난 곳은 경기도 송탄이다. 그렇지만 그의 유년시절을 대부분 보낸 곳은 경기도 수원의 연무동이다. 연무라는 명칭은 부근에 동장대가 있고 이곳에서 군사 훈련과 무술 연마를 하던 곳이었기 때문이다. 연무동은 면적 11.64㎢, 인구 2만9,014명(2001) 정도이다. 자연 경관으로 북쪽에 광교산이 솟아 있고, 남쪽에 광교저수지가 있어 경치가 아름답다. 특히 광교산 입구는 수목이 울창하고 맑은 개울이 흐른다. 일제 때 지소정이라는 명칭으로 불리던 연무동은 해방 후인

1949년 8월 15일 수원읍 지역이 수원시로 승격되자 연무동으로 명칭이 바뀐다. 연무동은 1966년 화성군 일왕면에서 상광교리, 하광교리를 편입시키고, 영화동 일부가 연무동으로 편입되어 오늘에 이르고 있다.

박석수의 시에 등장하는 연무동은 앞에서 언급한 것처럼 아름다운 풍경으로 그려지지 않는다. 그의 시에 등장하는 연무동은 궁핍, 고통, 절망이 함께 버무려진 잿빛 풍경이다. 그래서 시에서 연무동 시절은 '허기', '깊은 수렁', '텅 빈 골목', '굶주린 유년'의 이미지로 형상화된다. 연무동을 배경으로 한 시는 「팽이쌈」, 「엘리베이타 안에서」, 「하학길」, 「불침번」, 「나의 방화」, 「손톱」, 「연무동 사신」, 「연무동 달빛」, 「양말」, 「여름방학」이 있다. 이 중에서 「하학길」이라는 시를 보면 시적 화자가 사친회비를 내지 못해 학교에서 벌 서고 혼자 돌아오는 궁핍한 유년시절이 가슴 아프게 형상화된다.

> 나는 허기가 만나 냇물로 흐르는
> 연무동 입구 양회다리에
> 까만 책보를 끼고 앉아
> 조여오는 어둠을 고사리 같은 손끝으로
> 자꾸자꾸 헤쳐내며
> 하수구에서 곧 나올 것만 같은
> 내 종이배를

언제까지나 그렇게
기다리고 있었다.
9·9단은
까맣게 잊고 말았다.

사친회비를 내지 못해
늦게까지 벌 서고
혼자 돌아오는 길.

—「하학길」 중에서

이렇게 부정적 이미지로만 다가왔던 연무동. 그러나 시인이 성장하여 다시 찾은 연무동은 반드시 부정적 풍경으로만 다가오지 않는다. 궁핍과 절망 속에서 하루하루를 힘겹게 보냈지만 그 속에서 삶의 실존을 확인할 수 있었기 때문이다. 추억 속에 자리잡은 과거의 연무동은 삶의 정체성을 상실한 채 질주하는 현재를 성찰하게 하는 일종의 거울 역할을 한다. 물론 산업화와 근대화의 진행 속에 연무동은 더 이상 예전과 같은 모습을 띠지 못한다. 연무동도 다른 공간처럼 이질적인 시공간으로 다가온다. 그럼에도 불구하고 현실의 연무동은 시인의 기억 속에 숨쉬고 있는 과거의 연무동을 호출하는 귀한 존재이다.

연무동에서 살던 박석수는 중학교 2학년 때 다시 태어난 고향인 송탄으로 이주해 사춘기 시절을 보낸다. 송탄은 해방 전까지 농가 300가구 정도가 모여 농사를 하거나, 숯을 구워 팔던 작은 농촌 마을에 불과했다. 특히 송탄에 소속된 신장동이라는 마을은 본래 숯을 굽는 언덕배기라는 뜻으로 숯고개로 불렸다. 그런데 이것이 쑥고개로 잘못 불리다가 굳어져서 진짜 이름처럼 되어버린다. 한국전쟁이 끝날 무렵인 1952년 12월부터 송탄에 비행장 건설이 시작된다. 이 공군기지는 '오산공군기지'로 알려져 있는데 아마도 1950년대 초반에 송탄의 북쪽에 있으며 서울이나 수원에 더 가까운 오산읍이 이 외국 부대의 위치를 설명하는 데 더 편리했기 때문에 붙여진 듯하다. 흔히 '오산 미공군기지'라 이름 붙여진 송탄의 미군기지는 용산기지의 2배가 되는 국내 최대의 단일기지이다. 약 200만 평의 기지는 태평양 지역에서도 필리핀 클라크 공군기지에 이어 두 번째로 크다. 이 기지가 2.7㎞나 되는 활주로를 자랑하면서 주한미군의 중추신경이 되기까지에는 한국인 원주민들의 고통의 역사가 자리한다. 소설가 박석수는 「동거인」에서 송탄의 역사적 변천 과정을 다음과 같이 언급해놓고 있다.

> 뿐만 아니라 숯처럼 새까만 흑인과 대낮에도 털북숭이 가슴을 드러내놓고 다니는 백인들이 함께 마을에 진주하면서부터 기지촌이 형성되고 K55 미 공군 비행장이 건설되었다.
>
> 그 사방 십 리가 넘는 비행장 건설부지로 집과 숯막과 논밭을 모두 하루 아침에 징발당한 원주민들은 좌동과 서정리 목천 쪽으로

밀려나왔으며 나의 할아버지나 아버지도 예외는 아니었다. 할아버지는 일제시대 때부터 하시던 숯막이 그렇게 폐쇄되자 이듬해 화병으로 돌아가시고, 아버지는 숯막처럼 땅 밑에다 움을 파고 콩나물을 길러 오셨던 것이다.

그러니까 숯고개가 미군의 진주와 함께 겪은 수난 30년사는 '숯고개 → 쑥고개 → 씹고개'로 변모해온 명칭이 더 정확히 설명해주고 있는 것 같다.

이것을 JC 회원들이 관의 지원을 받으며 '내 고장 이름 바로 부르기 운동'을 벌여 하루 아침에 다시 '씹고개(씹밭) → 쑥고개(쑥밭) → 숯고개 → 송탄松炭'으로까지 복원시킨 것이다.

—「동거인」, 『철조망 속 휘파람』(한겨레, 1988), 135~136쪽

전쟁이 끝나고 미군이 주둔하면서 송탄의 인구는 급격하게 증가한다. 이제 송탄은 정겨운 고향보다 '기지촌의 대명사'로 호명된다. 미군 기지촌의 역사는 미국이 1945년 9월 8일 일제를 무장해제시키려고 인천에 상륙하면서부터 시작되었다. 한국전쟁 이후 미군이 본격적으로 한반도에 주둔하면서 기지촌은 한국의 새로운 이색 풍경으로 등장한다.

송탄에서 사춘기 시절을 보낸 박석수는 미군과 관련한 다양한 체험을 한다. 이 체험은 후에 그의 문학의 뿌리를 형성하게 된다. 그의 문학은 송탄에서 발원하여 송탄으로 끝난다고 해도 과언이 아니다. 그는 쑥고개를 시와 소설로 형상화하여 미군의

제국주의적 폭력성과 약소 국민이 겪어야만 하는 차별과 열등의 콤플렉스를 적나라하게 노출시킨다. 쑥고개 연작시 중의 하나인 「심청을 위하여 —쑥고개 1」은 미군을 상대로 몸을 팔아 돈을 버는 양공주를 심청에 비유한 작품이다. 고소설에서 효심 깊은 심청은 장님인 아버지의 눈을 뜨게 하기 위해 인당수 깊은 물에 몸을 던진다. 심청은 효심에 감동한 용왕에 의해 연꽃을 통해 다시 세상에 나와 임금과 결혼하고, 아버지는 눈을 뜨게 된다. 그러나 박석수의 시에 등장하는 심청은 더 이상 성공신화를 재현하지 못한다. 굶주린 가족들을 부양하고, 동생들을 공부시키기 위해 미군에게 몸을 판 현대판 심청이들은 보답도 받지 못한 채 심신이 망가져야 했던 것이다.

헐벗은 우리의 가슴에
한 잎 낙엽으로
떨어져 썩기 위하여

인당수보다 더 깊고 깊은
양키들의 털부숭이 가슴에
얼굴을 묻고 흐느끼는 누이야.

네 몸과 바꾼 15불의 화대로도
애비들의 눈은.

띄어지지 않는다.

아름다운 연꽃은
끝끝내
피어나지 않는다

내의 껴입을수록 더 추워지는
이 겨울을
맨 정신으로 살아내기 위하여,

눈 부릅뜰수록 더 어두워지는
이 세상을
좀 더 바로 보기 위하여

인당수보다 더 깊고 깊은
수렁 속에 던져진
우리들 마지막 기다림 하나.

—「심청을 위하여 - 쑥고개 1」 전문

간혹 운이 좋은 양공주는 미군과 동거도 하지만 그렇다고 불행의 늪에서 쉽게 벗어나지 못한다. 박석수는 「발길질 — 쑥고개 3」에서 "몸값 떼어먹고 달아났던/ 존 뭐라는 다섯 번째 남편/

미군 전용 홀에서 붙잡고/ 몸값 내놓으라고 외치다가/ 군화 자국도 선명한/ 가슴으로 너는 갔지만,/ 알콜 중독에 의한/ 무슨 질식사로 다음날/ 네 사인은 설명되었다.// 끝내 죽음마저/ 몸값처럼 뜯긴 채/ 누이야 너는 갔지만,/ 너는 우리들 가슴에/ 선명한 군화자국으로 살아 있다"라고 비통하게 노래한다. "양키들이 쑥밭을 만든 쑥고개의 순결" 속에 같은 동포들은 기지촌이나 양공주들을 감싸안기보다 "쑥고개를 씹고개로 발음"하면서 오지의 땅으로 격하시킨다. 순수 혈통주의를 신봉하는 남한의 남근중심주의자들과 위정자들은 반공이데올로기를 앞세워 기지촌의 구조적 문제점들을 외면한다. 그들은 한국과 미국 모두에서 버림받은 어둠의 자식들이었던 것이다. 양자의 외면 속에 기지촌의 문제점을 문학적으로 형상화하는 작업도 '반미 = 이적행위'로 인식되었기에 오랫동안 억압되었다. 이런 점에서 기지촌을 줄기차게 형상화한 박석수의 일련의 작업들은 이러한 성역을 무너뜨리는 데에 단단히 일조한다.

박석수의 대표작인 「철조망 속 휘파람」과 「외로운 증언」은 쑥고개 1, 2라는 부제가 붙은 일종의 연작소설이다. 이 소설은 송탄에 위치한 미군부대 철조망을 지키던 한국인 경비원의 죽음을 둘러싼 진실을 찾아가는 과정을 그리고 있다. 이 소설에서 미군부대가 생기면서 그곳에 살던 마을 주민들은 조상 대대로 물려받은 논밭과 산, 가옥들을 남겨놓은 채 미군 철조망 밖으로 밀려난다. 미 공군 비행장 건설을 위한 군용지 징발로 1천 가구, 5,000여 명은 하루 아침에 삶의 터전을 잃는다. 그들에게 보상으로 주어진 것은 한글과 영문이 타이핑된 수상쩍은 종잇조각 하나였다. 즉, 1년 거치 10년 상환, 그것도 현 시가에서 훨씬 못미치는 값으로 보상해주겠다는 채권이 고향을 빼앗는 자들이 내미는 것의 전부였다. 주인공인 선구의 할아버지도 토지의 징발 속에 삶의 터전을 잃고 끝내 화병으로 사망한다.

1954년도 다 저문 12월의 어느 날, 마을에 미군 18전투 폭격단이 들어서면서 동쪽 어귀 1백80만 평의 대지를 송두리째 비행장 부지로 징발했다. 아닌 밤중에 홍두깨 식으로 졸지에 보상 한 푼 없이 전답과 가옥을 빼앗긴 1천 가구 5천여 주민들은 제대로 항의 한번 못해보고 트랙터에 밀려 지금의 판자촌인 이곳 철조망 밖으로 밀려나오고 만 것이다.

'수탈을 일삼던 지긋지긋한 일제시대 때도 우리의 숯막만은 그대로 폐쇄되지 않았었는데, 정말 숯처럼 시커먼 양키들이 들어오면서 이게 무슨 날벼락이냐'고 홍분하면서 할아버지는 경찰서와 리里사무소와 면사무소를 열불나게 쫓아다니면서 하소연했지만, 별 뾰족한 수가 없자 그만 식음을 전폐하고 누워서 가슴만 두드리며 끙끙대다가, 미군 비행장에 F 86 개량기가 원자폭탄을 싣고 돌아왔다는 소문이 나돌던 이듬해 3월 말에 화병으로 세상을 뜨시고 말았다.

—「철조망 속 휘파람」, 앞과 동일, 45~46쪽

한 가족의 비극은 할아버지의 죽음에서 끝나는 것이 아니다. 개보초인 선구의 아버지도 미군부대를 지키다가 칼침을 맞고 비명횡사했던 것이다. 미군과 관련하여 발생한 2대의 비극은 미군 진주로 인한 남한의 고통이 단기간이 아니라 지속되고 있음을 암시한다. 선구의 아버지는 "낮에는 자고 밤에는 송아지만 한 개와 함께 미군부대 철조망을 지키던" 경비병이다. 이런 아버지를 남들은 '개보초 돼지형'이라고 폄하하여 불렀다. 한대근이라는 당당한 이름이 있음에도 불구하고 '돼지형'으로 불리는 현실은 미군의 진주와 함께 한반도에서 주인의 역할을 하지 못하는 남한의 처지를 상징적으로 암시한다. 미군 병사 스미스는 제대하여 미국으로 돌아가기 전에 군수물자를 빼내어 크게 한탕을 벌이기로 하고, 한국인 동업자로 살갗이와 하우스보이인 쪽배를 끌어들인다. 군수물자를 빼내기로 한 날, 스미스는 개보초 돼지형이 살갗이가 도둑질하는 장면을 목격하게 함으로써 양자의 칼부림을 유도해 이들을 죽음으로 내몬다.

스미스와 쪽배의 군수물자 빼돌리기 작전은 스미스의 배신과 한국인 노무자들의 진실 규명 작업이 이루어지면서 감춰진 진실이 폭로된다. 이 과정에서 아버지의 죽음을 해명하라고 농성을 벌이던 다른 한국인 개보초들은 엉뚱하게 PX 절도 혐의로 헌병에게 끌려가 취조를 받는다. 돼지형의 피살에 스미스라는 제대병이 개입되어 있다는 사실이 알려지자 미군부대에서 일하던 하우스보이, 세탁부, 청소부, 잡역부들까지 농성에 가담하여 '살인자 스미스를 소환하라'라고 외친다. 하지만 미군은 진실의 규명 대신에 한국인 개보초들을 모조리 해고시키고 미군부대 철조망에 접근하면 무조건 발포하겠다는 식의 위압적 태도를 견지한다. 스미스가 유도하여 발생한 개보초 돼지형과 살갗이의 칼부림은 미소 냉전체제가 불러온 동족상잔의 한국전쟁을 연상시키는 알레고리이다. 이때 작가는 아버지의 죽음에 일조한 쪽배를 오히려 도와주는 선구의 행동을 통해 힘없는 약자끼리 서로 보듬어주는 민족주의적 태도가 필요하다고 우회적으로 역설한다. 쪽배는 스미스의 감언이설에 속아 이용당한 채 버려졌다는 점에서 개보초 아버지처럼 또 하나의 희생양이었던 것이다.

쑥고개를 배경으로 한 또 하나의 소설은 중편 「동거인」이다. 이 작품은 「철조망 속 휘파람」이라는 작품과 많은 면에서 유사하다. 주인공 화자의 집안이 미군기지가 들어서면서 땅이 징발되어 쫓겨나고, 할아버지가 그 일로 인해 울화병으로 사망한 부분은 똑같다고 할 수 있다. 차이점은 「철조망 속 휘파람」에서 아버지가 미군의 개보초 역할을 하다가 비명횡사했다면, 「동거인」에서 아버지는 할아버지가 울화병으로 돌아가시자 피눈물나는 노력 끝에 움막을 짓고 콩나물을 재배하여 자수성가한다. 이 소설에서 특이한 인물인 아버지는 모터라는 근대적 기계를 활용하면 많은 노동을 절약할 수 있음에도 불구하고 전근대적인 육체노동을 고집한다. 이것은 정성 어린 육체의 노동을 통해 키운 콩나물만이 제대로 된 콩나물이라는 인식의 소산이다. 이런 점에서 아버지는 교환가치보다 사용가치를 중시하는 전근대적 인물이라고 할 수 있다. 이에 비해 기계를 자유자재로 활용하는 미군은 근대성을 상징한다.

군에서 막 제대한 주인공인 '나(근호)'는 가족에게 독재자로 군림하는 전근대성의 아버지와 우월한 점령군의 오만을 드러내는 근대성의 미군 모두를 비판적으로 바라보는 인물이다. '나'는 아버지의 근면한 절약정신으로 인해 겨우 초등학교 졸업장만을 얻게 된다. 그 이후에 '나'는 중·고등 검정고시를 통과하여 어렵게 대학에 진학한다. 이 소설 후반부는 내국인 출입금지 지역인 '클럽 파라다이스' 양키홀에서 일하는 스트립걸인 22살의 미영을 등장시켜 미군과 관련한 이야기들이 본격적으로 등장한다. 작가는 이 소설에서 미군의 오폭으로 인해 쑥대밭이 되었으나 전혀 피해보상을 받지 못한 일, 미군을 상대로 한 한국의 술집 여자들이 드러내는 어이없는 위계의식, 양공주를 착취하는 미군을 등장시켜 비판적인 대미인식을 드러낸다.

그런데 아버지와 콩나물과 관련한 전반부의 이야기에 비해 스트립걸을 중심으로 한 후반의 이야기는 긴장감이 상당히 이완되어 있다. 이것은 상투적 도식성과 표피적인 인물 형상화에서 그 요인을 찾을 수 있다. 악역으로 등장하는 미군 토니와 가련하게 희생당하는 스트립걸인 한국인 여성 미영의 모습은 참신한 구성이라고 결코 볼 수 없다. 이 소설에서 술기운을 빌려

느닷없이 정의를 지키는 영웅으로 변신한 주인공인 '나'는 미군 토니와 육박전을 벌인다. 이러한 사건 속에 삶을 성찰한 '나'는 군에서 제대하여 집으로 돌아온 지 엿새 만에 유일한 정신적 스승인 '김영란 선생'을 만나러 쑥고개 고향을 떠난다. 이것은 미군에 대한 부정적 인식만이 아니라 아버지의 삶에 동의할 수 없는 신세대 아들의 저항적 인식도 깔려 있다는 점에서 세대갈등을 내포한 것이다. 근호가 군 3년 생활 동안 한번도 집에 휴가로 오지 않았다는 사실도 이것을 뒷받침해준다. 주인공 근호의 떠남은 아버지의 삶도, 미군의 삶도 긍정적인 미래가 아님을 암시한다. 작가는 미영을 도와주려고 뜻하지 않게 육박전을 벌인 것에서 알 수 있듯 삶의 희망을 소박한 민족주의와 연관된 휴머니즘에서 찾고 있다. 하지만 그의 휴머니즘은 살아 있는 육체를 가졌다기보다 관념적 수준에서 펼쳐진 경우가 많다. 그 결과 그의 소설은 생동감 있는 리얼리티를 충분히 확보하지 못하는 경우가 종종 발생한다. 미군과 관련한 한국인의 피해양상은 평면적으로 드러나지만 그 이상의 모습을 박석수는 제대로 형상화하지 못했던 것이다.

면이었던 송탄면은 1963년 10월 평택군 송탄읍으로 승격된다. 도시화 근대화의 물결 속에 송탄읍의 인구는 1981년 5만을 넘어서자 송탄시로 승격되어 평택군에서 분리된다. 1995년 5월 송탄시, 평택시, 평택군을 각각 해체하여 도농복합형태의 평택시로 합치면서 송탄시는 시로 승격된 지 9년 만에 역사의 저

편으로 사라지게 된다. 이제 송탄시는 희미한 옛 사랑의 추억처럼 기억의 모퉁이에서만 존재한다. 옛 송탄 지역은 관광특구로 지정되고, 패스트푸드점이 들어서고 쇼핑 거리가 조성되면서 예전과 달라진 모습을 보인다. 하지만 관광비자로 입국한 외국인 여성들이 미군을 상대로 한 윤락에 종사하는 모습은 여전하다. 더욱이 미군 비행기 이착륙시 발생하는 항공기 소음은 지역주민을 괴롭히는 두통거리이다. 무분별한 퇴폐문화와 소음공해 속에 기지촌의 지역 주민들은 제대로 된 지역문화를 활성화시키지 못한 채 퇴폐적 소비문화에 시달리고 있는 것이다. 물론 최근에 이것을 시정하려는 움직임이 본격화되고 있는 것은 긍정적이다.

작가 박석수는 고향 송탄을 부정하면서 벗어나고자 했으나 끝내 그곳을 잊지 못했다. 비록 "고향에 가면/ 보고 싶은 것도/ 듣고 싶은 것도/ 먹고 싶은 것도/ 모두 미국화된/ 고향에 가면,/ 이제는 하북 냇가까지/ 그들의 정액이 흐르고 있네."(「하북 냇가 — 쑥고개 40」)라고 탄식하고 있지만 고향에 대한 그리움을 막을 수 없었던 것이다. 그곳은 아무리 부인하려고 해도 부인할 수 없는 그가 살아온 삶의 흔적이기 때문이다. 문학평론가 권영민은 연무동이 시인의 의식 깊숙이 가난 속에서 키워나갈 '꿈'을 심어주었다면, '쑥고개'는 그 '꿈'이 깨어지는 아픔의 단계에 해당한다고 언급한다. 그의 문학작품에서 쑥고개인 송탄은 단순히 한국의 한 지역을 의미하는 명칭이 아니다. 그것은 한국의 서글픈 현대사의 아픔을 고스란히 대변하는 상징적 기호이다.

2004년을 기준으로 하여 경기도 5개 미군 기지촌인 의정부, 동두천, 파주, 송탄, 평택의 성매매 여성의 90%가 외국인 여성으로, 10%가 한국인 여성으로 조사되었다. 미군 기지촌의 성매매 여성이 대부분 필리핀인과 러시아인이라는 사실은 시대의 변화를 암시한다. 그러나 한국인 여성이 겨우 10%에 불과하다고 해서 기지촌 여성의 문제와 그 이외의 문제가 말끔히 해결된 것은 아니다. 분단 조국의 현실이 계속되는 한 미군 기지촌과 관련한 문제는 계속 생산될 것이다.

4. 쑥고개가 낳은 작가 박석수

한국전쟁이 발발하고, 남북한의 분단구조가 고착화되면서 남한에서 반공이데올로기는 국시國是로 승격한다. 이 연장선에서 주한미군에 대한 부정적 표현은 반공이데올로기에 저촉되는 이적행위로 규정된다. 반미적 목소리 때문에 구속되어야 했던 남정현의 「분지」(1965)는 남한에서 반미가 금기임을 상기시켜준 역사적 사건이다. 그 후 오랫동안 한국의 작가들은 '반미 = 이적성 = 친공'이라는 이분법적 공식에 짓눌려 문학적 상상력을 억압당해야 했다.

1980년 5·18 광주민중항쟁은 미국의 위선을 민중들에게 확실히 깨닫게 해준다. 미국은 한반도에 자유민주주의를 심어주기보다 자국의 이익을 위해 진주했음을 보여주었던 것이다. 설사

유혈진압을 통해 집권한 정권이라도 미국의 이익에 부합한다면 용인할 수 있다는 미국의 이중성 앞에 다양한 이유로 재갈이 물렸던 반미의 형상화는 다시 수면 위로 부상한다. 이 시기에 작가 박석수는 윤정모와 함께 선두에서 1980년대 반미작품을 생산한다. 개인적 체험에 입각한 그의 기지촌문학은 피상적으로만 이루어졌던 기지촌의 모습을 나름대로 구체화시키면서 불평등한 한미관계를 되돌아보게 하는 계기를 제공한다. 휴머니즘과 민족주의에 입각한 그의 반미작품은 문학이 현실의 모순을 비판하는 칼날이라는 평소의 소신에 입각한 것이다.

그렇다고 박석수의 문학세계에 아쉬움이 없는 것은 아니다. 박석수의 작품은 개인적 체험에 머무름으로써 분단 조국의 구조적 모순을 사회적 현실로 확장시키는 데에 일정한 한계를 노출한다. 그 결과 쑥고개라는 대상에서 벗어나지 못한 채 이야기가 동어반복된다. 1인칭 시점에 의해 형상화된 쑥고개의 기지촌 풍경도 대개 현상을 나열하거나 심정적 민족주의 수준에 머물고 만다. 이것은 반공이데올로기에서 완전히 자유로울 수 없었던 작가의 사회적 인식과 병마에 유린당한 작가의 허약한 육신과 무관하지 않다. 그럼에도 불구하고 민족주의적 입장에서 한미관계의 재정립을 촉구한 박석수의 문학적 성과는 결코 작지 않다. 그의 문학은 분단의 한국 현대사가 낳은 비극적 상처를, 외세에 의한 굴욕의 역사를 복원하였기 때문이다.

송탄의 쑥고개가 낳은 작가 박석수. 한반도에서 분단 모순과 외세로 인한 불평등적 관계가 지속되는 한, 그가 남긴 문학적 유산은 오랫동안 우리들의 곁에 남아 있을 것이다.

박석수朴石秀

1949년~1996년

시인 소설가. 경기 평택군 송탄면 지산리 출생. 중앙대 신방대학원 출판잡지학과 졸업. 1971년 대한일보 신춘문예에 시「술래의 노래」당선. 1980년『월간문학』신인상에 소설「신라의 달밤」이 당선.『소설문학』,『직장인』,『여원』편집부장 역임. 〈시와 시론〉 동인.

박석수 전집 ❷ 소설
동거인同居人

지은이_ 박석수
기　획_ 박석수기념사업회
펴낸이_ 조현석
펴낸곳_ 북인
디자인_ 푸른영토

1판 1쇄_ 2022년 02월 11일

출판등록번호_ 313 - 2004 - 000111
주소_ 서울 마포구 동교로19길 21, 501호
전화_ 02-323-7767
팩스_ 02-323-7845

ISBN 979 - 11 - 6512 - 045 - 0　03810

이 책은 평택시 문학분야 공모사업 보조금 지원을 받아 출간하였습니다.